講談社文庫

ともにがんばりましょう

塩田武士

講談社

主な登場人物

■上方新聞労働組合執行部

委員長　**寺内隆信**（44）編集局 文化部デスク
副委員長　**万田源三**（51）印刷局
書記長　**井川大輔**（44）技術局
教宣部長　**武井　涼**（28）編集局 社会部
賃対部長　**切下太郎**（30）販売局
財政部長　**中山明正**（30）広告局
青女部長　**川島冴子**（32）編集局 経済部

■組合の五支部と支部長

編集支部［編集局］　**赤井**
技術支部［技術局］　**羽根**
印刷支部［印刷局］　**佐藤**
営業総務支部［総務局、販売局、広告局］　**岡田**
地方支部［支社、支局］　**中谷**

■経営側

労担　**朝比奈蓮**（57）専務取締役
総務局長　**権田　勝**（55）
技術局次長　**中村淳二**（52）
広告局次長　**五味雅俊**（51）
編集局次長　**塚本剣志郎**（54）
販売局次長　**田畑満男**（53）
印刷局次長　**山下　茂**（55）

目次

ともにがんばりましょう

瞼《まぶた》に光を感じた。

時を置かずして広がってゆく白く霞んだ世界に、姿形はない。ぼやけてはいるものの、確かにまばゆいその輝きに包まれ、男は一日の始まりを悟った。自らの心音を聞き、呼吸していることに気付く。

柔らかな朝のあいさつ。男は瞳を閉じたまま陽の光に謝する。

右手で物音がした。

真上から人工的な光が降る。霞が消え痛いほど鮮やかな光線を感知した。部屋の灯《あか》りがついたのだ、と男は察する。スタスタというスリッパの音は、彼が眠るベッドの横で止む。続いてパイプ椅子がきしむ音。ほのかに左手が温まる。

安らぐ心が、母の体温であることを示していた。男は瞳を開けてその姿を見ることができない。感謝の気持ちを口にすることもかなわない。

ただ、生きること。

それが男にできる精いっぱいの恩返しだった。

毎日、毎日、先の見えない道に立って息子の無事を祈る。ずっとそばにいることが、実はどれほどつらいことか。漫然と過ごす日常からは決して見えない「生き続ける」という現実が、この白い病室にはある。

寝ている男の頭上で音楽が流れた。

ピアノが憂いの旋律を奏でる。朝だからといってイキのいい曲をかけないところが、いかにも母らしいと男は思う。

ヘンリー・マンシーニは、母が好きな作曲家だ。映画『ひまわり』のメインテーマは、病室の朝には不釣り合いかもしれない。だが、物心がついたころにはこの曲を口ずさんでいた彼にとって、その選曲は違和感のないものだった。

静かなピアノの余韻《よいん》と重なり合い、風鈴の音が優しく香るように聞こえた。涼を感じ、男は心中で微笑《ほほえ》んだ。或《あ》いは実際に唇を動かすことができたかもしれない。感情を表現できることの尊さを彼はこの五年間で十分に学んでいた。

夏がきた。月日が流れるのは早い。

季節が移ろえば、またあの人たちがたずねてくる。

男の思考が続いたのは、ここまでだった。彼は芽生えかけた焦りを全て感じ切ることなく、白濁した世界へ足を踏み入れた。

男の意識を見送るように、風鈴がもう一度鳴った。

プロローグ

半袖からむき出しになった腕がこそばゆい。

パチンコ屋から漏れ出る電子音や道行く人々の話し声。そんな街の喧噪《けんそう》をかき消すほどの音響が、振動となって体に伝わる。真夏にもかかわらず、坂本龍一の「メリークリスマス　ミスターローレンス」のトランス・リミックスが市街に鳴り響いている。もっともビートが早まれば季節感も何もない。それに、曲が持つ疾走感はこの街によく合う。音源はたこ焼き屋だ。

この忙《せわ》しない空間にあって、くつろいだ気でいる武井涼《たけいりよう》はこそばゆくなった腕で額の汗を拭った。串カツ、どて焼きは言うまでもなく、店の外にまでド派手なTシャツを並べる服屋に民家のような旅館。そこかしこに貼られている大衆演劇のポスター。誰に言われるでもなく、歩くだけで懐かしさに浸《ひた》れる街。

古き良きは一周回って新しい。

ここは大阪・新世界――。

「じゃかあしいわ！」

怒鳴り声を耳にした武井は、はたと足を止めた。足元のおぼつかない初老の男が、たこ焼き屋を睨《にら》みつけている。男の七分丈のズボンは、オシャレというより繰り返された洗濯の歴史だろう。つまり、縮んでいる。

両手に千枚通しを持った髭面《ひげづら》の男は七分丈を一瞥《いちべつ》すると、

「じゃかぁしいわ！」

と、全く同じ台詞《せりふ》を返した。

七分丈は「けっ」とまるでふて腐れた犬の面だったが、髭の男が千枚通しに突き刺したたこ焼きを一個、空中に放り投げると、俊足の外野手の動きを見せて〝マウスキャッチ〟を決めたのだった。

「ごちそうさん」

熱いたこ焼きを難なく食した七分丈が一礼すると、男は右の千枚通しをひょいと上げて返礼した。

仲がいいのか、悪いのか。

武井の小さな顔に笑みがこぼれた。彼もまた七分丈だった。百七十センチに少し満たない小柄な武井がその手のズボンをはくと、あどけないがオシャレには見えた。実際、彼のズボンは洗濯で縮んだわけではない。

たこ焼き屋の向かい側には、大衆演劇の劇場とポルノを上映する映画館が隣接している。二つの施設が共通の入り口になっている点も味だが、その前で女子高生たちが待ち合わせしているのも乙なものである。

女子高生たちの近くにいる年齢不詳のおっさんは、ポルノ映画のポスターに見入っている。太ももが見えるほどの短パンから伸びる脚は、体毛が薄く案外きれいだ。女の裸の写真を脳内に焼き付けようとするおっさんの目力《めぢから》は、集中力の極みであった。握り締める拳《こぶし》から、オスの真摯《しんし》な思いが伝わってくる。

と、ここでバカバカしい観察を終えた武井は「新世界本通」を南へ歩いた。

天王寺動物園のゲートをくぐる。

さほど大きくない新世界を一周しただけなのに、手持ちのタオルは汗を吸い過ぎて使い物にならない。武井は園内の中央付近にある白雪姫時計に目をやった。七人の小人を従えるようにして、白雪姫がやる気なく左右に揺れている。その隣のスペースでシルクハットをかぶった男がトランクを使ってパントマイムをしている。武井はささやかな人だかりの一部となって大道芸を見物した。

庶民的な街の庶民的な動物園。あまり趣味を持たない武井の、数少ない癒しの空間である。二十八にもなって、休日に一人動物園とは切ないものだ。会社では同期の男がほとんど結婚しているというのに、結婚どころか彼女もいない。平均より少し背が低いものの、目鼻立ちがはっきりとした顔は正統派の男前と言え、物腰も柔らかい。しかし、彼には決定的な欠点があった。

「お兄さん、よろしいですか？」

突然芸人から声を掛けられ、武井は身を硬くした。

観衆は二十人にも満たなかったが、皆が彼を見ている。男は大げさにリンゴを掲《かか》げた。左手には小道具の剣が握られている。武井はそれを見ただけで、客が投げたリンゴを男の剣が巧みに突き刺していく、というぬるい展開を読んだ。案の定、男は彼にリンゴを渡すと剣を口にくわえた。「おもいきり投げろ」とする芸人の仕草に、笑いが起こった。

リンゴを持つ武井の右手は既に滴《したた》るほどの汗に濡れていた。ただ果物を投げればいいこの状況下で、不自然なぐらい苦悶するのが武井涼という男であった。今、彼の頭の中では万が一の失敗の映像が、鮮明に浮かんでいる——彼は度が過ぎるほどのあがり症だった。

リンゴを持ったまま固まった成人男子に、周囲が眉をひそめている。その視線がまた焦りを呼び、腕の筋肉に余計な緊張が走る。

意を決し下手投げの要領で腕を振り上げた武井であったが、ブツを放すタイミングを失い、顔の前で手を開いてしまった。遠心力がほぼ消滅した状態で投げ出されたリンゴは、剣までたどり着けず地面に落ちた。武井の足元に着地した果実は、ひと口サイズに砕け散った。だからといって手を出す者はない。

芸人は剣を口にしたまま立っている。有事と言えるほど気まずい間が空いた。武井は「すみません」と言って頭を下げると、傷ついた顔を隠すようにしてその場を去った。後片付けもせずに逃げることは心残りだったが、彼の心もまたひと口サイズに砕け散っていたのである。

武井はいつもこうだった。これまでも筋金入りのマイナス思考のせいで、公私ともに随分と余計な失敗を重ねてきた。緊張すると言いたいことを告げられず、言葉足らずが誤解を生む。結果、物事に深入りしない性格、自分のテリトリーだけを守る性格が熟成されるのは必然で、彼が「当たり障《さわ》りなし」を信条とするのは無理からぬところだった。

ゲームコーナーに避難する。動物園の敷地を東西に貫く歩道橋の下に設けられたこのコーナーには、乗り物やコインゲームなどの遊具がある。

屋根がある避暑地で一息ついた。南中へと向かう中で、日差しの態度はどんどん増長している。彼は湿ったタオルを頭に乗せ、先ほどの失態を思い返して嘆息した。癒しの空間であるはずの動物園で、ずいぶんと体力を奪われている。

日曜日ということもあり、家族連れの姿が目立つ。何気なく移した視線の先に、小学生と思しき男女三人組を見つけた。女子二人はいずれも金髪で、黄色のTシャツやらピンクのタイツやら、ディープ大阪らしい極彩色だ。背丈から見て高学年だろう。武井は一緒にいる少年を見て、思わず噴き出した。色白で醒めたようなあの面は、徹《とおる》だ。一丁前に女二人を両脇にして、UFOキャッチャーに勤《いそ》しんでいる。巧みな話術で少女たちを楽しませている姿は、子どもながらに頼もしい。

確かに徹は口がうまい。三十前の男が言うのも何だが、武井は彼と口論をして勝てる自信がない。自己主張ははっきりしていて、初対面の大人を相手にしても物怖《ものお》じしない。会うと必ず口をきく仲だが武井は徹のことを何も知らない。彼が動物園を訪れると、大抵この少年を見かける。平日の午後であっても、だ。その分、園内のことは何でも知っていて、武井も仕事の上で徹に助けられたことが何度もある。だが、通っている学校も、学年も、住まいも分からない。徹という名前すら本名か否か怪しいものだ。

少年と知り合ってもうすぐ一年になる。

案外感慨深いものを感じ少年を見つめていると、モテ男が武井に気付いた。徹は親しげな目をして右手の親指を立てた。

再び外に出てヒョウやジャガーの檻《おり》を順に見る。次は武井が最も愛するトラだ。阪神タイガースが存在する以上、関西においてその地位は揺らぐことがない。まず目力ならぬ顔力《かおぢから》がすごい。当たり前だが、ポルノ映画のポスターを見ていたおっさんの迫力など問題にならない。三国志でも戦国時代でも、豪傑は強さの象徴としてトラと形容される。武井にとってそれは動物園におけるメインディッシュに等しかった。

だが、そんな武井の高揚感を吸い取ってしまうような男がいた。男はトラの前でタイガーマスクを装着していた。よく日焼けしているものの、体つき自体は華奢《きゃしゃ》だ。Tシャツから見える腕の太さで分かる。仕事柄、この動物園には何度も足を運んでいる武井だったが、タイガーマスクをしながらトラを見る人間は初めてだった。

まず、この暑い中、どのタイミングでマスクをかぶったのだろうか。まさか自宅からではあるまいし、猛虎の面を着けてフラミンゴ観察というのも絵にならない。そもそも何の目的で今があるのだろうか。「関わらないでおこう」と結論づけ、トイレへ向かった。

小用を足しているとき、後ろからバッグをつつかれた。振り返ると徹がいた。相変わらずひと癖ありそうな表情をしている。

「今日はようモテとったなぁ。二人もはべらして」

「あんなもん序の口や。それより兄ちゃん、気ぃつけた方がええで」

「何がや?」

「さっきから二人組の男が兄ちゃんの後をつけてるで」

予想外の言葉に、武井の口がぽかんと開いた。仕事柄、逆恨みをされる可能性はある。しかし、身の危険を感じるような活躍は記憶にない。

「ほんまか？」

「こんな嘘ついて何のリミットがあるんや」

メリットや、と武井は思った。

「どんくさそうなおっさんやったから、撒《ま》けると思うで。とにかくトイレ出たらダッシュや」

話術に長《た》けた徹に言われると説得力がある。武井は手を洗った後、礼を言ってアキレス腱《けん》を伸ばした。

徹が武井の腕を引っ張り、両手を差し出した。

「何や？」

「情報料」

「親切心とちゃうんかい」

「ビジネスや」

あきれた武井が少年の手のひらに百円玉を乗せると、当たり前のように「もう一声」と言う。結局、五百円も巻き上げられた武井は、腹立ち紛《まぎ》れに徹の頭を指でぐりぐりとした。あまり応《こた》えた様子のない少年は、マジックテープのついた財布に金をしまった。

「兄ちゃん、ＪＲの方に行ったらあかんで。新世界の商店街で人にまぎれるんや。健闘を祈る」

＊

走った。

できるだけ距離を保つために、トイレを出た瞬間、何も見ずに全速力で駆けた。すぐに追いかけて来る足音が二つ。

「たけいぃ！」

後方から怒鳴り声が聞こえた。名前を知られている。武井は振り返りたい衝動にかられたが、そうすることですぐに追いつかれそうな気がしてやめた。代わりに人生を振り返り、これまでの不義理を思い浮かべた。聖人君子とはいかないが、白昼に追いかけ回されるほど大逆無道の徒でもない。

動物園を抜けると「ＳＩＮＳＥＫＡＩ」のゲートが見えた。幸い目の前の信号は青。武井は一気に横断歩道を渡り「新世界公園本通」を突っ走る。右手のコンビニの前に酔っ払ったおっさん連中が、ワンカップ片手に談笑している。左手には串カツ屋の店頭にある大きなビリケン像。懸命に走っている武井に対し、呼び込みの男が「日本一うまいで！　寄ってきぃ！」と声をかける。串が揚がるまで悠長に待っている時間がないのは、引きつった武井の顔を見れば分かるだろう。この商魂のたくましさこそ、大阪だった。

信号に引っかかったのか、追手の足音はやや遠のいた。しかし、ここで油断してはならない。パチンコ屋を通過し、大きな刺繡《ししゅう》の入った黒ジャージのファミリーとぶつかりそうになる。両親と小学生ぐらいの息子二人。皆ふんぞり返って歩いている。すんでのところで衝突を避けた武井は、父親と思しき男の舌打ちを聞くだけでその場を逃れられた。

づぼらやのふぐの看板が見えた。左に曲がれば温泉施設のスパワールド、右に曲がれば通天閣。

風呂入ってる場合やない。

武井は迷わず右折し、今度は「通天閣南本通」の筋を走る。左手の巨大エビスの看板に目をとられ、またも黒ジャージのグラサン男にぶつかりそうになった。転倒より何よりジャージとの衝突が一番の事故である。

安心と信頼の日立グループ

通天閣の側面にある巨大広告が見えた。休日の観光名所は展望台へ向かう人々でにぎわっていた。エレベーターの前には長い行列ができ「三十分待ち」の看板が出ている。武井は徹少年の言葉を思い出し、人の中に紛れることにした。逃亡者がまさか大阪観光を楽しむとは思うまい、としたり顔の二十八歳であった。灯台ならぬ「通天閣下暗《もと》し」だ。武井は列の後ろの方で警戒の目を光らせる。

犯人は意外な人物だった。

会社の先輩たちだ。肩で息をしながら、きょろきょろと二人して間抜け面をさらしている。両方とも苦手なタイプの男だった。なんせやたらとエラそうなのだ。日曜日に追いかけてくるなど吉報であるはずがない。

やっぱり逃げよう。

男たちはあまり粘ることなく来た道を帰って行った。姿が見えなくなると、武井は列を離れた。

午前中に通った「新世界本通」を歩く。

「黙ってぇ！　このアマがぁ！」

突然、レンタルビデオ店の前でおっさんの怒鳴り声がした。

「やかましいんじゃ、ハゲ！」

女が応戦し、中年の夫婦と思しき男女が口論を始めた。髪の薄くなった男と傷んだ茶髪の女が激しく大阪弁を闘わせ、今にもつかみ合いのけんかが始まらんとしている。

　後学のために見物しようとしたが、ただならぬ視線を感じた。ふと通天閣の方向を見ると、いつの間にか戻って来た先輩たちと目が合った。男たちが不敵に笑う。武井は絶対に通用しないと分かっていながら、気付かないふりをした。そして、そのまま逃げた。

「たけぃぃ！」

　するめを持って立っていたおっさんに「行けーっ」と励まされた。ただ、武井にはそれが自分に贈られたものなのか、闘う中年男女へのメッセージなのか、不明瞭であった。

　右折すると「メリークリスマス　ミスターローレンス」のトランス・リミックスが聞こえてきた。たこ焼き屋の兄ちゃんは旋律に乗って体を揺らし、器用に千枚通しを操っていた。

〝双頭の娯楽施設〟の前に躍り出る。

　まだ、あのおっさんがいた。

　ポルノ映画のポスター前に、数時間前と全く同じ姿勢を保った短パンのおっさんが立っていた。ポスターに写る裸の女を食い入るように見つめている。拳には力が入ったままだ。広い額からは汗が噴き出している。彼の頭の中では今、どんな色物語が繰り広げられているのだろうか。

武井は迷わず、映画館に入って身を隠した。外で自転車の急ブレーキの音とおっさんの怒鳴り声が響く。次いで先輩たちの謝罪の声。追手と自転車が事故を起こしたらしい。幸運を嚙み締めてしばらく身を隠していると、男たちが目の前の通りを全力で走り去って行った。

追跡者を撒いた武井は、人通りの少ない北の道を選んだ。ここにもまた映画館があり、名作洋画や成人映画の三本立てを見ることができる。

入り口の上にある看板には、タコのように体をくねらせた海女《あま》さんが、恍惚《こうこつ》の表情を浮かべる絵が描かれている。

——泡ふきアワビ　踊り食いの宴——

というタイトルらしい。

うまいのかうまくないのか、ジャッジに困るが、その看板の下から外へ出てきた大柄な男を見て、それどころではなくなった。

「寺内さん！」

「おっ、武井やんけ」

妙に清々《すがすが》しい顔をしたその人物は、紛れもなく寺内隆信《てらうちたかのぶ》だった。彼もまた、会社の上司である。

武井はとてつもなく、嫌な予感がした。踵を返そうとすると、寺内はすかさず後輩の腕をつかんだ。握力の強さが武井から抵抗力を奪った。

「武井、アワビ食いに行こか」

*

上方《かみがた》新聞は大阪府内で朝刊七十万部、夕刊四十万部を発行する地方紙である。支社・支局は府下に二十五ヵ所。東京となぜか台北にも支社がある。なぜ台湾かと尋ねられても明確に答えられる社員はいない。台北支社では特に記事の出稿を求められるわけでもなく、食って飲んで二年ほど過ごせるので人気が高い。歴代の編集局長が台北支社を経験しているので、出世コースでもある。

武井は同社の編集局社会部、つまり記者として所属している。入社して六年。駆け出しの三年は豊中《とよなか》支局で警察署を回り、社会部員として梅田にある本社に帰ってきてもサツ回りだった。昨年、ようやく遊軍担当になったが、殺人事件や大きめの事故があれば、すかさず現場に放り込まれる。新聞社において二十代の記者に発言権などないに等しい。

動物好きの彼は、よく天王寺動物園を訪れては街ネタを出稿していた。先ほどの徹少年は来場者のコメント取りなどで武井をバックアップし、小遣い稼ぎをしているのだった。

あの追手二人も社会部員で、彼らはおとなしい武井のことを使いっぱしりにしか思っていない。武井も最近ではわざと聞こえないふりをするなど、発言権がないという境遇を最大限に利用し、無言で抵抗するようになった。今日の一件も、彼は「気付きませんでした」で押し通すつもりだ。

寺内が行きつけだというジャンジャン横丁の店で、昼間からビールを飲んだ。奥行きがなく横に長い店内は、二十席ほどが全てカウンターである。隣の学生グループとの距離はほとんどない。

いぶかしく思いながらも、武井はカキの串を手に取った。眼前にはウスターソースの湖と化した底の深いステンレスの容器。二度づけ禁止のルールは言うまでもない。容器の中で串を回転させ、狐色の衣を真っ黒にした。大きなカキが縦に二つ並んでいるため迫力がある。滴るソースを気にせず頰張《ほおば》った。口の中に磯の香りが広がると、すかさず喉《のど》の奥に大量のビールを流し込む。

文句なくうまい。思わず「くぅー」と声が出る。

そんな後輩の様子を寺内は微笑《ほほえ》ましく見ている。武井は薄ら笑いの理由を問いたかったが、相手に好機を与えるだけのような気がして食事に集中した。

続いてはどて焼きの串。牛すじに白みそベースのたれをからめた大阪名物だ。こってりとした白みそと牛すじの食感。まさしく酒のためにあるような一品だ。

「うまいか？」

「ええ。どて焼き食べたの久しぶりです」

「酒が進むやろ。このどて焼きと酒の相性が分からんようではまだまだお子様っちゅうこっちゃ」

「はぁ」

「おまえ入社何年や？」

「六年目になります」

「年は？」

「二十八になりまし……」

「ちょうどええ」

寺内は武井の言葉を遮《さえぎ》ってビールを飲む。

「何が……、です？」

「ちょうどええわ。ドンピシャや。一番ええんちゃうか」

不気味な返答に、武井は徐々にこの中年おやじのペースになっていることを悟った。

寺内は海千山千の人物であった。社会部の敏腕事件記者として、知能犯の捜査二課事案や生活安全部が担当する特別法事案などで特ダネを連発した。霊感商法の被害者らの声を集めて知人の刑事に働きかけ、後に被害総額約五百億円の巨額詐欺事件にしたことは伝説となっている。

激務である大阪府警担当の任期は通常二年ほどだが、寺内は捜査二課担当を終えた直後に一課を任され、殺人や強盗などの凶悪犯罪報道に携《たずさ》わった。この府警漬けの異例の人事も、寺内が最初で最後と言われている。当然、本来ならそのまま社会部の王道を進むべき人物だが、その後販売局へと移り、なぜか今は文化部デスクとして飄々《ひょうひょう》と毎日を過ごしている。

「俺なんか入社二十一年、四十四やで。もう何の楽しみもあれへん。お先真っ暗や」

「よかったら、これ食べてください」

武井は玉ねぎの串を寺内の皿に置いた。

「おまえはおとなしいけど、腹の中では結構毒づいてるタイプや」

「いきなりどうしたんですか？」

「今だってこのおっさん、不気味やなぁ、早《は》よ家帰りたいわぁって思《おも》てるに違いないんや」

図星だったので、武井は口に含んだビールを噴き出しそうになった。

「おまえの原稿読んどったら分かる。真面目に仕事はする。でも、周りが見えんようになる連中とは違う。人の迷惑顧《かえり》みず仕事に集中するのは、実は楽なんや。でも、おまえは今の仕事にちゃんと不満を持っとる。仕事を冷静に見てる証拠や」

「それ、褒《ほ》めてもらってるんですか？」

「褒めてる。めっちゃ褒めてる」

「あんまり仕事熱心じゃないことは認めますけど」

幼いころからピアノを習っていた武井は、ずっと音楽担当の記者になりたかった。先輩の事件記者が話す武勇伝などに興味はなく、彼にとってはお経に等しかった。希望調査書には毎年、文化部の音楽担当と記してきた。だが、運動部と並ぶ人気部署は倍率が高く、武井にはなかなかお鉢が回ってこない。毎週のようにクラシックコンサートへ行って、自由に記事が書けたらどんなに幸せなことだろうか。武井はその一点に期待し、日々の労働に耐えているのだった。

「つまり、おまえには全体を見る目があるっちゅうこっちゃ」

寺内は二杯目のジョッキも空け、上機嫌にレンコンの串を頬張った。武井にはとても「お先真っ暗」には見えない。全く意図が読めないだけに、彼は安心して酔うことができなかった。用件を聞くのは怖かったが、このような蛇の生殺し状態も嫌だった。

「寺内さん、そろそろ本題に入ってもらいたいんですけど……」

寺内は二、三度頷《うなず》いてから、わざとらしいため息を吐いた。

「思えば、俺と武井の関係というのも妙なもんやな。一度も同じ部署で働いたことがないのに、こうして休日に飲むほど仲がいい」

「二人で飲んだの、今日が初めてですよ」

「そうやったっけ。ほんなら今日は記念日や」

「そんな、女子会みたいに」

「文化部へきたクラシック音楽の取材依頼を、わざわざ社会部のおまえに提供している心優しいデスクは誰のことや？」

どこから聞きつけたのか武井の音楽好きを知っていた寺内は、たまにクラシックの取材を武井に手配することがある。文化部にも音楽担当がいるわけで、それでも上手にやりくりして取材を回してくれる寺内に、武井は感謝している。言わばそれこそが、二人の男の接点であった。

「ほんまありがたいと思ってます。いつもクラシック……」

「言うたで」

「えっ？」

「今、実の両親より感謝してるって言うたで」

「そこまで言うてませんよ」

「嬉しいわぁ、武井。『木を見て森を見ず』みたいな奴ばっかりの中で、おまえは森、いや、山を見とるがな」

「どういう意味ですか？」

「ええ年して社会部や文化部や言うて、こまい縄張り意識をむき出しにする奴ばっかりやろ？　我が社は。でも、やっと会社全体のことを考えてくれる若獅子が現れたがな」

「会社全体……？」

「せや。斜陽産業の代名詞である新聞社を何とかしようという心意気。おまえは幕末の志士や。おっ、獅子と志士がええ感じにかかったで」

「酔うてはります？」

問い掛けた武井の方はアルコールが回り始めているのを自覚していた。少し開放的な気持ちになっている。

「おめでとう、武井教宣《きょうせん》部長！」

「はっ？　何のことです？」

「武井教育宣伝部長！　兵隊から一気に部長や」

「教宣？　組合のですか？」

「寺内執行部はこれで全戦全勝や！」

「どういうことですか？　なんで僕が組合に入らなあかんのですか？」

「あほっ。我が社の労働組合はユニオンショップ。つまり、管理職なんかを除いて全員参加や。組合辞めたら、会社も辞めなあかん。武井、おまえは今も立派な組合員なんや」

突然のことで武井は混乱した。自分が会社の労働組合の組合員であることは知っている。月額数千円の組合費を給料から天引きされてもいる。でも、お金を納めているのは、そうしないと上方新聞の社員になれないからだ。活動に興味があるわけではない。あらためて労働組合と言われても、経営陣と交渉しているという何となくの印象しかなく、何の組織か彼には全く分からなかった。

「武井、教宣はな、主に機関紙である組合ニュースというもんをつくってやな……」

「勝手に話を進められても困ります。いきなり言われても……」

「いきなりは困るって、おまえも女子みたいなこと言うてるやないか」

寺内が来年度執行部の委員長、要するに労働組合のトップに内定しているのは周知の事実だ。しかし、それが自分の人生に直接影響しようなど、武井にとって予想外もいいところだった。何とかしてこのピンチを脱しようと、彼はアルコールで鈍る脳を必死に働かせた。もう串カツどころではない。己《おのれ》を落ち着かせ突破口を考えていると、ふと光明が見えた。脳の奥にあった情報を強引に引っ張り出した。

そう、確か坂下《さかした》だ。

「寺内さん、来年度執行部の教宣は、坂下さんが内定してましたよね？」

坂下は同じ社会部の二年先輩だ。文句ばっかり言っている嫌われ者だが、この際関係ない。

「あぁ、あいつ入院したで」

「えっ？」

「何や、おんなじ部署におるのに頼んないやっちゃな」

「いつのことですか？」

「昨日や。あいつ腰痛持ちのくせにフットサルなる外国の遊びに興じてやな、キャプテン翼みたいにドライブシュートやぁ言うて足上げたら、グキッって。そのまま病院へドライブや。診断は必殺の椎間板《ついかんばん》ヘルニアや」

武井はここでようやく追手の意味を理解した。あの二人は今年度組合の重役ではないか。昨日の坂下の入院を受け、日曜だというのに急遽《きゅうきょ》武井を捕まえに来たのだ。逃げたのは正解だったが、最終的にボスにつかまるなどツキがないにもほどがある。嫌な予感は当たっていたのだ。彼は先ほど偶然を装《よそお》って「おっ、武井やんけ」と言って近づいてきた寺内の顔を思い出した。

何が「泡ふきアワビ」や。アワビ全然出てけぇへんやないか。

この巧妙に仕組まれた罠《わな》に対し、武井の怒りのボルテージは上昇した。絶対受けてやるものかと不退転の決意を固め、二杯目の生中を一気にあおった。寺内にはそれが決意の杯《さかずき》に見えたようで、バカみたいに拍手している。

「僕は引き受けませんから。教宣って執行部でしょ？　しんどいに決まってます」

「おまえに拒否権はないんやっと、強引に押し切ることもできる。でも、ジャーナリストの矜持《きょうじ》にかけて、そんな野暮なことはせん。どや、武井。おまえ文化部に来《け》ぇへんか」

不退転の決意が揺らいだ。ずっと希望していた文化部にいける。指揮者の、演奏者のインタビューができる。想像しただけで胸が躍った。武井は不満そうな顔を崩さなかったが、心中の動揺は氷のようなスケルトンであった。

「ジャーナリストやのに、姑息《こそく》な取引を持ちかけるんですか？」

落としどころを見据えて、武井は抵抗の形を見せた。

「姑息？　人間ちゅうのはいろんな角度からものを見るもんやなぁ。俺はな、武井。一人の若い記者の、夢を叶えたいだけなんや。指揮者に会えるぞ。人脈広がるで」

「人事権は編集局長にしかないでしょ？　そんなことが可能なんですかね。僕は無理やと思うんですけど」

「あほやわぁ。青いわぁ」

「やっぱり信じられません」

「ええやん、ええやん。案外気ぃ強いやん。それ大事やで。ええか、武井。委員長言うたら、労働組合のトップやで。編集局長より偉い専務様と互角にやり合うポジションや。言うたら今がチャンスやがな。俺に影響力がある間にパシッと決めな。執行部の間は異動が凍結されるから、そうやなぁ、来年の秋でどうや」

「確かうちの組合って一年の任期でしょ？　来年の秋やったら、寺内さんの委員長の任が終わってるじゃないですか」

「ええやん、ええやん。案外細かいとこ気ぃつくやん。ほんならこないしよ。秋年末交渉までの限定で引き受けてくれ」

「秋年末交渉って、冬のボーナスを決めるやつですか？」

「ボーナスやない、一時金や。ボーナスは経営陣が『下々の者、くれてやろうぞ』というもんや。我々がもらうんはあくまで一時金。もらうべき給料を後払いでいただくんや」

「はぁ」

「冬の一時金や言うても交渉は十一月や。今が七月やろ？　八月中旬に新執行部がスタートするから、たかだか三ヵ月。それが終わったらヘルニアと交代しよ」

「執行部って言うたら、組合の代表ですよ。ほんまにそんなことできるんですか？」

「大丈夫や。ただ、一人だけ期間限定やと腰掛けみたいに思われて、おまえも他のメンバーと打ち解けにくいやろ。秋年末が終わったら俺が執行部のみんなを説得する。これでどうや？　おまえは三ヵ月の間、教宣部長をするだけで夢の文化部への切符を手にするんや」

「それ、ほんまですか？」

「人生で大事なことはな、滅多にないチャンスを活かし切ることや」

本当に密約が遂行されるのか、不安はあった。だが、武井の中では既に答えは出ていた。文化部へいくため、音楽記者になるため。決心した彼は一つ頷くと、三杯目の生中を注文した。

「ようこそ文化部へ。その前に、ちゃちゃっと教宣の仕事でもして。寺内執行部の門出は、一ヵ月後の定期大会や」

第一章　七人の侍

1

閑散とした車内で話す者はなかった。

定員四十名の貸切バスに乗っているのは、運転手を除いて八人。誰と隣り合うことなく、バラバラに座っている。

彼らは大阪市の梅田・茶屋町にある本社ビルからバスに乗った。あれから約一時間、武井の眼前には美しい自然が広がる。緑一面の棚田が、西へ傾斜した陽によってやや変色して見える。虚《むな》しく響くバスのエンジン音を耳に、彼は先ほど閉会した定期大会の光景を思い返した。

第百三十三回定期大会は、上方新聞本社の大会議室で午前十一時から始まった。新旧の執行部計十四人のほか、任の重い者から気楽な者まで、新年度の組合の委員たち約七十人が参加。盛大な大会となった。

要は引き継ぎのための集いだ。旧執行部の七人が一年間の活動を報告し、昼食休憩を挟《はさ》んで反省と教訓を述べる。その後、新委員長が就任のあいさつをして、新執行部のメンバーそれぞれによる自己紹介へと続く。最後は参加者全員のガンバロー三唱で幕引き——というシナリオだ。

例年通り、集いはアクシデントなく終了した。いや、つつがなく終えるようになっているのだ。午後三時の閉会後、旧執行部は一年間の鬱屈を晴らすべく〝卒業旅行〟に出かける。もちろん、事前に電車やバス、宿の予約をしているわけで、遅れるわけにはいかない。参加者もその辺の空気を読んでいるし、経営側との厳しい交渉にあたってきた執行部への労《ねぎら》いの気持ちもある。だが、ガンバロー三唱の後、解放感丸出しの顔で去って行く面々を見て、素直に喜べない連中もいる。

新執行部のメンバーだ。

賃金や職場環境など、会社にいる仲間、組合員五百人の権利がたった七人の肩に全て伸《の》し掛かるのだ。重圧を感じながらの一年間は途方もなく長い。

会場の後片付けも新執行部のお仕事。団結、と書かれた赤く巨大な旗や定期大会用の白い横断幕を取り外し、椅子や机などを元の位置に戻す。そして、そのまま山奥へと連れ去られるのだ。

旧執行部が有馬温泉の旅館で露天風呂につかっている間、武井たちは会社の保養施設「恍惚の里」がある能勢《のせちょう》町に向かっていた。能勢町は大阪府の北端に位置する自然豊かな地だが、もちろんキャンプなどして遊んでいる暇はない。これから一泊二日で「集中学習会」が開かれるのだった。バスの中がどんよりしているのも仕方がない。

施設に到着したときには、午後四時半を回っていた。二十台ほどが停められる広めの駐車場の奥に、三階建てのコンクリートの塊《かたまり》がある。一応、建物のようだ。バスの中からそのあり様を見た武井は、あまりの汚さに息をのんだ。

両開きのガラスの扉は開けっ放しで、見ていると中から脚の長いハチが出てきた。その動きがあまりにリラックスしていて、昆虫にまでなめられた感が拭えない。外壁の灰色はきっとくすみの極致で、これ以上どうにかなることはないだろう。

近年、上方新聞では経費削減のため、泊りがけの社員研修がない。入社六年目の武井は初めて我が社の保養施設を目の当たりにし、薄給で当然だと身の上を嘆いた。

気だるい陽を浴びて一行が下車した。最後に武井が降りたのを確認すると、メガネの女の子がもう一度乗車し、忘れ物がないか車内を往復してチェックした。紅いフレームのメガネが印象的だった。艶《つや》のある黒い髪が背中の真ん中ぐらいまで伸びている。武井はバスを降りた女の子と目が合った。

レンズの奥は、はっきりとした二重瞼《ふたえまぶた》だった。

「忘れ物ありません。ありがとうございました」

とっさに視線を逸《そ》らした女の子は、慌てた様子で運転手に礼を言った。

バスが去ると、武井はいよいよ取り残された気持ちになった。

「えーっと、名前なんやったかな？」

背の高い中年の男が女の子に声をかけた。

「あっ、私ですか？　すみません。あの、新見《にいみ》です」

「下の名前は？」

「えっ、あっ……、遥《はるか》……です」

「遥ちゃん、飯は何時？」

「すみませんっ。五時でお願いしてるんですが……、すみませんっ」

人見知りする性格なのか、遥の挙動は落ち着きがない。緊張で顔が引きつっている。武井はフォローしてやりたかったが、寺内以外の人物とはほとんど話したことがなく、早々に怖気《おじけ》づいてしまった。そうしている間にも「もうすぐやん」「そんな腹減ってないで」と、大阪人たちが遠慮のない野次を飛ばす。

「ごめんなさいっ。あの……、お、遅く……」

遥はとうとうどもり始めた。何とかしなければと思うと、武井も変に気が張ってしまい頬がつりそうになった。

「ごちゃごちゃ言わんと、早《は》よ入れっ」

寺内が文句を垂れるメンバーを一喝した。

最年長と思しきごま塩頭の男が「さっ、飯や飯や」と陽気に歩み出した。遥は助けてくれた寺内に深々と頭を下げたが、新委員長は「俺も腹減ってないねん」と意地悪を言う。ボスからのまさかの切り返しに、遥は頭から煙が出そうなくらい混乱していた。そしてとうとう両手でボストンバッグを持ったままフリーズしてしまった。

「この子、おもろいやろ？」

寺内がニヤニヤしているのを見て、武井は純粋に何て嫌な人だと思った。彼に説得されて教宣部長を引き受けた自らの判断に不安を覚えた。

少人数のため個室になったことが唯一の救いであった。相部屋で最も困るのがいびきだ。人一倍神経質な武井は、少しの物音でも目が覚めてしまう。まして、枕が変わると寝つきも悪くなる。彼は小さな安堵の息をつき、荷物を置くと宴会場へ向かった。

一階にある和室の大広間にぽつねんと八人が着座する。可もなく不可もない安旅館の夕飯だが、配膳の婆さんだけは特筆すべき存在だった。八人分の料理を一人で配り始めたため、前菜が来るのを待つだけで優に十分を超えた。いらちの集団がそれを黙って見過ごすはずもない。調理場へ各々《おのおの》が器を取りに行くというセルフサービスと化し、婆さんはまんまと労働から解放された。それがよほど嬉しかったのか、皺《しわ》の上塗りとも言うべき笑顔を見せたのだが、武井にはまさしく「恍惚」の表情に映ったのだった。

四人ずつ向き合った。

乾杯の後、一番奥に座っていた寺内が立ち上がった。

「ただでさえ料理が冷えてるんで長々とは話しません。ここにいるみんなは幸い、出世コースから外れています。失うものは何もありません。我々精鋭部隊、目指すは黒澤明の『七人の侍』です。ともにがんばりましょう」

寺内はそう言うとさっと座ってしまった。彼らしい気取らないあいさつだ。武井は寺内が最後に言った「ともにがんばりましょう」という言葉の響きを気に入っている。労働組合では、あいさつの終わりに必ずこの言葉を添えるのだ。

がんばる、という言葉は案外難しい。「がんばります」では少し独りよがりで「がんばってください」だとやや無責任。ちょうどいい塩梅《あんばい》なのがこの「ともにがんばりましょう」である。

続いて隣に座っていたごま塩頭の小さいおじさんが立った。

「印刷職場の万田《まんだ》源三《げんぞう》、通称源さん、五十一歳です。この中では最年長ですが、一番頼んないかもしれません。今回、副委員長という大役を仰《おお》せつかったわけであります。寺内委員長とは十年前の執行部で同じ釜の飯を食った仲です。委員長の言うところの『七人の侍』では、結構侍が死にますな。この源三、見事散る覚悟であります。以上です、編集長。ともにがんばりましょう」

源さんはわざとらしく敬礼をして笑いを誘った。十年前の執行部で寺内が教宣部長、源さんが賃対部長を務《つと》めていたことは、当の寺内から聞き及んでいた武井であった。十年ぶりにまた共闘するとはよほど縁があるらしい。

今度は先ほど遥に声をかけていた長身の男が立った。

「書記長を担当する技術職場の井川大輔《いがわだいすけ》です。寺内委員長と同期の四十四歳です。書記長として目指すのはゴルバチョフです。来年の卒業旅行はぜひ海外で。それが私のペレストロイカ。ともにがんばりましょう」

アホみたいに内容はないが、結構ウケていた。サラリーマンをしていて困るのはこの手のあいさつだ。特に関西では笑いをとる人間が多いので、普通に話してしまうと場が白けてしまう。このような小規模の宴会でも決して油断はできないのだ。

次は武井だ。彼は緊張で体の末端が冷えているのを自覚した。グラス二杯のビールでは強気になれるはずもなく、考えるほどに言葉がまとまらない。意を決して立ち上がった武井だったが、頭の中は真っ白だった。

自己紹介のイの一番は名乗ることである。しかし、井川のコメントがウケたことを思い出してしまい、身が固まった。何をするでもなくじっと立っていると、武井の視界の端で何かが動いた。

「現在、アホの子のように佇《たたず》んでいるこの武井涼、実は札付きのワルでございます。借りた金は踏み倒すわ、とっかえひっかえ女は泣かすわ、前科十犯。大阪府警が常に行動確《こうかく》認してるという噂は、私が責任を持って真実であると証明しましょう」

勢いよく立ち上がった寺内のデタラメに、源さんが「悪いやっちゃなぁ」、井川が「そういえば俺も金貸したで」と合わせて場が沸いた。

「嘘です、嘘ですよ！」

武井はやっとのことで声を出した。

「ギャンブルもしませんし、お金も借りません」

「女は？」

井川が半笑いで聞く。

「丁寧に扱います」

武井は真剣に答えたつもりだったが、また笑いが起こった。からかわれているのは分かったが、とりあえず助け船を出してくれた寺内に感謝し「ともにがんばりましょう」とだけ言って席に着いた。すかさず源さんから「何をがんばるねん」と指摘が入って再度笑いにつながった。

向かいの席に移る。寺内の前であぐらをかいている太った男が「しんどいので座ったままで失礼します」と言った。武井は口に含んでいたしめじを噴き出した。緊張のあまり言葉が出なかった自分と、立とうともしない男。このメンバーでうまくやっていけるのか。

「賃対部長の切下太郎《きりしたたろう》です。こう見えてまだ三十歳であります。販売局勤務。お察しの通り、着やせするタイプです」

「太っとるがな！」と源さん。井川も「Tシャツしか着てへんやんけっ」と的確なツッコミを入れた。

「この体型からも分かるように、私はあの悪《あ》しき社員食堂の改善という重い役割を担《にな》っています。特に先日の日替わりメニュー『魚のアラカルト』は大いに疑問です。まず『魚の』って何ですか？　それだけでも不気味なのに、アラカルトって。あれはアラカルトではなく、カルトですよ」

この意見には拍手が起こり、満場一致で支持された。切下の見事なえびす顔とは対照的に、今度は金ぶちメガネの薄情そうな男が立ち上がった。この暑いのに一人だけネクタイを締めている。

「広告局の中山明正《なかやまめいせい》です。私は昔から労働組合の泥臭さが嫌いでして、スマートさを求めたいと思ってます。ざっと見たところみなさん計算が苦手そうなので、私が財政部長を務めるというのは妥当な線でしょう」

一気に座が白けた。寺内がとりなすように「切下と中山は同期やな？」と声をかけた。

「ええ。同い年ですよ」

と答える切下に、中山は薄ら笑いを浮かべた。

「一応、同期ですがね。私と切下さんは接点がないので」

同期に敬称を使って距離を表した中山に、武井は不快感を覚えた。当事者の切下は相変わらずのえびす顔だ。

「嫌味なやっちゃなぁ」

源さんがあきれたように言う。

「私はもう、皆さんのデータベース化を始めてますからねぇ」

「寺内さん、なんでこんな人入れたのよっ」

その隣にいた背の高い女が抗議するように立った。華奢な体つきだが、ショートカットの髪とギュッと引き締まった口元が勝気な性格を表していた。

「気分悪いから、あなたの自己紹介はこれで終わり」

中山は一方的に宣言した女の顔を見ようともせず、冷たく笑った。

「青女《せいじょ》部長の川島冴子《かわしまさえこ》です。普段は編集局経済部で記者をしてます。入社してちょうど十年目になります」

「べっぴんやなぁ。今いくつや？」

「容姿に関する発言や、まして女性に年齢を聞くなど以《もっ》ての外。セクハラよ」

源さんの問い掛けに、冴子は標準語でピシャリと言った。

「うわぁ、ウーマンリブやぁ」

井川がげんなりした様子で言った。

「井川さん、さっき新見さんのファーストネームを呼んでいたけど、ちゃんと名字で呼ぶようにしてください」

「こんな漫画みたいな女、まだおったんやなぁ」

源さんは感心した様子だった。

「ちょっと、女とか言わないでください」

「きっついわぁ。こら男逃げるで」

赤ら顔の源さんの発言に、井川が大きく首肯《しゆこう》した。

「どうして女性だけすぐ男の問題と結びつけるわけ？　この中山さんだって十分きつかったじゃない。だいたい、この手の話は新聞社が一番遅れてるのよっ」

「ちょっと、男とか言わないでください」

井川が冴子のまねをした。「うまいっ」と源さんは井川のお猪口《ちょこ》に酒を注ぐ。突然名前が出た中山については誰も触れなかった。当の本人はiPadを見ている。

「今だって、どうして女性が私一人なのよ。世の中の男女比なんか変わんないのに、会社もこの執行部も男の方が圧倒的に多いのはおかしいと思わない？　企業の採用試験だって、成績順に採るとみんな女性になるっていうのは有名な話でしょ。誰か答えられる人いる？」

男たちは関わり合いを避けるようにして食事に集中し始めた。勝ち誇った顔の冴子の隣で、遥が気まずそうにしている。武井が恐る恐る手を挙げた。

「何よ、武井君。文句あんの？」

「いいえ、あのっ、もう一人女性がいます……」

振り返った冴子がようやく遥の存在に気付いた。

「これは大失態ですね」

中山が先ほどの意趣返しをすると、男どもの歓声が上がった。

「うるさいわねっ。ごめんね、新見さん。このおじさんたちに変なことされたらすぐに言って」

「失敬な。誰が変なおじさんや」

「わぁ、懐かしいですね、変なおじさん。何だ君《つぃみ》は？」

「何だ君《つぃみ》はってか？　そうです、私《あたすぃ》が変なおじさんです」

いつの間にか仲良くなった源さんと井川が、志村けんの傑作コントのまねをして盛り上がった。

「もういいわよ！　新見さん、自己紹介して」

冴子に突然振られて混乱した遥は、自分を指さして「あたすぃ？」と志村けんのような声を出してしまった。計算のない完全なミスだったが、あまりの間の良さに爆発的な笑いが起きた。あの中山までうつむいたまま笑っている。

自己紹介どころではなくなった本人の代わりに寺内が、遥が書記を担当すると皆に告げた。耳を真っ赤にして、うつむいている彼女を見て、武井は本能的にうまくやっていけるような気がした。

2

片付けも各自が担当することになった。河岸《かし》を変えると思いきや、寺内がその場でプリントを配り始めたので武井は驚いた。

「まぁ、酒でも飲みながらゆっくりやりましょうや」

飲酒での学習会など武井には随分とけじめがないように映った。冴子もあきれ顔である。それでも、源さんに井川、切下は喜んでいる。中山は相変わらず無表情で考えが読めない。

寺内は遥にまでレジュメを渡し「気付いたことがあったら言うて」と助言を求めた。執行部は単年度だが、書記はずっと組合の事務作業に従事するため、誰よりも組合活動に精通している。寺内によると、遥は大学在学中からアルバイトで書記局に入り、欠員が出たのでそのまま正社員になったという。アルバイトの時期から数えると、八年ものキャリアがある。今度は自分の土俵とばかりに大きく頷く遥の顔を見て、武井は頼もしさより愛らしさを感じた。

「まずは組合組織の基本から。執行部の七人は組合員約五百人を代表して経営側と交渉する。言わずもがなやけど重責やで。週に一回、執行委員会を開いて課題について論議する。もちろん、全員参加や。この中で専従は委員長のみで、書記長は年三回ある経済交渉の前後の期間、みんなより長く職場離脱する」

寺内はここでコップに入った水、と見せかけた日本酒を口に含んだ。そして、執行部の主な役割を説明した。

委員長は全責任を負う。労働条件の変更の際には、書面に社長と委員長の印が必要で、それだけをとってもいかに重要な役割かが分かる。**副委員長**はその名の通り委員長の補佐役で、委員長が倒れたときは副委員長が全ての権限を引き継ぐ。**書記長**は経営側とのスケジュール調整や他の新聞労組との連絡など裏方の要と言える存在だ。委員長、副委員長、書記長を三役と言い、執行部のトップ3だ。

武井が担う**教宣部長**は、機関紙である組合ニュースを発行するなど活動を宣伝する役割を果たす。経済交渉のときはより簡潔に、素早く記事を執筆しなければならず、相当の勉強量が求められる。**賃対部長**は、新聞業界に限らずあらゆる業種の景気を分析し、交渉を優位に導くための賃金のスペシャリストだ。**財政部長**は組合費を管理し、適切に会計する財布の番人。女性と三十歳未満の男性の組合員が参加する青女部。女性や若者のニーズを聞き取り、よりよい職場環境へ導くのが**青女部長**の務めだ。

「上方新聞労組は、**編集**、**技術**、**営業総務**、**印刷**、**地方**の計五支部から成る。職種によって所属が変わるのは知ってるな？　地方は本社以外の支社・支局に勤務する人たちが所属する。武井は駆け出しが豊中支局やろ？　つまり支局時代は地方支部で、本社に帰ってきてからは編集支部や」

寺内の説明は淀みない。また日本酒を飲んで一息つく。酒を飲み慣れているので、正気を保つのがうまいのだと武井は仕方なく感心する。

「この五支部にはそれぞれ**支部長**がいる。重要な案件を決めるときは、第一段階として必ず支部長会を開いて五人の了承を得なあかん。**中央委員**は各支部から四人ずつ出すから計二十人。原則毎月開催する中央委員会は、執行部、支部長、中央委員の計三十二人が参加することになるな。賃金に関わるような重要な案件から、些細な規約変更まで、全会一致で『諾《だく》』にならん限り、話は前に進まへん」

それぞれの部署から集まった人たちが満場一致になるまで話し合う、というわけだ。新聞社は職種のデパートと言われるだけに、武井は想像しただけで気が遠くなった。

「俺らの主戦場は年三回の経済交渉や。うちの会社では、冬の一時金を決める**秋年末交渉**が十一月、基本賃金について議論する**春闘**が三月、夏の一時金は**夏闘**で六月に交渉する。もちろん金だけやない。職場環境改善のために、諸要求を提出して経営側と交渉する。切下、賃対部長は春闘の主役やで」

寺内がいびきをかいて眠る切下を名指ししたが、覚醒する気配はない。

「こいつ大丈夫かぁ」

源さんは楽しそうだが、隣の中山は仏頂面で起こそうともしない。彼は目を皿のようにしてレジュメを読んでいる。同期間の格差が浮き彫りとなった。

「やっぱり酒入ったらあかんな。ここまでにしとこか。今からクリアファイル配るから、また目通しといて。特に経営陣の代表七人の氏名と役職、俺の偏見で書いた人物メモ、『人員削減計画』と『深夜労働手当引き下げ案』については熟読しといてや」

学習会は切下の居眠りが原因で幕切れとなる、締りのないものとなった。

連続する軽い音が真っ暗な館内のどこかで鳴り響いている。この建物は外見も薄気味悪いが、中にいても油断ならない。古い施設特有のいわくあり気な雰囲気がある。

武井は一階奥の大浴場から続く廊下を一人歩いているとき、その音に気付いた。他のメンバーは割り当てられた個室か、全自動の麻雀卓《マージャン》がある部屋、つまり二階にいるはずだ。しかも夜間は従業員が不在という心もとない施設なので、一階で音の鳴る道理がない。蒸し暑い中ではあったが、武井は浴衣《ゆかた》一枚の身を震わせた。

先ほどの宴会場の隣からコツン、コツンと聞こえる。部屋の光が若干外に漏れている。肝試しのオプションなど頼んだ覚えがないが、恐いもの見たさも手伝って武井はその部屋の前に立った。

遊戯室、とある。

木製のドアは真ん中がガラス窓になっていて、中を覗《のぞ》くことができた。武井はゆっくりとドアに近づき、窓から室内を見渡した。十帖ちょっとの空間。部屋の奥、右隅だけ蛍光灯が鈍く光っている。そこには彼と同じ浴衣を着た人間の背中があった。背中は音に合わせて動いている。

武井は思い切ってドアを開けた。立てつけの悪い戸は、よく叫び声のような音を立てる。途端に背中の動きが止まり、武井の方を振り向いた。暗い中でスポットライトを浴びるがごとく浮かび上がったのは、遥の驚愕の表情だった。ピンポン玉が転がり、武井の足元までたどり着いた。遥は卓球のラケットを持って立っている。

「何してるんですか？」

武井は至極《しごく》真っ当に問い掛けた。遥は叱られたと勘違いしたのか、うなだれて答えようとしない。口数の少ない二人なので当然、沈黙が訪れる。

「ごめんなさい」

遥の声には、先ほどまで立てていた軽快な音の影は微塵《みじん》もない。武井が近づくと、頬と耳がメガネのフレーム同様、赤くなっていた。

「卓球？」

「えっ、あっ、壁打ちです」

「一人で？」

「はい」

「夜中に？」

「……はい」

「こんな暗い中で？」

「……はい」

尋常じゃない——。

　というのが武井の正直な気持ちだった。彼は遥の顔をまじまじと見た。第一印象と違わず二重瞼の大きな目をしている。肌が白いため小さな唇はより色濃く見える。だが、その整った面立ちで志村けんのような声を出し、夜中に一人壁打ちに勤しむ。顔からは想像できない突飛な言動に、武井は感興をそそられた。

「でも、なんでそんな一生懸命に壁打ちしてたんですか？」

「やっぱり変ですよね？」

「いや……」

「乱心やと思いましたよね？」

「乱心まではいってないですけど」

「ほんなら、やっぱり変やとは思ったってことですか？」

「訓読みしましょ。変《へん》やなくて変《か》わってる」

「それ、どう違うんやろか……」

　遥はラケットを片手に考え込んでしまった。武井自身も訓読みだけで慰められるとは思っていなかったので、最善手を見つけるべく頭をひねった。

「私、中学時代、卓球部やったんです。ラケットとボールを見たらどうしても打ちたくなって、毎年、学習会のときは夜中に……」

「壁打ちを？」

「……はい」

言われてみればさほど不思議な話ではない。ただ、暗闇の中に一人という状況が奇異だったのだ。武井は落ち込む女を何とか励ましたかった。

「僕なんか中学のとき、創作ダンス部ですよ。こんな変なダンスしてたんですから」

彼は相手の了承を得ることなく体を動かした。

首をハトのように前後に動かし、そのまま陸上短距離でよく見るクラウチングスタートの「位置について」と「用意」の動作をひたすら繰り返す。数秒に一度「ハッ」という掛け声があり、ハトの動きはそのままに、今度は反復横跳びをする。久々に体現する青春時代の躍動に、段々エンジンがかかってきた。ふと目の前の女を見た。

完全にひいていた。

今やダンサーの浴衣は取り返しのつかないほど乱れ、トランクスが見えている。冴子でなくともセクハラ男と呼ばれかねない。武井は強烈な悔悟の念を抱き、ちぎれるほど唇を嚙みしめた。謝罪しようと再び前を見たとき、遥の視線が少しずれていることに気付いた。虫の知らせがして振り返った。

寺内がいた。浴衣姿の彼はタオルでハチマキをし、缶ビール片手に呆然と立っている。

彼はどこから見ていたのだろうか。

少なくともダンスは見られたと考えていいだろう。ちゃんと説明するべきかどうか。武井の胸の内は揺れた。果たしてどんな言葉を並べれば、このダンスと丸見えのトランクスを正当化できるのか。地元自治会の伝統的な踊りということにしようか。しかし、下手な言い訳がこの男に通用するわけがない。やっぱり正直に話そう。

武井が逡巡の旅を終えたのと同時だった。

「早よ寝ぇや」

寺内は無情にもお開きの鐘を鳴らして去って行った。首をかしげて遠ざかる委員長の後ろ姿が確認できた。失ったものは何であろう。武井はただ切なかった。

「大丈夫ですか？」

遥に心配されて完全に立場が逆転したことを悟った。

切なさを癒すには開き直りしかあるまい。彼は「所詮、十一月までのピンチヒッター」という密約を支えに、寺内の残像を断ち切り強引に話題を変えた。

「卓球、教えてください」

「ほんまですか！」

遥は純粋に嬉しそうだった。ハトダンスという底辺を知って復調したのかもしれない。

薄暗い中で二人のラリーが始まった。ピンポン玉の行き来が長く続くほど、遥の笑顔は自然なものになっていく。武井は不意に素朴な幸せを感じた。

やがてラリーは白熱した勝負へと変わり、二人は明け方近くまでピンポン玉を追った。はしゃぎ過ぎて汗まみれになった彼は、もう一度風呂に引き返すことになった。

3

本社ビルの上層階に労働組合の書記局はある。書記局の隣には十五人も入れば満員になる会議室があり、この二部屋が言わば組合の基地となっている。

午前九時前。グレーの絨毯《じゅうたん》が敷き詰められた廊下から、だらしない足音が聞こえる。週末の、しかも夏の朝とあって武井は既に疲れていた。

組合会議室はまだ暗く、武井は蛍光灯を点《つ》けた。部屋の中央に大きな楕円形のテーブルがあり、周囲には十脚の椅子が並べてある。部屋の手前にある壁には教宣部長用の机がくっついている。教宣はニュースやメモ書きなど執筆作業が多いため、専用の机が用意されているのだ。真ん中には持ち運びがしやすい小さめのノートパソコンがある。

武井は自分専用の机へ向かいキャスター付きの椅子に腰掛けた。集合時間より一時間も早く来たのは予習のためだった。かばんの中から二日前の合宿時に配られたクリアファイルを取り出す。

午前十一時から第一回労協が開かれる。

労協とは労使協議会の略で、労働組合と経営陣による常設の協議の場だ。労働条件やその他の重要案件について、話し合いの必要があれば双方から開催を申し入れることができる。経済交渉の機会は年に三度しかないので、通常、労使の意見交換はこの労協でやりとりするのだ。健康問題や残業時間の削減など課題がより複雑になると、労使で立ち上げた専門委員会で解決策を練る。

ノックの音がして、盆を持った遥が入って来た。「読むとええこと　上方新聞」とプリントされた赤いエプロンをしている。遥は朝のあいさつをすると、机にアイスティーとクッキーを置いた。このような計らいがあるとは知らず、武井は驚いた。新聞社に入って、社内でお茶を出されたことなど一度もない。

「これ、僕にですか？」

「……はい。あのっ、足音が聞こえて、武井さんやと……」

「足音？　それで僕って分かったんですか？」

「聞き耳を立てたわけやないんですよっ。ただ、人よりちょっと聴覚が発達してて
……」

「別に疑ってないですよ」

聴覚の発達というお堅い言葉が気になったものの、自分だと認識した上でお茶を持って来てくれたことが嬉しかった。早速クッキーを口にした。思わず笑みが漏れた。

「意外と弾力があって、甘さ加減もちょうどええわ。ちょっとミント入ってるんかな？　後味もさわやかです」

「新聞記事みたいですね」

きちんと説明する、という職業病を指摘され、面映《おもは》ゆかった。遥はくすくす笑っている。

「要するに、おいしいです」

「気に入ってもらえてよかったです。今日、初労協ですね」

「ええ。全然勝手が分からんから予習しようと思って」

遥は武井の言葉に答えず、エプロンの前ポケットから一枚の写真を取り出した。

「これ、うちの猫です」

自分から労協の話を振っておいて、遥は全く違う話題へ転じた。武井はリズムがつかめず戸惑ったが、目の前に出されると写真を見ないわけにはいかない。写真には相当恰幅《かっぷく》のいい猫が椅子に座っていた。眼光鋭くふてぶてしい様には「借りたもんは返すんが筋とちゃいますか」という取り立ての台詞がよく似合う。

「ニャー吾郎です」

聞いてもいない名前まで告げられ、不器用な武井は返す言葉に困った。遥にもう一度「ニャー吾郎です」と写真を見せられたが「かわいいなぁ」と返事するのが関の山だった。遥はなぜか左右に首を振り、黙ったまま会議室を去っていった。

何が原因なのか彼女は少し機嫌を損《そこ》ねたようだ。が、掘り下げて考えるほど時間的余裕はなく、予定通り資料に目を通し始めた。


七人がそれぞれに緊張感をみなぎらせ、二階上の役員フロアーへ向かう。寺内を先頭に副委員長の源さん、書記長の井川と来て、その後に武井が続く。

第一回の労協は各人が自己紹介して終わるという形式的なものだ。それでも、寺内がドアをノックした瞬間、武井は身を強張《こわば》らせた。入社の面接試験と同じ部屋だと思い出したことも一因だ。

部屋はさほど広くなかった。長机が二列、一定の距離を取って相対《あいたい》している。奥側にずらりと並ぶ男たちを見て、武井はまた面接試験のことを思い出した。当時は自己PRの時点でつまずいたにもかかわらず、今は会社の代表として経営陣と向き合っている。希望の部署にいくこともなく、何ら出世しないままなので場違いの感が否めない。

双方の席はあらかじめ決まっている。毎回バラバラに座っていてはいつまで経っても顔を覚えられない。

寺内が真ん中に座り、左側に源さん、武井、財政部長の中山、右側に井川、賃対部長の切下、青女部長の冴子の順で座る。冴子が入り口から一番近い席になる。武井は先ほどまで目を通していた寺内の資料を頭に呼び起こし、眼前に居並ぶ七人の男を見た。

真ん中で寺内と正対するのが朝比奈《あさひな》蓮《れん》労担、五十七歳。労担とは労務担当者のことで、労使交渉において経営側の窓口になる人物だ。朝比奈は編集出身で現在は専務取締役。編集局にいたころとは随分評判が異なる人物で、現在は冷徹なコストカッターと揶揄《やゆ》されることが多い。鮮やかな白髪がボスであることを示す目印のようだ。

組合から見て朝比奈のすぐ左にいるのが権田勝《ごんだまさる》総務局長、五十五歳。労協や経済交渉の日程調整などを書記長とやりとりする。ナンバー2の位置で、労担のフォローが最大の任務と言ってよい。頭頂部に数本の髪を残したヘアースタイルは、波平カットのニアピン。まやかしの話術は「権田システム」と呼ばれている。

権田の隣が中村淳二《なかむらじゅんじ》技術局次長、五十二歳。「基本的に学習意欲がなく、すぐに謝る。場違いな人物」という寺内レポートの文字を見たとき、武井は若干の仲間意識を覚えほっとした。そのイメージ通りの猫背だ。

その隣が五味雅俊《ごみまさとし》広告局次長、五十一歳。仕立ての良さそうなスーツでシャツの襟《えり》がやたらと大きい。経営陣は皆、半袖のカッターだが一人だけジャケットを羽織っている。薄い黄色が入ったメガネレンズの意図は不明で、武井はお節介にもファッションセンスを心配した。「帰国子女であることを鼻にかけ、必要のないところでも英単語を使う」とは寺内の所見だ。

朝比奈労担のすぐ右側は、塚本剣志郎《つかもとけんしろう》編集局次長、五十四歳。舌鋒《ぜっぽう》鋭い論客で、相手の嫌がるポイントを経絡秘孔《けいらくひこう》のごとく突くことから「北斗の剣」の異名をとる。小柄だが好戦的なオーラが漂っている。

その隣は田畑満男《たばたみつお》販売局次長、五十三歳。五味とは対照的な銀ぶちの真面目なメガネをかけている。寺内レポートには「ごますり満《マン》」というニックネームがあり「あからさま過ぎて笑える」とのことだ。

田畑の隣は山下茂《やましたしげる》印刷局次長、五十五歳。寺内によると「面倒なことには首を突っ込まないで、質問にのみ答える。団体交渉で開始早々睡眠に入ることから『山下スイミングスクール』と呼ばれる」。丸々と太った外見からも「経営陣唯一の癒し系」ということらしい。

初回ということで経営陣からホットコーヒーが振る舞われたが、優雅に口にする雰囲気でもなかった。くつろいだ様子の経営側とは逆に、組合陣営は着席してから背筋を伸ばしたままだ。対照的な心理状態は一目瞭然である。

懸案については何ら話し合っていないが、武井は敏感に交渉の空気を感じ取っていた。沈黙の中ではコーヒーカップを置く音がやけに大きく聞こえる。

「委員長、あんまりいじめんといてや」

権田総務局長が髪の少ない頭をさすりながらおどけると、寺内は落ち着いた様子で頷いた。

「こちらこそ、お手柔らかにお願いします」

互いの顔に少し笑みがさすと、各々が自己紹介を始めた。所属部署と氏名を告げるだけなので、全員が名乗り終えるのに五分とかからなかった。武井は居心地が悪く、早く外の空気を吸いたかった。

あらかたの面々がカップを空《から》にした様子で、終了の気配が見えたとき、朝比奈労担が口を開いた。

「せっかくだから、少し会社の置かれている状況をお話ししようかな」

余計なことを、と帰る気満々だった武井は腹を立てた。会議室で聞く標準語は薄情に聞こえ、余裕綽々《よゆうしやくしやく》といった態度も印象が悪かった。

「君たちも知ってる通り、新聞業界の置かれている立場は大変厳しい。特に一人暮らしの若い人は、ネット情報で満足してしまう。今後、部数が伸びることは考えにくいだろう。加えて、リーマン・ショック以降、広告の下がり幅が尋常ではない。前年比マイナス二けたなんて会社はどこにでもある」

初めくらいもっと景気のいい話をしてもらいたいものだが、朝比奈はしかめっ面をつくって親しみにくい。補佐役の権田をはじめ経営陣はどこか他人事のような顔をし、田畑だけが熱心にメモをとっていた。

これが不況宣伝か、と武井は納得した。寺内から事前に聞かされていた通りだ。いかに財布の中身が厳しいか、という情報を常日ごろから流し続けることで、組合を牽《けん》制《せい》する。今の時代は本当に苦しい社が多いのは事実だ。しかし、全てを真《ま》に受けていては組合など不必要である。発言の中身を慎重に見極めることが重要なのだ。

常套手段である以上、経営陣は労担の同じ話を何度も聞いているに違いない。武井は相手側が一枚岩に見えない理由をそう判断した。

「収入の減少だけじゃないよ。新聞製作のシステム変更なんかで莫大な出費も想定しておかないといけない。ダブルパンチだよ。本当に大変なんだよ。言葉悪いけどね、労使でいがみ合うような時代はもう終わったと思う」

とうとう「山下スイミングスクール」が営業を始めた。田畑だけが大きく頷いていている。

「会社をよくするという方向は同じだと思うので、いがみ合うつもりはありません。

ただ、私たちも組合を代表しているので言うべきことは言うという姿勢で臨みたいと思います」

「そう、委員長が言うように目的地は同じ、当然乗っている船も同じ。ねぇ、山下局次長」

権田から急に声をかけられ、山下はこなれた様子で目を覚ました。もちろん、気持ちよさそうに船をこいでいる山下への嫌味である。発言をノートにとりながら、武井はやっかいな総務局長だと再認識した。

「そういう厳しい背景だから、皆さんにお願いしている深夜労働手当の件はすごく重要になってくる。可及的速《すみ》やかに理解いただけるよう、こちらも説明する準備はできてますから」

言葉とは裏腹に、朝比奈の態度はお願いしているようには見えなかった。単なる顔合わせのはずが、最後は労担の話を一方的に聞くはめになった。

こんな曲者《くせもの》たちを相手にやっていけるのか。個性的だと思っていた仲間たちがかわいらしく見え、武井はこの日何度目かのため息をついた。

第二章　要求決定

1

地下鉄心斎橋駅から七番出口を出た。目の前の御堂筋《みどうすじ》は、両側にある側道を入れると六車線一方通行という巨大な国道だ。武井はさらにその脇にある歩道を寺内とともに進んだ。

夕方の大阪はとにかく蒸し暑かった。こんなときでも黒服の男たちはユニホームのジャケットを脱がないらしい。ポロシャツの武井はその職業意識に感心し、前を行くTシャツの上司を見て笑ってしまった。全くでたらめな会社だ。

献血ルームを右折した。一つ中に入れば御堂筋とは比べものにならないぐらい道幅が狭い。楽器が入ったカバーを肩に背負い、若い男たちが大声で話して歩いている。ファッションビルのＢＩＧ　ＳＴＥＰの前を通ったとき、武井は懐かしくなった。高校生のころ、この近辺でよく友人たちがライブを開いていた。客席で声援を送ったものだが、もう随分連絡をとっていない。プロになると熱く語っていた彼らは、今もバンド活動をしているだろうか。久しぶりに友人たちの顔が見たいと思った。バンドで食べていくのが無理だとしても、武井は彼らに、せめて音楽に携わる仕事をしていてほしかった。

突き当たりを左折してしばらく進むと三角公園がある。ここに着くころには手持ちのタオルが汗で重くなっていた。あと一週間ほどで九月を迎えるが、陽の方は相も変わらず加減を知らない。集団でひと舟のたこ焼きをつつく若者がいたり、暇そうに座っている少女がいたり、はたまたそれなりの事情があるだろうえげつない年の差のカップルがいたり、と自由な空間だ。

心斎橋のアメリカ村は、洋服店や雑貨店が多く軒《のき》を連ねる若者の街だ。

狭い車道に停まっているトヨタ「bB」の中から、威勢のいい男連中が顔を出して洋服店の女子店員をナンパしていた。横で会話を聞いてるとどちらが客か分からない。「何してるん?」「仕事」「そらそうやろ」と続く会話と笑い声を聞き、武井はもうついていけない自分に気付いた。もっとも年齢に関係なく彼はナンパには無縁の男であるが。

そうした一抹の寂しさに胸を痛める後輩をよそに、寺内は「アメ村おもろいなぁ」

などと漏らし、若い街を楽しんでいる様子であった。

「寺内さん、僕ら完全に浮いてますよ」

「沈むよりええやろ」

武井は上司との意思疎通をあきらめた。

二人の男がこの場違いな繁華街に現れたのは無論、デートの類《たぐい》ではない。秋年末交渉の準備として、寺内執行部は今日からオルグ活動を始めたのだ。

オルグと聞くと組織拡大のための勧誘活動とイメージする人が多いだろう。新聞労組のオルグの場合、執行部のメンバーが本社はもちろん地方の職場まで訪れ、会社への要求や職場の課題などを聞き取ることが多い。

今回、執行部は一ヵ月間で十八ヵ所の職場を回ることになった。専従の寺内以外は皆、普段の仕事と掛け持ちなので七人全員で動くことなど不可能だ。自分が担当する行き先を決めると、二、三人のチームに分かれて行動する。

汗まみれになってようやく目的地に着いた。

なんば支局は栄養失調のごときペンシルビルで、一応は五階建てだが幅の広い二つのマンションに挟まれて貧相なことこの上ない。一階がガレージで、二、三階を編集局が使い、四、五階はカルチャーセンターとして貸し出している。ろくな防音設備もないのに、カラオケ指導なる教室があるため、日曜日は上の階からお年寄りの歌声が降り注ぐ。

寺内を前に、一階出入り口すぐの急な階段に足をかける。二階に上がると「編集局」と書かれたプレートの下に、薄い木のドアがあった。

なんば支局は記者が五人にデスクが一人。梅田の本社とさほど離れていないため、所帯が小さい。事件事故にも対応するが、主に心斎橋や難波、新世界といった大阪ミナミの街ネタを取材する。

ドアを開けると、電気が消えていた。人の気配がなく、休刊日と間違えそうなほどだ。寺内がスイッチを押すと、蛍光灯がパチパチと瞬《またた》きをして点灯した。

すると奥のソファーで寝ていた小太りの男が目を覚まし、ひじ掛けに置いてあったメガネをかけた。デスクの石渡《いしわたり》だ。

「おー、委員長やないですか」

石渡は短い髪に寝癖をつけ、欠伸《あくび》混じりに起き上がった。温厚だが、あまり一生懸命働くタイプでもない。武井と石渡は何度か宿直勤務で同じ班になったことがある。酒が好きなので飲み始めると長い。武井は彼との酒盛りのせいで不眠のまま朝を迎えたこともある。

「武井も久しぶりやなぁ」

腕時計を見た武井は、約束の十分前であることを確認した。にもかかわらず、惰眠《だみん》をむさぼるデスク一人しかいない。職場で組合員の意見をまとめる職場委員の姿すら見えない。

「あれ？　今日六時じゃなかったですか？」

「ちゃうよ。五時や」

寝ぼけたようなことを言う石渡に、寺内は舌打ちを加えて抗議した。

「オルグ、六時って聞いてますよ」

執行部二人からため息が漏れた。ユニオンショップで全員参加とはいえ、日常業務が優先なのは言うまでもない。誰も組合活動のことなど気にせず、毎日仕事に追われているのだ。つい先日まで武井もその一人であった。それにしても、一時間も早く呼んでおいて、職場委員すらいないとはふざけている。

ドアの開く音がして、振り返ると一目で不審者と分かる男が入って来た。

「うわぁ、また来よった」

石渡から悲痛な声が漏れた。あまり物事には動じないタイプの男が露骨に嫌な顔をしている。確かに初対面の武井から見ても面倒くさそうなのはよく分かった。

よく日焼けした顔に刻まれた目尻の深い皺は、遠目でも確認できた。脱色で痛みきったパサパサの茶髪は、肩の辺りでだらしなく伸びきっている。本来なら体のラインが出るピンク色のTシャツは、筋肉による隆起がないので全く似合っていない。十本全てにはめた指輪は「過ぎたるは及ばざるがごとし」ということわざを体現し、見る者に付け外しの非効率を連想させる。

「クレーマー？」

寺内が小声で聞くと、石渡は微《かす》かに首を振った。

「もっと性質《たち》が悪い」

「何してる奴や？」

「詩人です」

男は昭和のプロ野球選手が持っていたようなセカンドバッグを小脇に抱え、こちらに歩いて来る。「チッス、チッス」とつぶやきながら、首をハトのように前後に動かしている。

それを見た武井は、この不審者は創作ダンスの経験者かもしれない、と推察した。

「なんや、ノリノリやないか」

石渡にそう言われて初めて、武井は自らが首を動かしていたことに気付いた。

「俺、寺内さんとコーヒー飲んでくるから、悪いけどあのおっさんの話聞いといてくれる？」

「えっ？」

武井は衝撃でよろけた。知らない支局で変態みたいな男と二人きりになった。

間違えた時間設定に加え、業務の押し付け。それも相手はメリケンサックのように指輪をはめた不審者だ。これをパワハラと言わずして何と言う。立派な組合問題だ——と、以上のことを考えているうちに、上司二人は悠々とドアへ向かっていた。武井が追いかけようとすると、すっとピンク色が視界に入った。

「あっ、俺、こういうもんっす」

男が名刺を差し出した。いらないとも言えず、武井はとりあえず受け取った。

——HPからSPまで　変幻自在のPP　YASUSHI——

何、これ？

名刺をもらう段階で混乱したのは、生まれて初めてのことだった。身分証明のはずの紙切れが、カオスの序章となっている。

「HPとSPって何ですか？」

質問してしまってから、武井は自らの過《あやま》ちに気付いた。

「あっ、やっぱり響いちゃいます？」

俄然《がぜん》やる気になったYASUSHIは、我が家のように「どうぞ、どうぞ」と武井にソファーを勧めた。男二人で横並びに座ると、尻に石渡の体温が伝わって不快だった。

「いやぁ、本当上方新聞さんはいつも愛読させてもらってます」

YASUSHIはまず、笑顔が汚かった。これは嘘だな、と判断した武井は、彼らしくもなく意地悪な質問を思いついた。

「最近面白かった記事ありましたか？」

「あぁ、牛のやつがよかったですねぇ」

「牛？」

思わぬ即答で武井は面食らった。しかも牛の記事など記憶にない。ひょっとすると面白い原稿を見落としたかもしれない。意地悪をするつもりが、逆に不安を生んだ。

「HPはハードポエムで、SPはソフトポエムです」

「ポエムにハードとかソフトとかあるんですか？」

「えぇ。大いにありますね。激しいのと優しいのです」

説明雑やなぁ。

因《ちな》みにPPとは「パーフェクト・ポエマー」の略らしい。名刺に気を取られて余計な質問をしてしまったが、組合活動で来た自分が付き合う義理などないのだ。武井は強気に構えた。

「あのぅ、私も仕事がありますし、そろそろいいですかね？」

「だって、今来たところですよ」

「いや、でも……」

「よしっ、じゃあこれだけ読んでくださいっ」

ＹＡＳＵＳＨＩはセカンドバッグから四つ折りにした紙を取り出した。

「これ、何ですか？」

「新作のポエムっす。これはかなりの自信作でね」

それにしては随分ルーズにしまっている。

「個人的には代表作の『マイレージ』を超えたという手応えがあるんすよ」

まず、その「マイレージ」を知らない武井は反応のしようがなかった。

「ぜひ、読んでくださいよぉ。人生観が変わりますよ」

ＹＡＳＵＳＨＩはさらに目尻に皺を刻んだ。人を不愉快にする独特の笑顔であった。その顔に気圧《けお》される形で、武井は折りたたまれた紙を開いた。分からないように呼吸を整えてから目を通す。

手書きのそれは、まさかの丸文字であった。

武井はのけ反《ぞ》りそうになるのを堪《こら》え、タイトルを読んだ。

――ゲット　さてぃすふぁくしょん――

こらあかんわ。

武井は天を仰いだ。きっとふざけているに違いない、と彼は正面からＹＡＳＵＳＨＩの顔を見た。

真剣だった。

武井はこの先を読むのが怖かった。しかし、この道を進まねばオルグまでたどり着かないのだ。社会人としての自覚を杖に、彼はポエムの文字を追った。

予はマンゾクじゃ
見つめられたらゾクゾクじゃ
はしゃいだおいらはテイゾクじゃ
予はボウソウゾクじゃ
仲間の絆をセツゾクじゃ
カゾクが連なりミンゾクじゃ
予はカイゾクじゃ
平日はキゾクじゃ
どちらもキキンゾクが好きじゃ
世の中みんな
ゲット　さてぃすふぁくしょん

武井はこれまで、腹を下した人間は見たことがあるが、頭を下した人を見たのは初めてだった。これを新たな代表作に据えるYASUSHIは、何をもって自分超えを果たしたのだろうか。それよりこれはHPなのか、SPなのか。一つだけはっきりしていることは「ゲット　さてぃすふぁくしょん」が誰のマンゾクも得られないということである。武井はシュレッダーを探したが、初めての場所で勝手が分からず断念した。

「どうすか？」

得意げな顔でハトの動きをするYASUSHIは、きっと何かを超越している。武井は自分が持っていない強烈な光をこの詩人から感じた。前人未踏のPPへ。彼ならどんな逆境でも必ず成し遂げるだろう。そうして武井が導き出したのは「失って損をする人脈ではない」という結論だった。むしろ切っておきたいと切《せつ》に願った。

「どうぞお引き取りください」

心から言えた。武井はこれまでの人生で、初対面の人間に胸中の言葉を告げたことなどなかった。図らずも記念すべき日になったのだ。

YASUSHIは驚きで顔の皺を伸ばし、そのままの勢いで立ち上がった。きつい捨て台詞の一つでも吐くかもしれない、と武井は身構えた。

「お引き取りってことは、自宅に保管してある作品群を取って来いってことかな？」

「絶対違います」

「やっぱり、響いたんですね。このDPが」

DP？ 新種をほのめかしたYASUSHIは、足早にドアへ向った。振り向きざまに今日一番の笑顔を見せたのは、仲間意識からくるものであろうか。武井はあれほどストレートに否定して、伝わらなかったことにショックを受けた。

タイミングを見計らったように二人が帰ってきた。

「おっ、今日はえらい早い帰りやな」

「追い返しましたから」

武井は胸を張って石渡に言った。

「あいつの詩、読んだか？」

「気絶しそうになりました。『ゲット　さてぃすふぁくしょん』」

「何それ？ 俺のときは『とらトラ虎』やったで」

「何ですかそれ？」

「天王寺動物園のトラの前でタイガーマスクかぶってたら思いついてんて」

あいつやったんか――。

あのとき、YASUSHIがマスク越しに自分を見ていたらと思うと武井の背中が震えた。これ以上奇妙な縁が続かないようしばらくは動物園を控えようと彼は決めた。

　午後六時を過ぎても支局に上がってきた記者は二人だけだった。職場委員を務めるのは入社二年目の山口という男で、不機嫌なゲスト二人の顔を見て平謝りした。もう一人の記者は出稿があるようで、帰ってくるなりノートパソコンをたたき始める始末だ。武井の士気は底を打ち、たった四人でオルグが始まった。

　ソファーに石渡と山口が並んで座り、寺内と武井はキャスター付きの椅子に座って対面した。

「秋年末交渉に向けて何か要求はありますか？」

「もちろん一時金を一円でも多くってことです。あとはやっぱり、人員問題でしょうな。ここはまだ恵まれてますけど、地方は慢性的な人不足ですわ」

　寺内が一つ頷くと石渡は続けた。

「これでまだ人減らすんでしょ？　狂気の沙汰でっせ。ひどいとこは週に二回宿直がありますから」

「確かに。経営側は業務の外注をするって言うてるけどな」

「そんなもん信用できまっかいな。地方紙やのに、地元に人がおらんなんてギャグでっせ」

　石渡の言うことはごもっともだ。武井は発言をノートに速記していく。

「僕は深夜労働手当が気になってます」

山口は警察署も担当している。夜中の勤務が多いだけに直接給料に響いてくるだろう。若手記者の気持ちがよく分かった。

武井は、今年の春から私立大学へ通う妹へ仕送りしている。あと五年で定年を迎える父と専業主婦の母。もちろん年の離れた妹がかわいいというのもあるが、両親の今後を考えると全てを押し付ける気にはなれなかった。学費の半分を負担する武井にとっては、たとえ千円でも大切な生活費である。

「寺内さん、深夜労働手当の交渉はどこまで進んでるんですか？」

石渡にも強い関心があるようだ。

「前執行部が論外や言うて交渉のテーブルについてない。経営側は一時金で調整するって脅しをかけてきて、組合がそれに反発するっちゅうとこまでや」

「一時金減らして解決するんやったら、一回ぐらい我慢するけど」

「あかん、あかん。額がだいぶ減るし、今度はその減った額が基準になる恐れがある」

「そら絶対嫌やわ」

「加えて他の手当に目を向ける可能性もあるしな」

当然のことだが、組合員は金に関わる問題に対して敏感になる。一時金とこの深夜労働手当の問題は、交渉に入ると相当な重圧になると武井は思った。

それ以外の諸要求については、山口が「日曜日のカラオケがうるさい」と訴えたが、身内の石渡に「商売やから辛抱《しんぼう》せぇ」と裏切られ、寺内に「おまえも習いに行ったらどうや」と諭《さと》されて矛《ほこ》を収めた。

通常なら現地の支局員と酒盛りするのが恒例だが、石渡が風邪気味ということもあってあっけなく解散となった。

山口の机には束のまま放置された組合ニュースがあった。定期大会の様子を報じたものだ。職場の人間に配りもしないのか、と筆者の武井は落胆したが、自らもこれまで組合ニュースを熟読したことなどなく、過去を棚に上げることはできなかった。金のことには反応するが、組合活動自体には興味がない。どこの会社も同じかもしれないが、やるせなかった。

今日一日を振り返ったとき、一番多く言葉を交わしたのがYASUSHIであるという事実に、武井は愕然《がくぜん》とした。そして、無性《むしよう》にDPの答えが知りたくなった。あと、牛の記事も。

2

セミの鳴き声こそ聞こえないが、冴子以外のメンバー全員が半袖で過ごす十月三日の午後、執行委員会を開いている組合会議室には会話の声がなく、ただ紙ずれの音のみが続く。

本社の複数の職場を含め、大阪府内十八ヵ所を回ったオルグは九月末に終了した。執行部は同時に秋年末交渉に向けての組合員アンケートを実施。希望する一時金の額や職場環境改善に関する意見、会社や組合に対する訴えなどを募った。このアンケートは年三回の経済交渉前に必ず行われるもので、一時金は記入された額の平均が重要となる。平均額をそのまま会社に要求するか、金額を変えるかは執行部の考え方次第で決まるのだ。

今回の組合員平均は七九万七一四五円。約三十年ぶりに八〇万円の大台を割った。ちなみに前年の秋年末交渉では、要求額が八一万八七六二円で実際の獲得額が七一万三二〇円。十万円ほどの開きがあった。ひと昔前までは、要求額に百万、百五十万と荒唐無稽な数字を書く人も少なくなかったが、近年は不景気のあおりを受けてどの新聞社でも現実的な数字を書く組合員が増えている。要求額と獲得額の乖離《かいり》は以前、五十万円ほどあったが、今ではせいぜい十万円の範囲内である。社員が現実的な考えを持つということは会社にとってプラスなのだが、裏を返せば夢のない斜陽産業の現実とも受け取れるのだった。

世相を表していると言えば、アンケートの結果だ。オルグでもよく聞かれた「要求は一時金一本で」「一円でも多く」といった答えや「深夜労働手当削減、絶対反対！」「深夜労働手当死守を」などお金の絡《から》むものが大半を占める。「人員削減計画」についても反対意見が相次いでいる。

　深夜労働手当削減への反発が大きいためアンケートの回収率は九割を超え、ニュースを書く武井は四百五十人以上の声を丁寧に拾っていった。少数意見では「本社の全トイレにウォシュレット設置」「社員食堂をミシュランに載せよう」「ＵＳＪの顔パス券の発行」、なんば支局からは「カラオケ教室の閉鎖」などの声があったが、無視して問題なさそうなものばかりだった。

「だいたい読めたかな？」

　楕円形テーブルの上座にいる寺内が声をかけた。寺内の右側には近い方から順に、源さん、井川、武井、同じく左は切下、中山、冴子が座っている。一回目の執行委員会からこの席順は固定されていて、冴子の正面に座る武井は彼女が癇癪《かんしゃく》を起さないかとびくびくしているのだった。

「今後のスケジュールやけど、今日の執行委員会で執行部の要求素案を作って、すぐに臨時の支部長会を開く。支部長に素案を見てもらうてＯＫが出たら、十二日の中央委員会で案を諮《はか》ろうと思う。全会一致の承認で秋年末交渉の要求決定や。速やかに労協を開いて、経営側に文書を提出する」

「いよいよ開戦ってわけやっ」

源さんが威勢よく言うと寺内が静かに頷いた。

「一番大事な一時金の要求額やけど、みんなの意見を聞かせてくれ」

「八十万円の大台を割ったのをどうとらえるかでしょうね」

真っ先に発言したのは右手人差し指で金ぶちメガネを押し上げる中山だ。見た目からして理系のこの男は、金のこととなると自分のテリトリーとばかりに口数が増える。

「要求額と獲得額の乖離ですがね、僕はこの幅が小さいほどよいと考えます。これは組合員が会社の経営状況を理解しているというメッセージですから、交渉時における組合の発言に説得力が生じます。少しでも交渉を有利に進めたいのなら、より現実的な数字を出すことでしょうね」

「そらあかんわ」

と、嚙みついたのは源さんだ。

「交渉は気合いや。根性や。そんなもん、最初から腰が引けてたら、相手になめられるだけやで。ここはでぇんとかましてやな。百万でどうや」

「そりゃいくら何でも厚かましいわよ。でも、この八十万円というラインをどう考えるかがポイントだと思う」

冴子が端的に要点を指摘した。

「そうやねん。俺はこの末広がりの八十って数字を守った方がええと思うんやな」

眠そうな井川は、発言後にすぐ欠伸をする。

「ただ縁起がいいっていうだけで決めるべきことなんでしょうか。敵方の心理を読んだ方が得策だと思うんですが」

中山は薄ら笑いを浮かべて反論した。隣の冴子が見えないようにあかんべぇをして、武井を笑わせた。

「中山君の言う通りや」

という井川のダッチロールは想定の範囲内だ。

「やっぱり多い方がええなぁ」

切下の言葉に場が和《なご》んだ。会議中にもかかわらず、彼の手には食べかけの草加《そうか》せんべいがあった。

「武井はどう思う？」

寺内から意見を求められ、たった七人の集まりにもかかわらず、武井は緊張した。変なことを言って空気を乱したくない。そんなことを第一義的に考えてしまう自分に、彼は毎度のことながら嫌気が差した。武井は会議が始まる前に予習した通り、ノートに書いた自らの意見を読み上げた。

「まず忘れてはならないのが、三年前に断腸の思いで受け入れた定期昇給の伸び率抑制です。この大きな譲歩を軽視するように深夜労働手当の削減を求められたことは、誠に遺憾であります。要求額が大台を割ったというのは、士気の低下の表れであり見過ごすことのできない労働者からのサインです。ここは執行部が気概を見せ、八十万円超えの要求をすることで、逆風に対抗する意志を示すべきでしょう」

武井が言った定期昇給の伸び率抑制とは、一年経つと自動的に上がる給料の上げ幅が小さくなるという意味だ。上方新聞労組は三年前にこの不利益提案を受け入れている。

棒読みの朗読を終え、武井はひとまず息を吐いた。彼の中ではとりあえずの責任は果たせたというほのかな達成感があった。

「あんた、自分の意見ノートに書いてんの？」

冴子があきれ顔でたずねると、井川が新種の生物を見るように目をしばたたかせた。

「はい。間違えると大変なので」

「その作業の方が大変やろ」

源さんのツッコミで笑いが起こった。武井は気恥ずかしかったが、いい加減な発言をするよりマシだと自らに言い聞かせ、皆の注目を甘んじて受けた。

「川島は？」

「私も武井君の意見に賛成です」

寺内の問いかけに対し簡潔に返答した冴子が、武井を見てまた笑った。

「よし、中山。あらためて武井の意見に対して何かあれば」

「私が思う最善については先に述べた通りですが、武井君の言うことにも一理あると思います。致し方ありません。名誉ある撤退といきましょうか」

「ほんとややこしい奴ね」

冴子が耐えかねたように声を上げたが、中山は一瞥もせずに右手でメガネを押し上げた。

八十万円を軸に一時金の内訳「年齢給」「家族手当」「一律支給」の割合を計算し、中山が導き出した金額が八〇万五四三七円だった。

「これでどうやろ？」

寺内へ「異議なし」の声が返り、要求額の案が決まった。

「ほんなら、一円でも多くこの金額に近づけるようみんなでがんばろう。次は諸要求や。アンケートを見たところ、やっぱり『深夜労働手当引き下げ案』についての反対が目立つな。これは諸要求に挙げるべきやと思うがどうやろ？」

これもまた「異議なし」の声が飛んだ。すんなり決まりかけたが、またしても中山が挙手した。

「一つ気になってるんですがね」

「何やねん、おまえ。いっちょ噛みやなぁ」

源さんの嫌味をものともせず、中山が抑揚のない声で話し始めた。

「確かにこの深夜労働手当の問題は、今期執行部において最大の懸案と言えるでしょう。しかしながら、経済交渉のテーブルに載せるのは諸刃《もろは》の剣《つるぎ》でもあります。経営側から何らかの結果を求められた場合、妥結するのが容易ではありません。つまり、双方の意見がまるで噛み合わなかった場合の落とし所を懸念しているのです。どうされるおつもりですか？」

決して好かれているとは言えない男だが、展開する論理は明快であった。経済交渉においては要求全てに対し、組合が「諾《だく》」「否《ひ》」の意思を示さなければならない。もし、お互いの考えに大きな開きがあった場合、何をもって「諾」とするのか。「諾」をしなければ永遠に秋年末交渉が続くことになる。中山の懸念は至極真っ当なものであった。

そもそも「深夜労働手当引き下げ案」、経営側の言う「深夜労働手当改定案」は、今年の一月に突然提案されたものだった。同手当は、心身への負担が大きい深夜勤務に対する割増手当のことだ。

上方新聞社では、午後八〜十時をA▽午後十〜午前一時をB▽午前一〜四時をC▽午前四〜七時をD——とそれぞれ時間帯を定め、時間が深くなるほど割増率を高く設定している。一番低いA時間帯で一五％、D時間帯で六五％の割増がある。経営側はA時間帯を撤廃し、残る三つの時間帯でも割増率のカットを要請している。労働基準法では、A時間帯に割増義務がなく、午後十時〜午前五時までは、一律で最低二五％と定められている。

深夜時間帯の割増手当については、上方新聞だけでなく、他の新聞社でも引き下げ交渉が行われている。中には労基法通りの時間帯で一律二五％になった社もあり、悪く言えば経営側の流行の手段と言える。

しかし、いくら切り盛りが難しいと言っても、心身ともに疲弊する深夜労働に対し賃金で評価されないとなると、働く者の士気の低下は免《まぬが》れない。各社の労働組合は今、必死になって闘っているのである。

誰も反論できないまま一同が唸《うな》り、議論は行き詰まった。見兼ねた寺内が一つの提案をした。

「確かに中山の言う通りやな。その落とし所っていうのは今後の交渉にも付きものやから、みんなも意識しといてくれ。でも、こういう手もある。どうしようもないときは、継続協議として『諾』とするんや。もちろん、要求する限りは手ぶらで帰られへんで。でも、何らかの前進があれば、勝負を預けるっていうこともできる」

「なるほど。それも然《しか》りですね。委員長はどうお考えなんですか？」

寺内に認められ、中山はやる気が出てきたようだ。

「メリットがあるとすれば団交によって集中的に相手の考えを聞くことができるということ。労協やとここにいる七人しか参加できひんやろ？　でも、団体交渉になったら組合の方は十五人まで申請できる。つまり、現場で働いている皆を団交の場に呼んで、直接経営側に意見をぶつけることができるんや。数字の帳尻合わせに慣れてしもたおっさんにとって、現場の声っちゅうのは一番効果が大きい」

「団交では経営側も人数が増えるんですか？」

冴子の問いに寺内は軽く首を振る。

「いや、基本的に労協メンバーだけや。専門的なことやったら助っ人を呼ぶこともあるけどな」

「数の上でもこちらが優位に立つというわけですね」

中山が言うと寺内は「そんな軟《やわ》な連中ちゃうけどな」と釘を刺した。

「それと大きいのはスト権を背景に闘えるってことや。ストライキは相手にとってかなりのプレッシャーになる」

経済交渉前には必ず、組合員を対象にスト権投票を行う。賛成多数で可決されると、それが強い武器となる。

「委員長のお話で疑問が解消しました。深夜労働手当の件を諸要求化することに賛成します」

「名誉ある撤退やな」

にやける井川に、中山はフンと鼻を鳴らした。

この中山の発言で、諸要求の一つが決まった。

「さぁ、アンケートで次に多かったのは人員削減計画についてや」

この計画は三年前の定昇の伸び率抑制と同時に発表された。約六百人の社員を五年で五百人にする、というものだ。狙いはもちろん人件費を抑えることで、経営側はこの三年間で早期退職を募ったり、採用人数を絞ったりして、五十人ほどの効果を上げた。今後はグループ会社への出向、採用ゼロなどを視野に入れて目標達成へのラストスパートをかけるとみられる。

しかし、現場では人員減の余波による人手不足や電子化にともなう作業量の増加などで労働過密が進んでいる。慢性的な人員不足で残業時間の延長や休日返上で出勤する社員もいるが、管理職からは「時短」の名のもとに早帰りの号令がかけられるのだから、現場の人間はたまったものではない。

「これはいかなあかんで。現場を知らんからこんなアホみたいな計画を平気で言いよるんや」

源さんの怒りはごもっともとばかりに皆が頷く中、またあの男が手を挙げた。

「こら、メガネ猿、何か言わな気ぃ済めへんのか」

どちらかと言うと源さんの方が猿っぽいのだが、当人はかまうことなく悪態をつく。

中山は年配者の抗議を無視し、iPadをラウンドガールのようにして皆に見せた。

「過去五年分の一時金に関する経済交渉の経緯を調べました。これは団交の詳細を伝える組合ニュースの一問一答、歴代執行部が残したメモをデータ化したものです。年によって多少の差はありますが、やりとりは毎年似たようなものです」

「何それ、めっちゃええやん。後でデータくれや」

中山の仕事は、書記長としてさまざまな資料を作成しなければならない井川にとって「ありがたい」の一語であったようだ。

「後ほど皆さんへのメールに添付して送ります」

「紙焼きでくれへんか」

先ほど無視された源さんは、アナログ人間の意地で抵抗する。

「でしたら、新見さんにデータをお渡ししておきますので、彼女に頼んでください」

「ぺぇっ、ぺぇっ」

源さんはつばを吐く素振《そぶ》りで悔しさを表した。切下がその素振りを気に入り、まねをして遊び始めた。

「人員削減計画では、三年前の秋年末交渉で団交の場が設《もう》けられています。私が見たところ、質問が一時金の交渉と重複しているところが多いのです。各職場からいかにがんばったかを訴え、業務の煩雑化や人手不足による労働の過密感をアピールする、ざっとこんなところです。これは無駄です」

「おまえが言うたら身もふたもないな」

ピカチュウの形をしたうちわで、机の上の埃《ほこり》を払いながら寺内が言う。

「三年前に当時の執行部が残したメモには『同じような内容の発言や質問の繰り返しになり、苦戦した』との記述があります。しかし、このときは経営側がこの計画を発表したばかりだったので、タイムリーな要求だったと言えます。ただ、計画が進行中の現在、わざわざ諸要求で柱の一つにすることが得策なのか。計算が必要です。個人的には、やはり諸否の判断が難しいと思います」

武井は中山の分析力と行動力に圧倒された。誰にどんな嫌味を言われようが、一番真面目に考えているのは彼である。ただ発言を求められただけで固まってしまう自分とはまるで次元が違う、と気持ちが塞《ふさ》いだ。編集局の人間が一番しっかりしていると思っていたのは単なる思い上がりで、他部署にも幅広い人材がいることを痛感した。

「今の中山の発言に対して意見のある人は？」

寺内に呼び掛けられたメンバーは、一様に資料に目を通すふりをした。中山ほど準備している者は誰もなく、反対意見を述べたところで、メガネの反論を受けることは目に見えている。

「確かに中山の話には説得力がある。深夜労働手当という難題を抱える以上、こちら側の負担を軽くしておく必要があるな。それに、人員削減計画は今後も続いていくわけやから、必要があれば春闘や夏闘でも要求化は可能や。ここは中山の言う通り、一時金の団交時に計画について質《ただ》すという方針でええやろか？」

「ええんちゃいますか」

源さんは中山のしたり顔が気に入らない様子だったが、論駁《ろんばく》する気力はないようだった。

「例年、諸要求は複数挙げるけど、今回は特別版ということで。一時金と深夜労働手当引き下げ案の交渉に集中しよう」

寺内が気合いの入った声を出して、バンバンとピカチュウのうちわを机に打ち付けた。秋年末交渉の要求方針決定で、執行委員会の緊張感が一時的に途切れた。

「よし、休憩を挟んで素案づくりに……」

「ちょっと待ったぁ！」

委員長の休憩の合図を遮ったのは、高く細い女の声だった。

メンバーの視線を一身に浴びた川島冴子は、仁王立ちして男どもを睥睨《へいげい》した。整った顔に浮かんだ不敵な笑みに、武井は嵐の到来を予感した。

3

冴子は今日の朝刊から紙面を一枚抜き出し、下々《しもじも》の者へ光を照らすようにして見せつけた。

何の変哲もない経済面だ。大手自動車メーカーの不振やスマートフォンの新機種発表会など、興味のない人は軽く読み飛ばす程度の記事だろう。前半の議論で息が上がっていた男どもは、この突拍子もない行動の真意を測りかねていた。

「それがどないしたんや？」

マラソンで言えば給水所が走って逃げるようなもので、源さんの声は遠慮なくいらだっていた。それはニコチンの禁断症状と言い換えることもできる。

「これよ、この下品なやつ」

冴子が指差したのは、経済面によく載る「スーパー迫田《さこた》」の広告であった。

「それがどないしたんや？」

そう繰り返した源さんは、貧乏ゆすりを始めた。意図が見えない冴子の行動に、武井も気持ち悪さを感じていた。

「これ見て何とも思わないの？」

「迫田！　迫田！　迫田！」と書かれた暑苦しいハチマキを巻く男がメガホンを持っている。短髪で店長らしき雰囲気だ。この男の口からコミックのような吹き出しがあって「奥さん、イッちゃうの？」と文字が出ている。一方その対面には、アニマル服のおばさんが三人並んでいて、吹き出しには「イクぅ〜」との台詞《せりふ》がある。

あらためて見るとバカバカしいが、武井はこれが経済交渉とどう関係あるのかが分からなかった。

「だから、これが何やねん！」

源さんが怒鳴り声を上げると、冴子は彼に自信満々の顔を向けた。

「セクハラよ」

一瞬にして空気が固まった。源さんと井川は同時に口を開け、切下は持っていた草加せんべいを落とした。無表情の中山はしきりにメガネを押し上げ、寺内は眉間にしわを寄せてピカチュウを見ている。

武井もまた呆気《あっけ》にとられた。確かに「スーパー迫田」の広告は上品とは言えない。しかし、昨今の不況を考えれば広告主は神様で、最大限立場を尊重されるべき存在だ。スポーツ紙だけでなく、一般紙であっても精力増強剤の広告は珍しくない。現に上方新聞にも何とかパワーなり、意味不明の横文字なりの精力増強剤を宣伝する広告が載っている。武井は一瞬、女はやはり違う生き物だと思いかけたが、この人が特別なのかもしれないと思い直した。

「ちょっと待ってや。それの何が問題やねん」

冴子は源さんの発言が信じられないとばかりに目を見開き、新聞紙をテーブルに叩き付けた。

「とぼけないでよ！　こんな卑猥《ひわい》な広告見たことないわよ。朝からこんなもん、子どもたちに見せるわけ？　信じらんない！」

「卑猥って言うてもな……」

源さんが助けを求めるように隣の井川の顔を見た。

「このおばはんらがイクぅ〜って言うてんのは、スーパーに行くって意味やで」

「嘘よっ。じゃあなんでカタカナなのよ。イッちゃうの？　って聞き方も変じゃない」

「ではお尋ねしますが、川島さんはカタカナのイクだとどこに行くとお思いなんですか？」

「あんた正気なの？　それがセクハラだって言ってんの」

中山を指差して冴子が吼《ほ》えた。

「しかし、そこを確認しないと議論が前に進みませんよ。もし、お互いの考えに齟齬《そご》があった場合、限られた時間を無駄にする恐れがある」

「そんなの決まってるじゃない。この広告はあのことをにおわせてるのよ」

「ですから、あのことじゃ分かりませんよ」

「ほんまや。おっさんにも分からんぞ」

デジタルとアナログが奇跡的にタッグを組んだ。

「武井君は分かるよね？　これが何を表しているか。そして、それを女の口から言わせようとするこの男たちの愚かさも」

なぜ振ってくる——。

武井は心中で女を恨《うら》んだ。大人が七人もいて、どうしてこんな天保山級に低いレベルの議論になるのか。武井は逃げ道を探したものの、何を言っても丸く収まる気配はなかった。彼は目で寺内に助けを求めたが、責任者である委員長は知らん顔をしている。切下に至っては寝ていた。純度百パーセントの狸寝入りである。

「何となくは察してるんですが……」

「何をや。言うてみぃ」

源さんに逃げ道をふさがれ、武井の進退は窮《きわ》まった。

「イクっていうことはですね……」

　社会人として過ごす午後、あまりにもくだらないことを口にしようとしていると自覚した武井は、急におかしくなって笑みを漏らした。

「こいつ案外むっつりスケベでっせ」

「今何て言った！」

　井川の言葉に鋭く反応したのは冴子だった。

「むっつりスケベって言ったわね。つまり、書記長はこの広告がスケベだと認識しているってことね」

「そんな鬼の首を取ったみたいに言うことちゃうやろ。セクハラや言うわりには、あんたが一番興奮しとるがな」

　源さんの揶揄に冴子はあまり豊かではない胸を張って応えた。

「何とでも言いなさいよ。でもね、このスーパーの広告が卑猥だってことは、共通認識としてあるってことよ。それなのに、男どもは見て見ぬふりをしているわけ。ねっ、問題だと思わない？」

　冴子は武井に同意を求めたが、彼は「はぁ」と鈍く返事をするだけに留めた。

「川島さん、あなたはこの『イクぅ～』という表現が性的な想像を喚起させてしまう、と言いたいわけだ。仮にそうだとしてもですよ、あなたは今度の経済交渉で何を求めようって言うんですか？」

　中山の発言は相変わらず地に足がついていた。ただ「イクぅ〜」の言い方にそれなりの力《りき》が入っていたので、他の六人は反応に困った。笑おうにも発言した本人があまりに無表情だからだ。

「言わずもがなよ。この広告の廃止を求めます」

　先ほどと同じように空気が固まった。さすがの切下も片目だけ開けて周囲の反応を確認している。

「あなたねぇ、今のこの時代、広告とるのにどれだけ苦労すると思ってるんですか。それも『スーパー迫田』と言えば、昔からずっとお世話になっているお得意様ですよ。そんなことは絶対に認められません」

　中山が珍しく感情を露わにした。武井はそれだけで広告一つをとる苦労が分かるような気がした。

「何言ってるの。あなたは新聞社で働いてるのよ。それも一般紙よ。スポーツ新聞みたいにおっさんが読むものじゃないの。女性も子どももみんな読むの」

「あなたは何を気取ってるんですか？　記者なんか一銭も稼がないじゃないですか」

「気取ってるって、あんたに言われたくないわよ。それに記者が記事書くから新聞なんでしょうが。面白い記事を書いて、読者に喜んでもらう。それが本質ってもんでしょう」

「うちの新聞で面白い記事なんてどこに載ってるんですか？　新聞は戸別配付だから習慣で取ってもらってるだけです。支持されているとすれば『読み慣れている』という一点だけですよ」

「自分とこの新聞がつまんないと思うんなら、とっとと辞めちゃいなさいよっ」

「一介の記者であるあなたに人事権はありません。放っておいてください」

言葉に詰まった冴子は憤然と席に着いた。ハンカチで潤んだ目元を拭く先輩を見て、武井は同情の念が湧き上がってきた。だからといって、彼女の意見に転向するほど彼もボケてはいない。しかし、三十代の大人がこれほど遠慮なく本音が言えるのは、裏を返せば健全なのかもしれない。妙なところで腑《ふ》に落ちた武井は、先ほどから我関せずを決め込んでいる委員長へもう一度視線を送った。

「まぁな。二人の言うことはよく分かる。川島は読者の立場から、中山は会社の立場から。意見は異なっても、両方とも正しいことには違いない」

武井の視線が気になったからか、ようやく寺内が仲裁に入った。

「私は絶対、この広告が許せません。自分の書いた記事の下にこれがあったら、その日一日不愉快だわ」

「あなたの小さな不満のせいで、会社に損害を出すわけにはいきませんよ。もし、どうしてもとおっしゃるなら『スーパー迫田』を凌《しの》ぐクライアントを探してくることですね」

「あんたほんと銭勘定《ぜにかんじょう》しかできないのね。絶対モテないわよ」

「そういうのをセクハラと言うんじゃないですか」

「私、執行部辞めます！」

冴子が涙声で叫ぶと中山は失笑で応えた。ヒステリックな女に理詰めの男。それぞれの性を代表する厄介者が机を並べたわけだ。

前の論議から一切休憩をとらず、迷い込んだ樹海のような会議にさすがの寺内も手を焼いた。

「よっしゃ、ほんなら諸要求に『ハラスメント』っちゅう項目を挙げてやな、そこでこの広告のことを聞いたらええがな。仮に経営側が『確かにけしからん』と言えば廃止になるし、そうでなくとも広告についての会社の考え方が聞けるわけや。それでどうや？」

源さんが娘に接するように冴子へ声かけした。何だかんだ言って情のある人だ。

「異議なし」と続いたのは井川で、各々が源さんの案に賛成の意思を示した。

「まぁ、諸要求として掲げるならそれ相応の準備が必要ですけどね」

と、中山だけは冴子に釘を刺すのを忘れなかった。

「今度こそほんまに休憩しよ」

寺内が号令をかけると、たばこを持った源さんが真っ先に退室した。廊下から聞こえた「死んでまうわぁ」の声に、ただ、たばこが吸いたかっただけかもしれない、と思い直した武井であった。

4

窓の外に大阪のビル群を望む本社上層の大会議室には、季節外れの冷房がかかっていた。それでも執行部と支部長、中央委員の面々計三十二名が集まると人口密度は濃く、部屋が冷えるということはなかった。

前方には執行部の七人とこの日議長を務める中央委員が一人の計八人が横一列に座る。正面の壁一面には「団結」の文字を白抜きした赤く巨大な旗が掲げられている。

議長は編集局運動職場の田崎という若手記者で、寺内が一週間ほど前に指名していた。田崎は司会の役割を果たすが、中央委員会の議決は全会一致が原則のため、重い役割と言える。開会まであと五分を切り、彼は進行表を読んで何やらつぶやいている。

彼らと相対する形で五つの島が浮かぶ。最前列は「編集」「技術」、二列目が「印刷」「営業総務」、三列目が「地方」――の五支部だ。出席者は一様に、秋年末交渉の執行部要求案をまとめた組合ニュースを熟読している。この案については既に支部長たちの承認を得ているが、一人でも反対がいれば帰ることができない。

武井は冴子のことが気になって表情をうかがったが、彼女は頰杖《ほおづえ》をついてまるで覇気がない。あの中山との一件以来、冴子はすねたような態度に終始し、昨日の執行委員会でも積極的に意見を述べることはなかった。

「それでは定刻になりましたので、中央委員会を開会します。私は本日議長を務めます編集局運動職場の田崎です。入社して初めての中央委員で、不慣れな点もあると思いますが、よろしくお願いします」

午前十一時、田崎はよく通る声で開会を宣言した。体格もよく姿勢もぴんと伸びている。短髪の横顔には自信がのぞいていた。武井は堂々とあいさつを済ませた後輩がまぶしかった。年下であってもこういうタイプには気後《きおく》れしてしまう。

午前中はオルグや他社労組との合同活動などについて井川書記長が淡々と説明する。この座学のような時間が正午まで続くため、出席者は分からぬように内職をしたり、本を読んだりして退屈をしのぐ。井川の方もあらかじめ用意してある原稿を読むだけなので、流れ作業の感は否めない。前向きに捉えれば、午後の議論に向けて英気を養っていると言えなくもない。

後半雑になった井川の朗読が終わり、報告は拍手で承認された。田崎から昼食休憩の言葉が出ると、中央委員らは三々五々に部屋を出て行った。執行部の面々も散っていく中、今日のニュース発行の準備がある武井と気怠《けだる》そうな冴子だけが部屋に残った。

パソコンの前で、出社前に買ってきたサンドウィッチを頬張った自分の横顔を冴子が精気のない目で見ている。しばらく視線に気付かないふりをしていたが、埒《らち》が明かないと思った武井は予定稿を打つ手を止め、先輩に一切れ勧めた。冴子は首を振り、大きなため息を吐いた。

「武井君は若いから元気ね」

「そんなに年変わらないじゃないですか」

「今、二十八だっけ？　この年代で四つは大きいわよ。二十代と三十代じゃ大違い」

「体、しんどいんですか？」

「ちょっとね……」

冴子は腕を枕にして机に上体を預けた。何となく構ってほしそうだったので、武井は彼女の方を向いて座り直した。

「スーパーの広告ですけど……」

「あぁ、あれはもういいの。分かんない連中にいくら言ったって仕方ないし」

物議をかもした「スーパー迫田事件」だが、事実上執行部案から除外されるという結末に至った。経営側への要求書は、特に諸要求についてはそれを求める背景や理由を明確な文章にして起こすのだが「ハラスメント」をテーマにした場合「スーパー迫田」の部分がどうしても浮いてしまい、締まりがなくなる。寺内があきらめるよう丁寧に説得しているうち冴子のやる気は色褪《いろあ》せていき、最後は投げやりに頷いたのだった。あのふざけた広告一つに、ここまでこだわる気が知れない武井は、傷心の女にかける言葉が見当たらなかった。

「武井君は気にしなくていいのよ。でも、将来あんなデリカシーのないおっさんになっちゃダメよ」

「はぁ……」

冴子の発言に少量の媚《こび》を感じ取った武井は、七人のチームで派閥も何もないだろうと胸中で毒づいた。この人は子どもだ、という評価を心に忍ばせた彼は、若干の抵抗を持って気のなさそうな返事をしたのだった。しかし、その際にも笑みを残すという彼独特の技術は、本来の気の弱さを元にし会社員生活の中で培《つちか》ったものだ。

「さて、外の空気でも吸ってこよっ」

後輩の薄い反応がお気に召さなかったのか、冴子はわざとらしく跳ね起きて、そのままの勢いで部屋を出て行った。武井はちょっとした罪悪感を覚えたが、それも長続きはせず、今日の予定を頭に浮かべて残りのサンドウィッチを食した。

午後からは秋年末交渉の要求素案についての論議が始まった。執行部以外の全員が、各職場で拾い集めた意見を元に発言するので時間がかかる。武井は記録用にその全ての文言を打ち込んでいかなければならない。

一時金については、執行部案が組合員アンケートの平均要求額を上回ったことが焦点となった。営業総務支部と技術支部の一部からは、減益という業務実績を冷静に見る向きもあったが、過密する労働や三年前の定昇伸び率抑制を理由に賛成する委員らが大勢を占めた。強気の姿勢を見せた執行部に「その心意気やよし」の声が相次いだ。「一円でも多く」は共通の認識なわけで、数字を修正することなく承認となった。

「続いては『深夜労働手当引き下げ案』についてです。執行部案の要点は、組合が経営側の不利益変更提案に対し、交渉のテーブルにつくということで誠意を示しているのが第一点。その上で経営側の深夜労働手当に対する認識を確認するのが第二点。A～D時間帯、それぞれの削減率の根拠を問うのが第三点となっております。この素案に対し、各職場からの意見をうかがいたいと思います」

初めての司会にもかかわらず、田崎の進行には無駄がなかった。長丁場でも安心して任せられる。頼もしい後輩にコンプレックスを感じた武井は、後輩の顔を極力見ないように心がけ、パソコンの画面に神経を集中した。

「そもそもなぜこの手当なのか、という大枠《おおわく》の議論が必要です。いきなり数字の話などは論外で、この提案自体を突っぱねる気持ちが必要だと思います」

編集支部長の赤井が先陣を切った。武井と同じ社会部で冴子と同期入社の記者だ。

赤井の怒りのトーンに引きずられるように編集支部からは「カットの前に増収策を示すべき」「この手当は当然支払われるべき経営側のペナルティー」と反対の声が上がった。

「深夜労働に従事する我々にとって、これは固定費であって手当ではない。体の一部をもがれるに等しいということです」

赤井に負けじと気を吐いたのは、技術支部の羽根だ。メガネが似合ういかにも理系の顔立ちだが、中山のような邪気はない。「現場で人手が足りていないのを認識していない証拠」「役員をもっとカットしてからの話」とこちらも反対の意思は強い。

だが、あまり深夜勤務に縁がない営業総務支部は、一時金の議論のときと同様、異質な存在であった。

「我々が最も警戒しているのは、この案を門前払いした場合の経営側の報復です。仮に一時金で調整するならば、今後もその減らされた額がベースになる恐れがあります。慎重な論議を要請します」

岡田支部長の発言に場内がどよめいた。隣の印刷支部の面々はひょろっと背の高い岡田をヤンキーのように睨んでいる。しかし「営業は朝が早い。ほとんどこの手当をもらっていないので実感が湧かない」「勤務時間がバラバラなのに等しく痛みを分け合うのは納得できない」と述べる中央委員までいて、組合の足並みが乱れた。

「ワタシらは夜八時からの勤務です。つまりA時間帯から働き始めるんや。もろに影響を受けるさかい、こんなもん絶対反対や！」

印刷支部長の佐藤は副委員長同様短髪。まだ四十歳そこそこだが、さすが源さんらに鍛《きた》えられただけあって言い回しに迫力があった。

夜八時から朝まで働く印刷部門からの抵抗が強いのは当たり前で「カラー印刷増えとんねん！」「休刊日発行手当がなくなったとこや。どの口が言うんや！」と阪神甲子園球場のライトスタンドの様相を呈した。

「夜の八時から十時なんか、締切の早い地方にとってはゴールデンタイム。A時間帯廃止は絶対反対です」

地方支部の中谷は「恍惚の里」がある能勢町などを担当している中堅記者だ。朴訥《ぼくとつ》な人柄だが、経営側の案には憤《いきどお》っているようだ。地方支部の面々は「A時間帯の勤務を否定するんか」「老朽化の激しい支局の改修が先や」などと抗戦を主張した。

武井はメモを打ちながら、議論がまとまらないことを危惧した。印刷を筆頭に編集、技術が絶対反対の気炎を上げたのに対して、地方はA時間帯へのこだわりが強く、営業総務は一時金やその他手当への影響に警戒心が強い。経営側がこの職場間の温度差を狙っているとすれば、自分たちは相当狡猾な相手と論戦しなければならない。ニュースを執筆する教宣部長が団交から逃れる術はなく、武井は早くも重圧を実感した。

「そもそも、交渉のテーブルにつくことすら嫌なんや。諾否を迫られた結果、相手のペースに巻き込まれるという恐れもあるやないか」

印刷支部長の佐藤が前提を覆《くつがえ》し、雲行きが怪しくなった。

「いや、経営側はある程度の削減額を定めています。目標がある以上、無視したときはそれなりの対応をするでしょう。ここはやはり交渉のテーブルにつくべきだと思います」

とっさに営業総務支部長の岡田が反論した。深夜労働が少ない部署にとっては、降りかかる火の粉を最小限に押しとどめたいのは当然のことだろう。

「こっちは三年前に定昇抑制を受け入れてるからね。さらなる不利益提案には断固反対の意思を示すべきやと思います」

編集支部長の赤井の発言に対し、議長の田崎が「それは交渉参加と捉えていいですか？」と確認した。割り込み方にもそつがなく、要求決定という勝負どころでも臆《おく》さず会議を仕切っている。

「それで結構です」

赤井は一瞬の逡巡を見せた後に短く答えた。技術、地方両支部も編集の立場を支持し、今度は交渉不参加を唱えた印刷支部が浮いてしまうという複雑な展開となった。

「整理しますと、深夜労働手当引き下げ案に積極的反対を訴えているのは編集、技術、印刷、地方の四支部。慎重に対応すべきというのが営業総務支部。交渉参加の是非については、編集、技術、営業総務、地方の四支部が参加、印刷支部が不参加となっています」

田崎が現状を端的にまとめると、営業総務の岡田がすぐに挙手した。

「我々が慎重論を唱えているのは、経営側の暴走を未然に防ぎたいが故です。しかし、この不利益提案に対して反対の気持ちがあるのは皆さんと同じです」

言葉のあやとも言えなくないが、素早く折れた格好にして大勢についた営業総務支部長の岡田はなかなかしたたかだ、と武井は思った。

「本来なら、経営陣のおっさん連中なんか顔も見たないけど、あいつらの考えてることを聞くのも一興。こっちの不満をたんとぶつけてみよか」

印刷支部の佐藤も流れに反応し、強硬論を引っ込めた。両極端にあった二つの支部が矛を収めたことで、結局、執行部案へと落ち着いた。

「諸要求の一つ目『深夜労働手当引き下げに対する根拠を示せ』については、執行部案を承認でよろしいでしょうか。よろしければ拍手で承認してください」

機を見た田崎が時間を置かずに採決に入った。満場一致を知らせる拍手が起こる中、寺内が「議長」と呼びかけ挙手した。

「執行部案を承認いただいて、ありがとうございます。経済交渉のテーブルに載せることについて、一種の危惧を想像されるのは当然のことで、それほど真剣に向き合ってもらってる証拠です。でも、我々は一つの大きな武器を手にすることを忘れてはいけません」

寺内はここでいったん言葉を区切って、間を空けた。武井は高い鼻梁の、自信に満ちた寺内の横顔が頼もしかった。

「スト権です。ストライキという最終兵器は、むやみやたらと打つべきものではありません。しかし、不利益変更を強いられるだけでは、労使間の上下の溝が広がるばかりです。この最終兵器を背に、我々の本気を見せて闘える場こそ経済交渉のテーブルなんです。そのためにも高率でのスト権の確立が必要不可欠です。最終兵器がミサイルになるか竹槍になるかは皆さん次第です。今こそ、団結が求められるとき。まずはスト権投票が大きなポイントです。ここにいる皆さんにかかっています。協力を切に願います。以上です。ともにがんばりましょう」

堂々とした言葉に、承認事項でもないのに拍手が起こった。これまで中央委員らの論議を黙って聞いていた寺内は、たった一度のあいさつで組織をまとめて見せた。それは記者としての資質の高さでもあると武井は思った。

休憩を挟み「ハラスメント対策の検証及び制度の充実」について論議されたが、職場相談員制度の創設やハラスメント対策の拡充といった正攻法な求めに異論はでなかった。

あのバカバカしい背景を知らない出席者にすれば、金銭の絡まないこの手の要求を拒否する理由はない。皆の集中力が切れていたこともあるだろう。しかし、騒動の目撃者である執行部の男連中は、冴子がどこぞの場面で吼えるのではないかと戦々恐々の心持ちだった。

無事に執行部素案が全て承認となり、最後は印刷職場の若手職員が選ばれ締めのガンバロー三唱が行われた。血気盛んな若者は「深夜労働手当改悪、断固反対！　秋年末闘争勝利に向け、ともにがんばりましょう！」と叫んだ後「ガンバロー！」と声を張り上げ、中央委員らも負けじと「ガンバロー！」と叫び返した。

こうして武井たち執行部は、交渉への第一関門を突破した。

第三章　会社回答

1

委員長を先頭に七人は一列になって廊下を進む。武井は教宣部長に就任してから、いくつか緊張を強いられる場面に身を置いてきたが、この日は格別なものがあった。二階上のフロアーに向かうため、階段を使う。リノリウムに打ち付ける足音は無言の空間を彷徨《さまよ》うようで、会場へ向かう面々の気持ちの張りを浮かび上がらせた。

十月二十六日、会社回答の日だ。

武井は慌《あわ》ただしく過ぎていったこの二週間を思い返していた。

中央委員会の翌日、執行部は労協の場で秋年末交渉の要求書を提出。朝比奈労担は要求額を見ると、片眉を上げて不満そうな表情を見せた。そして、感情のない声で「確かに受け取りました」とつぶやいた。通常ならこれで解散だが「ちょっと不安だね」と、朝比奈が言葉を継ぎ足したことで、席を立ちかけていた執行部は、椅子に座り直すはめになった。

「君たちには君たちなりの思いがあるのはよく分かる。でもさ、本当に会社の状況を理解してくれているのか、甚《はなは》だ疑問だな。分かってくれるまで何度も言うけどね、もう時代が変わったんだよ。気持ちに応えられそうにないから、先に言っておくよ」

朝比奈はそう言うと、また偉そうに背もたれに上体を預けた。不況宣伝に入るそのタイミングに、寺内が制するように口を開いた。

「無論、要求があって回答があると理解しています。労担が言われた通り、私たちにはそれ相応の思いがあって、そこから導き出した要求です。組合員一同、ご配慮いただけることを期待しております」

委員長らしい発言で先手を取り、経営側の不況宣伝を封じた。渋い顔の朝比奈の横で、権田と塚本はなぜか半笑いであった。寺内は流れが組合にあるうちにと、席を立ったのだった。不況宣伝を封じ、経営側に一定のプレッシャーをかけたことで、オープン戦は組合に軍配が上がったと見ていい。

その後、執行委員会では団交に向けた準備が始まり、一時金は中山と切下、深夜労働手当は源さんと井川、ハラスメントは武井と冴子が中心となって情報収集することになった。

役割分担されたとはいえ、ニュース発行をする武井は全体を考えて行動しなければならず、二つの諸要求に関する臨時アンケートも作成。さらに、他社労組に連絡を取り、ハラスメント対策の進捗状況を取材したのだった。一方の冴子は、セミナーやカウンセリングなどEAP（従業員支援プログラム）を専門的に取り扱う業者を当たるはずだったが、こちらはやる気の問題で前進が見られなかった。

武井はその合間に社会部のフロアーに帰り、日に一本のペースで街ネタを出稿。必然的に組合活動は休日を充てるしかなく、ストレスは溜《た》まる一方だった。

回想がいち段落したところで階段を上り終え、武井は目の前の仕事に集中しようと思考回路を切り替えた。

扉の前で寺内が呼吸を整えた。以下の六人はそれにならって深呼吸する。約二週間ぶりの労協。ドア一枚隔《へだ》てた向こうには、会社回答があるのだ。

部屋に入ると、それぞれの席の前にプリントが複数枚あった。一礼して皆が着席すると、寺内が挙手した。

「よろしくお願いします。まず、初めに速報作業のため、川島がこれで失礼させていただきます」

朝比奈労担が軽く頷くのを見た冴子は、わざとらしいほど深々と礼をして退出した。彼女はこれから、書記局の遥と合流し、会社回答の内容をもとに張り出し用ポスターを作成する。同時に組合の財政部長経験者が、一時金の額の検算を開始。出来上がったポスターは、各職場の休憩室の掲示板に張り出され、組合員に回答を知らせるのである。

経営陣の七人は硬い表情で冴子の退室を見届けた。ドアが閉まると総務局長の権田が「では一時金から」と説明を始めた。

武井はプリントの数字を確認し、奇妙な感覚にとらわれた。一時金の回答額は七〇万二一三五円。昨年の秋年末から比べれば、八千円ちょっとのマイナスだが、今年の夏闘、つまり前期比だと五百円のプラスだった。武井は回答がマイナス、場合によっては七十万円の大台を割ることも覚悟していたので、前期比プラスの数字に困惑した。そして、この回答額が示す意味合いをいま一つ理解できないでいた。

「えー、見てもうたら分かるけどな、前期比の五百円プラスですわ。配分は書かれてある通り。総原資もこの通り。質問は最後に受け付けます」

権田は前期比でのプラス回答のみを強調し、諸要求の説明へ移った。

「深夜労働手当の方からいくわ。短いから読み上げるで」

権田はここでずれ落ちた老眼鏡をひょいと持ち上げた。

「広告の落ち込みや購読者の大幅な増加を望めない現況は、我が社だけでなく新聞業界全体の課題です。リーマン・ショック以降の経済動向を見ても、収益の増加を見込むのは困難で、できる限り支出を抑えなければなりません。これまでもさまざまな経費をカットしてきましたが、人件費を例外にできないところまで、事態は深刻なのです」

言葉を区切った権田は、裸眼でこちらの様子を見た後、またずれた老眼鏡をひょいと持ち上げた。

「交渉に応じる、とする組合の判断を、襟《えり》を正す思いで受け止めています。深夜労働手当は一九七〇年にできて以来、これまで計十回改定しており、その全てがプラス回答であります。右肩上がりの時代にできた制度ならば、時代が変わればそれに応じて変化せざるを得ないものと考えます。だからといって、深夜業務を軽視するものではありません。一律に削減するような乱暴なことはせず、心身ともに負担が大きいC、D時間帯を手厚くします。逆にA時間帯は深夜労働手当の対象時間とは言い難く、制度の趣旨に合わないとの判断に至りました。基本給を守り、全社員の生活の安定を考えた場合、同手当の削減への理解をお願い申し上げる次第です」

権田はまたちらりと上目遣いでこちらを見た後、右手の親指を舐《な》めてページをめくった。

「次は、ハラスメントね」

朝比奈労担は、背もたれに上体を預けるいつものポーズで目を閉じている。相変わらず尊大な態度に武井は白ける思いで、疲れた右手首をぐるりと回した。

「入社十年の社員を対象とした中堅社員研修では、メンタルヘルスと同様ハラスメントについても講座の時間があり、有意義な研修の一環として定着しております。我が社では、今後もこれらの試みを継続していく方針です。職場相談員制度の創設については『身近な存在に悩みを打ち明けられる環境づくりが重要』とする組合の意見に、基本的には賛同するものです。しかしながら、誰が相談員を務め、どのように解決へ導くのか。また相談員への謝礼はどのように行うのか、などクリアしなければならない課題が多いとも認識しています。いずれにせよ、あらゆるハラスメントは社会通念上容認しがたい行為であり、社としても組合の意見を参考にしながらこれに取り組む考えです」

こちらは随分手を抜いた回答だった。最後の方は逃げの姿勢が鮮明で、要求書の質問に答えていないところもある。とは言っても、執行部の方も当初から要求化するつもりだったわけではない。当の冴子が退出したままではなおさらで、武井にしても怒りようがなかった。

「パワーハラスメントの罰則規定については、就業規則に書いてありますか？」

寺内が的確に会社の対策の不備をついた。

「書いてません」

権田が悪びれる様子もなく答える。

「ハラスメント防止に向けた啓発活動は、回答にある研修の座学のみですか？」

「そうです」

交渉が始まれば団交でやり合う内容だけに、権田は省エネに努めている。

寺内が左右両側を見て質問がないか目で確認したが、皆首を振った。

「こちらからは以上です」

ここで朝比奈がようやく目を開け、身を乗り出した。

「皆さんの要求額に応えられなくて申し訳なく思います」

発言と表情がまるで一致していなかった。労担はまた背もたれにふんぞり返るような姿勢を取った。

「まぁ、しかし、上半期が減益の中で、プラス回答ですからね。察してくださいよ。この前、委員長がね、期待していると言ったからがんばった。皆さんの思いが分かるから、歯を食いしばった。この回答の重みは分かるよねぇ。委員長」

前回の意趣返しとばかりに、朝比奈は寺内に絡みついた。

「組織に持ち帰って十分な論議を重ねます」

寺内は挑発に乗らず冷静に返答した。

「お願いしますよ。減益だからね。減益の中のプラス回答だからね。僕はもう昔みたいに芝居じみた交渉をする気はないから。一発でＯＫをもらえるように、最初から出し切ったから。今度はこちらが期待してます」

根に持つタイプだな、と武井は労担の性格を分析した。

「諾否の判断は組織の論議に委ねます」

負けじと腹から声を出す委員長には余裕があった。この二人が本気でぶつかったらどうなるのかと怖い気がする反面、一度ぐらい見てみたいものだという野次馬根性が武井の中に芽生えた。

退室した後、六人は行きと同様無言で歩いた。だが、それぞれの顔には明らかに疲れの色がある。武井は今日のニュース発行のスケジュールを確認しようと、先頭の寺内に近づいた。

「きついな……」

無意識のうち険《けわ》しい声でつぶやく委員長の横顔を見て、武井は声をかけそびれた。一体寺内は何に引っ掛かっているのか。いつも飄々としている寺内だからこそ、背負った重圧の輪郭がよく見えた。

二日後、スト権投票の開票結果が判明した。

投票率九八・〇三％、ストライキ賛成は九五・一二％。

記録を取り始めてから最高の数字となった。武井たち執行部は、竹槍ではなくミサイルの方を手にしたのだ。深夜労働手当引き下げへの拒否、というメッセージが伝わってくるようだった。働く者の思いが詰まった武器だと、武井はその重みに胃のむかつきを覚えた。

2

「何言うてるか全然分からん」

源さんが頭の後ろで手を組んで、大きく口を開けて欠伸した。

「確かに。内閣府って言われてもな。友だちおらへんし」

井川も源さんから移ったのか欠伸混じりだ。

中山はさして傷つく素振りも見せず、金ぶちメガネのフレームを押し上げた。

「私が申し上げているのは、内閣府の月例経済報告のことです。直近の十月の資料を基に、経済情勢をお伝えしてるんです。分かりますか?」

中山が源さんに確認すると、印刷一筋の男は「よいしょ」と適当に返事をした。

「報告書によると、テンポは緩《ゆる》やかになっているものの、引き続き景気の持ち直し傾向の継続が期待される、とあります。ただし、回復力の弱まっている海外景気の下振れや為替レート、株価の変動によってはリスクが存在するとあり、デフレの影響や雇用情勢悪化の懸念が依然として残っていることも指摘しています」

「可もなく不可もなくってこと？」

井川の問い掛けに中山は軽く頷き、

「生産は緩やかに持ち直しで、輸出は横ばい。企業収益は減少で、設備投資は下げ止まりの傾向。企業の業況判断は改善してますが、中小は慎重な見方をしてますね。個人消費はおおむね横ばいです」

「パッとせぇへんなぁ、日本経済は」

源さんが中山の配ったプリントを指先でたたいた。十一月に入ると、執行部は自《おの》ずと臨戦態勢に入り、会議も熱を帯びる。

「でも、昔の記録を探っていると、今の労担や総務局長が委員長をやってた時代、僕らと同じような考えで発言してますね」

朝比奈も権田も時計の針を十数年前に戻せば、この会議室で似たような議論を重ねていたのだ。「立場変われば人変わる」とはこのことで、実際に組合の委員長を任せられるような人材は、出世しやすいというのもまた事実だ。

「寺内委員長もそのうち、朝比奈みたいになるってわけか」

「そらそうですわ。自分はええ車に乗って、社員には一円、二円の節約を求める。これが出世の醍醐味《だいごみ》でしょう」

源さんの軽口に寺内が応じた。このような嫌味の面白さは、執行部を経験してから理解するようになった武井であった。

「いっそのこと、この記録を見せて、考え方の変遷《へんせん》を問い質しますか？　それが一番の近道のような気がしますよ」

中山が過去の発言記録をまとめたプリントを掲げた。彼らしい攻め手に、男連中が同調する。

「血相変えるところは見たいけどな。でも、それは暗黙の了解で言わんようになってるんや。まぁ、仮に指摘したとしても『時代は変わった』の一言で終わりや」

寺内の回答に、中山はつまらなさそうにプリントを置いた。

一時金チームは分析力に優《すぐ》れる中山が同期の切下を引っ張る形で進めている。源さんと井川は深夜労働手当削減によって被《こうむ》る家計の悪化など、具体的なエピソードを収集。それぞれに前進を見せる中、ハラスメントチームだけが停滞ぎみだ。

武井は遥とアンケート結果を集約し、他社労組とも積極的に情報交換しているが、冴子のフットワークが随分と重い。ＥＡＰの業者とも全く接触していない。彼女はまだあの広告の一件が腑に落ちないようで、執行委員会でも一人浮いている。

「よっしゃ、今日はここまでにしよか。本番まであと二週間切ったからな。各自悔いのないように進めてくれ」

寺内の号令で散会となった。冴子は誰とも話さず、そそくさと退室した。源さんは苦笑いでその後ろ姿を見ていた。

「なんや、あの女。いつまですねてるんや」

「よっぽどスーパー迫田が嫌いやねんな」

井川が相槌《あいづち》を打つと、切下がバリッと草加せんべいをかじる。

「だいたいメガネがあかんねんぞ。手加減したれや」

「こっちだって記者だったらもうちょっと歯応えがあると思ってましたよ。あれは単なる感情論、いや、ヒステリーですよ」

ちょっとした笑いがあったものの、中山の源さんへの反論は鋭すぎて痛い。冴子の言動は論外にしても、こうして陰口をたたいている時点でどんぐりの背比べだと武井は思う。

「まぁ、女心と秋の空っていうやないか。もうちょっとしたら機嫌直すやろ」

「いや、あれは執念深いタイプやな」

能天気な井川に対して源さんは胸を反らして放言した。いくら年の功があるとはいえ、武井は知ったふうな口をきく源さんが不快だった。

「何でそう思うんですか？」

「万田源三、人間五十年の勘や」

「本人に知れたらえらい目に遭いますよ」

「武井のボンよ、この源三、あんな小娘が怖くて……」

年寄りが啖呵《たんか》を切ろうとした絶妙のタイミングで、会議室に人が入って来た。源さんが慌てて口をつぐみ、一瞬空気が張り詰めたが、幸いにして闖入者《ちんにゅうしゃ》は男だった。胸を撫《な》で下ろす五十一歳を見て、皆が笑った。

「源さん、今、川島が帰ってきたと思ったでしょ？」

「こら、井川っ。何でワシがそんなもん意識せなあかんねん」

「もし、聞こえとったらどうしよって顔してましたよ」

「あほぬかせ。ごちゃごちゃ言うてきたら一発や」

「よう言うわ。こんなんなってましたで」

井川が頬を細めて貧相な顔をつくり、全く似ていない源さんのまねをした。こういう場合は似ていようがいまいが勢いで笑えるものだ。ものまねされた当人も笑みを浮かべながら、井川の足を蹴った。

昼間からおっさんがじゃれるのを見て、部屋に入ってきた男は少々戸惑っている。

「おっ、三笠、忙しいとこすまんな」

「いえっ、まだ集まり悪いんで、大丈夫です」

寺内に三笠と呼ばれた男は風貌から三十代だろうが、受け答えには大人の落ち着きがあった。

「おう。どないしたんですか？」

黒鳥龍茶を片手に資料を読んでいた切下が、おっとりとした声を上げた。

「おまえの前だけお菓子の袋の数がちゃうやんけ」

無論、空の袋の数である。

「いきなり詮ないこと言うて。紹介しますわ。販売局の先輩の三笠さんです」

中山は面識があるようだったが、それ以外の三人は順に自己紹介した。

「三笠は社内で特殊部隊を編成しとるんや」

寺内は楽しそうに話すと、三笠の肩をポンとたたいた。

「そんなええもんちゃいますわ。サークルにもなってへん」

「いやいや、なかなか面白い取り組みをしててな。今年の春に、部局の壁を越えて増収策の研究チームを作ったんや」

「へぇ、そんなんあったんですか？」

同じ部署の切下が間の抜けたことを言う。

「おまえ、春に勧誘したやろ」

「春眠暁《あかつき》を覚えずですわ」

「551食いながら『面倒くさいっすわ』って言うとったで」

三笠の言う通り、切下が551の豚まんを頬張る様は容易に想像できる。

「食うてばっかりやなぁ、ぶーちゃん」

源さんが切下のゼリー状の腹をつついた。

「食堂は何とかせなあきません。今日の天ぷら定食のつゆ見ました？　スパークリングでしたよ。なんで天つゆに炭酸入れるんでしょう。天つゆがシュワシュワーって号泣してましたよ」

「執行委員会のときもそれぐらい元気やったらええねんけどな」

委員長のお小言に、切下は黒烏龍茶のペットボトルを掲げておどけた。

「どうや、武井。今日その集まりがあるらしいから、取材に行かへんか？」

寺内の唐突な提案に武井はややたじろいだが「たった五人の会やから」と三笠から声をかけられ、見学することに決めた。

執行委員会が長引いたので、午後六時前になっていた。てっきり本社の会議室を借りているものだと思っていたが、外資系のコーヒーチェーンでの集いだった。学生の姿が目立つ中、先にいた四人のサラリーマンたちはノートを見せ合って談笑している。三笠と寺内、武井が到着すると、彼らは立ってあいさつをした。

「上方新聞増収策研究チーム、なんて堅苦しい名前、これも仮称なんですけど、まぁ、こんな感じでやってます。メンバーは僕を含めて販売が二人、広告が一人、技術と総務が一人ずつです。残念ながらまだ編集は一人もいないんです」

「女の子もいません」

広告職場に所属しているというその男の冗談で和やかな雰囲気となった。彼は性格と同じく少し明るい髪をしていた。

「今はそれぞれ意見を出し合って、収益が上げられそうな案について検討してるんです。ちゃんとした役割分担もなく、ただ皆が言いたいことを言うてるだけですわ」

武井がレジ横のカウンターから二杯のホットコーヒーを持ち帰り、一つを寺内に渡した。それを合図に本格的に話し合いが始まった。この小さな会に形式的な代表はいないというが、やはり三笠がリーダー格のようで司会の役割を果たしている。

「まず、水の都《みやこ》大阪をアピールするやつは？　屋形船の上でイベントするんやな」

「あら、あかんわ。屋形船っちゅうのは、風情はあるけどキャパが小さい。なんぼ頑張っても採算が合わん。それに企画自体に目新しさもないし」

もう一人の販売局員が、短い首の上についた大きな頭を振った。

「確かにな。歴史ツアーの方は？　うちのカルチャーセンターの講師をガイドにつけたら、人件費は抑えられるんやな？」

これには総務職場のメガネの男が反応した。

「まぁ、いけんことはないけど、儲《もう》けが小さいですね。大河ドラマとタイアップできたら一番ええねんけど、なかなか大阪メインのもんがないですし」

「これも目新しさという点ではどうもな。電子の方は？」

「求人広告を何とかできへんかな、と思てるんや」

先ほどの茶髪の男がノートを見ながら発言した。

「どういうこと？」

「電子新聞に契約してもらった人のみのサービスとしてやな、人材派遣業なみのアプローチをするんや。きめ細かい条件を聞いて、その人に合った求人をこっちが探すんや。それは仕事でもええし、例えば資格でもええ」

「技術的には可能そうやな？」

「ええ。さほど難しくないと思いますよ」

技術職場の細面《ほそおもて》の男は品よく笑って答えた。武井は実現性について見当もつかなかったが、自由で活発な雰囲気が気に入った。

「それを新聞社としてできるかやな」

「子会社を作ってまでの儲けになるか」

「それに、契約した人対象というのがネックになるわな。課金の壁はそう越えられへんで」

ネット媒体の問題として常に付きまとうのが課金の壁だ。無料の情報収集に慣れたユーザーは、たとえ百円でも有料となれば急に警戒心が高まる。無料期間が終わると会員数が激減するというのは、ネットビジネスの世界ではよくある話だ。

武井はもうしばらく見学していたかったが、彼は彼で多忙の身である。これから組合ニュースを書かなければならないので、途中で抜けることにした。

五人は会議を中断して、それぞれ手を差し出した。初対面の若者たちは気軽に、しかし固く握手した。

「ものになるかは分かりませんけど、僕は社員の中にこういう動きが広まればいいなと思ってるんです。会社を運営するということを身近に感じる社員が増えれば、きっと変われると思うんです。本人を目の前にして言うのは失礼なんですけど、特に編集の人は金銭感覚がずれてますから」

三笠は言いにくそうにしている割に大胆なことを言う。その通りだと思う武井は苦笑いするしかなかった。

「それに、俺らよりもっとおもろいこと思いつきそうじゃないですか」

広告の男はフォローもさわやかであった。

「だから、今日は武井さんに来てもらえたことが嬉しいんです。いつか組合ニュースに書いてくださいね」

「面白い取り組みなんで今からでも十分ニュースになりますよ」

「いえいえ、こんな状態で活字になったら、経営側にままごとやと笑われますわ。ちゃんと成果が出てから、ぜひお願いします」

三笠の意識の高さに目が覚める思いの武井だったが、同時に一抹の不安も覚えた。経営難で節操がなくなってきている会社に対し、これから彼らが絶望するような事態が起きないとも限らない。ビジネスなどまるで門外漢ではあるが、武井は彼らの情熱が実を結ぶよう協力できることを探そうと決めた。

本社ビルへの帰り道、信号待ちをしているときに寺内がおもむろに話し始めた。

「今な、新聞労連の産業政策研究会、産政研って言うねんけど、この活動が注目を集めてんねん。産業としての新聞が抱える問題を研究するんやけど、広告、販売はもちろんのこと、法律からウェブ展開まで多角的に討論を重ねてるんや。全国集会ではな、増収策についての意見交換もしてて、全国の新聞社には、通信社も含めて熱のある社員がようけおる。まだまだ捨てたもんやないで」

執行部に入る前まで、武井は寺内がこれほど今の組合事情に精通しているとは知らなかった。事件取材やクラシック音楽にしてもそうだが、寺内は知識に穴がない。同じ職業を選んだ者として、例えば自分があと十数年で同じ幅を持つ記者になれるとはとても思えず、武井は少し気落ちした。

「まぁ、金儲けだけでもあかんねんけどな。俺ら記者は今まで銭勘定をしなさすぎた。武士とちゃうねんからな。今はどこの会社行ってもタクシーチケットすらあらへん。やっとえらいこっちゃって気付いたんやけど、それでも真逆の方向へ一気に針が振れるのは危険や。日本中の新聞記者が、金のことしか頭にないような連中やったらどうや？　ぞっとするやろ」

寺内の言葉は若い記者へのブレーキだった。ジャーナリズムの追求と企業経営は、或いは相容《あいい》れないものかもしれない。だが、この二律背反とも言える道の中で、地道に答えを拾っていくことこそ、これからの新聞記者に求められることだ。

「腹減ったな。うどんでも食うか」

この人はただのポルノ映画愛好者ではない。

武井はへらへら笑いながら歩いている寺内を見て確信した。妙な評価であったが、彼が会社に入って初めて、人について行きたいと思った瞬間だった。

3

ノートパソコンの画面から目を離し、座ったまま大きく伸びた。武井は壁の時計を見てハッとした。針が十一時を指している。三笠の会を見学し、寺内とうどんを食べて帰ってきたのが七時半。ニュース作成に三時間半も集中していたことになる。

組合ニュースはノートパソコンに入っている専用ソフトで組み上げる。大抵はＡ４サイズの裏表で収まるが、今取りかかっている作業はそうもいかない。

なぜ、この要求なのか。現場はどれほど疲弊しているのか。経営側に実情を訴えるため、また仲間の士気を高めるため、組合は経済交渉前に臨時ニュースを発行し続ける。相手側も経営広報などを発行し、いかに景気が悪いか、経営が厳しいかを喧伝《けんでん》する。

この前哨戦《ぜんしょうせん》は教宣部長の腕の見せ所だ。もっとも監視役の寺内は、うどんを食べるとさっさと帰ってしまったが。

パソコンの電源を落とし、立ち上がった彼は怠《だる》くなった腰を回した。ポキポキという情けない音がする。続いてゆっくりと首を回し、肩も回した。首筋の張りが気になったので、前後にも動かした。

「創作ダンスですか？」

突然入り口で女の声がし、武井は「ひゃっ」と声を出して身を硬くした。

見るとお盆の上にマグカップを載せた遥が笑っていた。湯気でメガネが少し曇っている。

「こんな時間にダンスの練習……」

「メガネ曇ってますよ」

「えっ」

遥はそこで初めて気付いたようで、お盆を持ったままうろうろしだした。

「持つわ」

手を差し伸べた武井にお盆を預けた遥は「読んだらええわ　上方新聞」と書かれた赤いエプロンでレンズを拭き始める。焦点が合わないのか、大きな目をしょぼしょぼとさせている。

「そのエプロン、何種類あるんですか？」

「あっ、これですか？　あと十種類ぐらいあるんですけど、ボツになったものも持ってます」

「ボツ？」

「はい。『読まんと不幸が　上方新聞』とか『いてまえ、いてまえ、全国紙』とか」

「うちの会社、ほんま品がないな。でも、それエプロンになってるってことは、いったん会議を通ったってことでしょ？」

「おそらく」

「そもそも、何で作ったんやろ？」

「販売店でも人気ないらしいです」

孤独を感じていた武井は、遥の存在が嬉しかった。こんなことなら途中で隣の部屋を覗くんだったと後悔した。

「こんな遅くまで仕事やったんですか？」

武井が椅子を勧めると、遥は素直に従った。

「ええ。交渉前は何かと準備があって。武井さんも忙しそうですね。唸ってはりましたよ」

「聞えてました？」

「結構大きな声でしたよ。隣で聞いてて苦しそうやなぁって。教宣部長の場合は、既に勝負が始まってますもんね」

「これから組合対経営側のプロパガンダ合戦になるって寺内さんに言われました。本人はとっくの昔に帰りましたけど」

「委員長もたまには家族サービスしないとだめですもんね。今日はどんな紙面を作ったんですか？」

武井は試し刷りのニュースを一枚、遥に手渡した。

「あっ、漫画や」

「活字だけやったらどうしても読んでもらわれへんから。こんなこと新聞記者が言うたらあかんのですけどね。実際、僕も組合ニュース読んでなかったんで。アンケートで集めたエピソードを漫画にしようと思って、絵心のある同期に頼んだんです」

「楽しいです、これ。『家計簿は見た』って今やってるドラマの?」

「そうそう、パロディー。各職場から代表を選んで家計の苦しさを訴えてもらうんです。年齢と性別をバラバラに人選したから、いろんな声があって面白いんです」

「ほんまいろんな社員の人がいますねぇ。『親が完済できなかった住宅ローンを支払う殊勝な娘』って涙ぐましいですもんね」

「その横に載ってる『家の屋根にソーラーパネルをつけてエコに貢献したい四十代独身男』とはえらい違いですわ。エコ考える前に結婚考えな」

「お金の使い方って人が出ますよね。これは時間かかったでしょう?」

孤独な作業をやっと認めてもらえたことで、武井は嬉しさに頰を緩めた。眼精疲労や肩こりを押して作ったこの紙面も、組合員の半数でも読んでくれれば御の字だ。手伝ってくれた同期への謝礼、と言っても酒になるが、これはもちろん自腹。一体誰のためにがんばってるんだとの自問を繰り返していただけに、遥の言葉はありがたかった。

「漫画を紙面製作のソフトに組み合わせるのが思ったより難しくて。明日は秋年末交渉に向けて、各支部長の決意表明を載せる『俺の話を聞け』って企画です」

「それってクレイジーケンバンドの?」

「知ってます?『タイガー&ドラゴン』のサビから取ったんです」

「私、iPodにクレイジーケンバンドのベストアルバムが入ってるんです！」

「僕もです！」

「イーネッ！」

バンドのリーダー横山剣のまねをする遥を見て、武井は案外明るい人だと思った。

「眠気覚ましも兼ねてコーヒー持ってきたんですけど、遅かったですね」

「いえいえ、嬉しいです。遠慮なく」

「ドリップで作るから、結構おいしいんですよ」

武井は盆からマグカップを取り、口に近づけた。だが、飲む直前に中身が日本茶であることに気付いた。

なぜ、こんなことになるのだろう。

武井はますます遥のことが分からなくなった。悪気はないのだろうが、他人とはミスの質が異なる。彼は指摘しようか判断に迷ったが、向こうが気付くまで待ってやろうといういたずら心が芽生えた。

「うわぁ、ほんまにおいしい。このコーヒー」

「よかったっ」

遥は心底嬉しそうな笑みを見せた。きれいな笑顔だ、と思った瞬間、武井は景色が変わったように感じた。会社にいない遥はどんな日常を送っているのだろうか。

「そんなこと言って、私コーヒー飲めないんですけどね」

「何や、それ」

　突然の心境の変化に自ら戸惑いつつも上の空でツッコミを入れた武井は、ふとある可能性に気付いた。ひょっとして、この日本茶は遥が飲んでいたものではないか、と。間違えて盆に載せたのなら十分説明がつく。そう推察すると手にしているお茶がひどく貴重なものに思えて、武井はなおさら真実を語れなくなった。我ながら情けなかったが、男など所詮この程度なものだ。

「執行部はどうですか？」

　質問しておきながら、遥はエプロンのすそを触ってキョロキョロと視線を動かしている。

「事前に聞いてた以上に大変ですね。でも、たった三ヵ月弱で、いっぱい会社のことを知れました。今まではほんま編集のことしか知らんかったんで」

「以前、組合活動が一番の研修になるって寺内さんが言うてはりました」

「なるほど、確かにその通りですわ」

「寺内さんは六人とも自分で説得に行ったんですよ」

「えっ？　執行部って職場が勝手に推薦するんと違うんですか？」

「事実上、執行部の役選委員が暗躍します。引き継ぎ前の最後の仕事ですね。そこで新委員長の意向が重要視されるんですけど、寺内さんの場合は全部自分でやっちゃった」

「みんなと接点があるってこと？」

「ええ。万田さんは十年前の同じ執行部、井川さんは同期、切下さんは販売局の人脈で知ってて、中山さんは匿名でブログしてるんですけど、冷静に仕事の感想を綴《つづ》る内容に寺内さんが興味持ったみたいです。川島さんは駆け出しのころの教育係が寺内さんやったと」

中山のブログは初耳だ。きっと辛辣《しんらつ》に現状を憂いているに違いない。武井は一度のぞいてみたいと思ったが、執行部のことが書かれていると怖いのでとりあえず見合わせた。

「今期執行部は寺内さんのドリームチームなんですよ」

遥は坂下が内定していたことを知らないのだろうか。皆が寺内の一本釣りなら、自分は補欠みたいなものだ。武井は少しいじけたが、遥のものかもしれない日本茶をすすると少し気分が和《やわ》らいだ。

「カレンダーがあの×印でいっぱいになると、皆さんはお役御免なんですね」

愛らしい顔に似合わぬ「お役御免」の言葉が、武井には面白かった。

この部屋の壁一面には今年の八月から来年八月まで、十三枚のカレンダーが貼ってあり、細かく予定が書き込まれている。その日一日が終わると、寺内が日にちに「×」印を入れるのだ。ハードな組合活動を経験すれば、来年八月のゴールまで指折り数える気持ちが武井にはよく分かる。

一方で、自分はこの秋年末までと考えると、仲間の手前気が引けてしまうが、だからと言って、今さら一年間がんばれと言われても精神が持たない。こうやって一人残っているのもゴールテープが近いからだ、と彼は思う。

「私も一回ぐらい卒業旅行についていきたいなぁ」

遥に言われて武井は「恍惚の里」のことを思い出した。彼女は毎年旧執行部を送り出した後、新執行部のメンバーとあの寂《さび》れた施設に行くのだ。そう思うと彼女が気の毒だった。そして、あの長く続いたラリーの光景が蘇《よみがえ》り、他にも遥と卓球をした男がいるのではないかと、武井は嫉妬した。大の男が温泉卓球一つで心乱れるのは恥ずべきことだが、彼は急速に膨《ふく》れ上がる遥への好奇心を抑えきれなかった。

まず、それとなく卓球のことを聞いてみようと思った武井だったが、遥はそんな彼の安い懊悩《おうのう》にはまるで気付かず、おもむろに話し始めた。

「私の父も新聞記者だったんです」

遥の声音が少し変わった。伏し目がちに、言葉を選ぶようにして話す彼女に、武井はひとまず心を入れ替え耳を傾《かたむ》けた。

「この新聞社じゃないですよ。でも、父も武井さんや寺内委員長みたいに、社会部でバリバリやってたんです」

武井は「社会部でバリバリ」と言われて背中がかゆくなったが、空気を察して茶々《や》を入れるのを止めた。

「四十代になって、デスクが板につき始めたころ、労組の委員長に推薦されたんです。それまで執行部の経験がなかったので、固辞してたみたいなんですけど、逃げられなかったみたいで……」

「それ、よく分かります」

黙って聞こうとしていたが、外堀が埋められていく心情が理解できたので、思わず口に出してしまった。

「そうですよね。ただでさえ忙しいのに、普通は好き好んで執行部なんて引き受けないですよね？　誰かがやってくれるだろうって。父もそう思ってたみたいです」

「活発な組合やったんですか？」

「いいえ。いわゆる御用組合です。でも、やるからには手を抜かない、というのが父の信条だったので……。それがよかったのかどうか、私にもよく分からないんです。実際、会社のことを知れば知るほど驚いたみたいで、経済交渉の前に労使の代表がある程度すり合わせする前例も知らなかったそうなんです」

「四十代って言えば、ある程度会社のことは分かってると思うんですけど……」

「それが、組合に全く興味がなかったので、役職をことごとく断ってきたみたいなんです。で、いきなり委員長になって、免疫がなかったから、過剰に反応してしまったんやと思います」

「そんなエアポケットみたいなことあるんですね」

「役員の削減、地方支局の女性宿泊室の設置、子会社のプロパー社員や契約社員の待遇改善、その他課題が多すぎて、本腰を入れて取り組もうと考えたようです」

「御用ってことは、オーナーがいる会社でしょ？　そんなことしたら大変なん違います？」

遥は少し考えてから、二度三度と頷いた。

「一年経って任期が終わると、地方の支局でサブデスクをするよう言われたみたいです」

あからさまな左遷だと武井は思った。社会部のデスクが、地方支局でサブデスクをやり直すことなどまずない。恐らく随分年次の低いデスクの下で働くことになっただろう。遥の父の屈辱が、武井にはよく分かった。

「それでも父は第二組合を作って抵抗したんですけど、人数は集まらない、会社は交渉に応じない、となると活動も尻すぼみになったそうです。地方の次は編集局外、最後は系列のボウリング場へ行かされました」

「ボウリング場？」

「それも支配人とか違いますよ。一社員として、接客から広報から全部です。五十歳超えて、今までと全然違う仕事を……」

遥はそこで言葉を詰まらせた。表情に大きな変化があるようだったが、武井はあえて見ないようにした。

「一度、こそっと見に行ったことがあるんです。家ではボウリング場の話を面白おかしくしてくれてたんで。そこで、ボウリング場のジャンパーを着た父が、スーツ姿の若い男の人にすごく怒られてるのを見たんです。お客さんがいっぱいいる中でですよ。何か言いたそうな顔で、でも父は何も言わずにうつむいてました」

武井はぞっとした。そして、どうしようもなく不愉快だった。誇りを持って記者をしてきた人間が、ただ会社をよくしようと懸命に行動した。その結果が、まるで望まない場所で望まない仕事をし、若い連中に顎《あご》でこき使われる、というのは理不尽を通り越した悪意の底だ。見せしめとしか解釈できなかった。

「そのとき私、高校生やったから、ちょっとショックで。かわいそうやと思ってるのに、ちょっと父のこと避けてしまったんですよね」

素直な気持ちにあえて抵抗してみるのが思春期だ。武井は遥の気持ちを理解したが、父親があまりに不憫《ふびん》だった。

「それから親父さんは？」

「三年前に六十歳で定年になりました。最後までボウリング場で、でも勤め上げたんですから、私の誇りなんです。今の趣味何やと思います？　ボウリングですよ」

遥はやっと笑みを見せた。再び彼女の笑顔を見た武井は、また見とれそうになった。何より遥が自分に打ち明けてくれたことが嬉しく、微笑み返した。

彼女がこの仕事を選んだ理由。その一端を知ることができ、武井は残業代のつかない重労働に感謝したいくらいだった。

「話聞いてて思ったんですけど、新見さんって僕と同世代ですよね？」

「あっ、はい。同い年です。私、来月二十八になりますから」

同級生かと思うと、武井はまた親しみが湧いた。

「じゃあ、お互い敬語で話すの止めようか？」

武井が提案すると、遥の顔がパッと明るくなった。同時に落ち着きがなくなり、エプロンの生地《きじ》をせわしなく触り始めた。彼女はエプロンの前ポケットに入っていた写真を手に取ると、救われたような顔をした。

「ニャー吾郎だよ」

先日のように写真を突き出された。あの管理職みたいな猫である。ちょっとぎこちないタメ口がかわいかったが、武井の方は反応に困った。「男前やな」とだけ返した。

「ニャー吾郎だよ」

武井の心中を察する気がないのか、遥は邪気なく繰り返した。確かにかわいいが、武井には彼女がちょっとアホにも見えた。

終電までには何とかこの状況を切り抜けねばと思い、疲れた頭で知恵を絞る武井であった。

そして遥はまだ、コーヒーのミスに気付いていない。

第四章　団交　一日目

1

「本部指令一号、全ての組合員は交渉本部の動きに注目せよ」

凜《りん》とした顔の寺内が声を張り上げた。

十一月七日午後一時半。中央委員会で使う大会議室で、執行部七人はいつものように一列に座っている。その向かいに長机が置かれ、パイプ椅子に五人の支部長が腰を下ろす。本部指令の余韻に、メンバーはそれぞれ表情を引き締めた。緊張のあまりこの数日寝不足ぎみの武井だったが、寺内の声に再び気持ちが張りつめた。同時に彼は時間に追われながら原稿を書いている。

本部指令とは、経済交渉時に交渉本部が発する指示のことだ。指令の内容もパターン化されているが、士気を高め結束を固めるために必要な号令と言える。

いよいよ秋年末交渉が始まるのだ。

遡《さかのぼ》ること二時間半前、経済交渉の第一段階にあたる支部長会が開かれた。ここで会社回答の説明が不十分であると判断すると、組合は「交渉本部」を設置する。その後、各要求をテーマに団体交渉の場が設けられ、労使で話を詰めていく。

全てのテーマで話し合いを終えると、会社回答に対して諾否《だくひ》検討が行われ「諾」の場合は交渉収拾、つまり終了だ。「拒否」の場合は「闘争本部」に看板を掛け替え、秋年末闘争に入る。組合は会社に再回答を求め、基本的に全ての要求に「諾」の判断を下すまで、闘争が続く。

そのスタートラインの会議で、各支部長はあらためて組合要求と会社回答を比較し、不備を挙げていった。

武井は原稿を書きながら、支部長会の論議を回想した。

まずは一時金。八〇万五四三七円の要求額に対し、七〇万二一三五円の回答。十万円強の乖離となる。今年の夏と比べる前期比はプラス五百円。昨年の秋年末と比べる前年比ではマイナス八一八五円だ。

営業総務支部の岡田が「減益の中でのプラス回答」を評価したが、他の四支部からは「前期比ではプラスだが、前年比ではマイナス」「一年前と比べると業務量が増えている」「ここで諾とするなら、要求額の意味がない」「人員削減計画について質《ただ》す時間を確保すべき」と否定的な意見が相次いだ。

次に最大の焦点になるであろう「深夜労働手当引き下げに対する根拠を示せ」。井川の作った表によると、夜間手当の割増率の削減幅は、

A時間帯（午後八～十時）　一五％↓　〇％
B時間帯（午後十～午前一時）　四五％↓二五％
C時間帯（午前一～四時）　五五％↓四五％
D時間帯（午前四～七時）　六五％↓五五％

と大幅なダウンとなる。

今回、組合は「深夜労働手当に対する経営側の認識」「A～D時間帯、それぞれの削減率の根拠」――を質している。一方の会社回答を要約すると「人件費のカットを例外にできないほどの深刻な経営状況」「手当は時代に合った額を支給すべき」「C、Dなど深い時間帯は手厚くしており、A時間帯は深夜労働手当の対象とは言えない」「給与の安定的支給のため理解を求める」――となる。

事実上のゼロ回答に、何かと反対意見の多い岡田ですら「答えになっていない」と斬り捨て、他にも「論外」「C、D時間帯も一〇％も下がっている」「A時間帯廃止に

ついて説明がない」などと否定的な結論に至った。

最後の要求は「ハラスメント対策の検証及び制度の充実」。執行部の中ではおまけの要素が強い要求だが、きちんと準備してきた武井にとっては大切なテーマだった。「職場相談員制度の創設」「ハラスメント防止に向けた取り組み」などを問うた組合に対し、経営側は「職場相談員制度にはクリアしなければならない課題が多い」「中堅社員研修でハラスメントの講習を実施している」と答えるにとどまった。その他「パワハラの罰則規定が就業規則にない」ことや「研修の講習以外にハラスメント防止の啓発活動を行っていない」ことは、労協の場で寺内が確認している。

経営側のやる気のない回答に、形だけは怒ってみせる支部長たちだったが、こちらもさほど興味はないようで、ありきたりの「説明不足」とするのに三分もかからなかった。

一時金と諸要求二つ、全てに疑問の声が上がったため、組合は交渉本部の設置を決めた。

武井は約一時間半に及んだ支部長会の内容を七行にまとめると、いったん手を休めた。軽く手首を回す。彼は無意識のうちに室内を見渡した。午前中とは部屋の〝面構《つらがま》え〟が変わっている。

支部長会の後、執行部のメンバーは常時使用している組合会議室から、パソコンやプリンター、資料などを次々に大会議室へ運び込んだ。別の会議室からホワイトボードも調達してきた。皆が機敏に動き、捜査本部を設置する刑事ドラマのようだ。執行部席の後ろの壁一面には、赤い団結旗が掲《かか》げられた。最後に部屋の前に「交渉本部」という木製看板を掲げ、記録用に武井が写真を撮った。

執行部は任期終了前に、その年の全活動をまとめる議案書を作成する。そのときに、大量の写真を載せるのだが、特に経済交渉では組合員の何気ない風景をカメラに収めることがポイントで、これがあると議案書に臨場感が出るのだ。これも教宣部長の重要な仕事の一つである。

支部長会の結果を伝える労協が開かれたのは約三十分前。冒頭に寺内が「各職場からいろんな思いが届いています。それを伝えるとともに、経営側との話し合いを希望する次第です。団交の開催を申し入れます」と告げると、朝比奈労担が「分かりました」と一言返しただけで解散となった。

武井の指は再び猛烈な勢いで動いている。先ほどから彼はマイク原稿を執筆していた。

経済交渉時には組合員たちに交渉本部の動きを実況するため、マイク原稿なるものが存在する。これは主に団体交渉の前後や節目の動きがあったときに発表するのだが、執筆は当然教宣部長が請《う》け負《お》う。労協や団交が終わった後、その内容を大抵十分以内に短く要約して原稿にする。それをすぐに全員の前で読み上げ、拍手で承認を得なければならない。

寺内による本部指令の発令とほぼ同時に原稿を書き始め、支部長会での論議を七行にまとめるのに要した時間は三分弱。「交渉本部の設置」「労協でのやりとり」を一分半で要約し、最後に「本部指令一号」を付け加えた。締めて十三行。武井の感覚では四分四十秒ほどでマイク原稿を完成させた。

初めてのマイク原稿にもかかわらず、彼は難なく複数にわたる項目の要点を抜き出し、五分以内に脱稿したのだ。チェック役の寺内もさすがに驚いていた。慌《あわ》てて書いたので多少の誤字はあったが、武井はまず及第点だろうと自分でも思った。

「――以上、交渉本部でした。ともにがんばりましょう」

最初のマイク原稿を読み終え、拍手を浴びた。社内的にも全く目立たぬ活躍ではあるが、それなりの充実感があった。今度はそれを二十枚ほどプリントアウトし、切下に渡した。

委員長、書記長、教宣部長、以外のメンバーは、手分けして本社ビルにある各職場を回る。拡声器を持ってマイク原稿を読み上げ、本部の動きを実況するのだ。このマイク原稿がなければ、労使の代表が密室で議論するだけになり、職場との温度差が生じてしまう。もちろん、交渉本部のがんばりをアピールする狙いもある。

経済交渉時は、本部メンバーのエレベーターの使用が原則禁じられているため、階段での移動となる。これは会社の設備であるエレベーターを使わない、という甘えの封印なのだが、ひたすら階段を上り下りさせられるメンバーはたまったものではない。

寺内と井川と三人だけになった部屋で、武井は目薬を注《さ》してゆっくり首を回した。ボキボキと骨が鳴り、聴覚でも体の硬直を認識した。

あと一時間もすれば一時金をテーマにした第一回団交が始まる。夏から蓄積している慢性的な疲労に、初めて臨む団体交渉への緊張が上乗せされ、武井は呼吸が浅くなっていることを自覚した。

「戦場に行くみたいな顔やな」

寺内から指摘され、武井は手元の資料から視線を上げた。

「初めての団交ですし、終わったらすぐマイク原稿で、その後はニュース作りでしょ？　キャパが足りてないように思うんですけど……」

「大丈夫や。緊張する人間は信用できる」

「いえ、僕の場合固まってしまうんです。迷惑かけたらどうしようって思うと、余計にあかんのです」

「でも、さっきマイク原稿うまいことやってたやろ。俺、初回であんだけ早く書いた奴の話、聞いたことないで」

「ほんまですか？」

「そもそもマイク原稿が早い奴の情報なんかないからな。俺が聞いたことないのは当たり前や」

上げておいて落とす、という笑いの基本的な罠だったが、おかげで少し肩の力が抜けた。

「ちょっと顔洗ってきますわ」

交渉本部を出てトイレに行く途中、廊下の向こう側から大きな紙袋を二つ持った遥が歩いてきた。遠目からでも無理しているのが分かったので、武井は彼女の元へ走った。

「あっ、すみません」

遥は背中にも大きなリュックを背負っていた。紙袋の中はパンとお菓子だった。

「どうしたん、これ？」

「交渉本部に持っていくんです。小腹がすくとなんですから……」

遥はそこで敬語を使っていることに気付いたらしく「小腹がすくとあかんから」と律儀に言い直した。武井は男らしく二つの袋を手に取った。

「あとクーラーボックスもあって……」

「案外、人使い荒いな」

「ごめんなさいっ。でも……、助かる」

ここぞとばかりに繰り出す上目遣いに、警戒を強めた武井だったが、この頼られる感じがそこそこ心地いい。安上がりな男だとの自嘲は、早々と呑《の》み込んだ。

「じゃあ、これ運んだらクーラーボックス取りに行くわ」

遥と会話しただけで、体が軽くなったような気がした。ほんの少し心の持ちようが変わっただけで、前向きになったり、ふさぎ込んだり。武井が達観したように自らの軽薄さを笑ったのは、この後、ふさぎ込む方に針が振れることを知らなかったからである。

2

白く「団結」と書かれた赤い腕章が十五枚、一列になって部屋を出る。交渉本部の隣にある大部屋のドアの真ん中に、井川が「団交中」と書かれたマグネットを貼り付けた。

寺内を先頭にして誰もいない室内に続々と入っていく。団交は組合が申し入れるものなので、先に入室して相手を待つというのが当然の礼儀であった。

前方にある長机には七人分の椅子がある。これに経営陣が座るのだ。対する組合の席は、人数が多いので机の配置は扇形になり、前の長机を包み込むような圧がある。

白い壁にグレーの絨毯。机と椅子、ドア近くの電話以外は何も存在しない殺風景な空間は、あと十分もしないうちに激論の場と化す。

寺内を真ん中に、左側に源さん、武井、中山。右側に井川、切下、冴子というのはいつもの労協と同じだが、それぞれの左右には支部長とゲストの組合員が散らばっている。

ゲストのうち一人は、先日見事な司会を務めた田崎で、あとの二人は広告局、技術局から呼ばれた。三人とも寺内が指名し、現場の実情を訴える役回りだ。

武井と赤井編集支部長と羽根技術支部長が、机にノートパソコンを置き、コードを延ばして電源を確保する。録音こそ禁じられているが、長丁場の団体交渉ではパソコンによるメモ打ちが特別に認められていて、三人は全ての発言を記録していく。後の組合ニュースでは、団交のほぼ全てのやりとりを一問一答形式にして公表するので大切な任務だ。

全員が席に着くと静寂が訪れ、弥《いや》が上にも緊張感が増す。

「せっかくの機会やから、みんな遠慮せんと何でもいいや」

寺内の落ち着いた声を聞いて、それぞれがそっと呼吸を整えた。武井は起動させたノートパソコンでワードを開き、メモ打ちの準備をする。

「お待たせ」

朝比奈労担を先頭に経営陣が部屋に入ってきた。皆、小脇に分厚いファイルを抱え、黙々と指定席に着いた。中央に朝比奈労担が座り、組合から見て左側に権田総務局長、中村技術局次長、五味広告局次長。右側に塚本編集局次長、田畑販売局次長、山下印刷局次長と並ぶ。席順は労協のときと変わりがない。

座って対峙《たいじ》し、互いに一礼する。十五対七。数で圧倒しているにもかかわらず、圧力を受けているのはむしろ組合陣営だった。場慣れしている相手の雰囲気に早くも呑まれた形だ。

いよいよ始まる——。

武井が浮き足立ったとき、寺内が静かに話し始めた。

「まずは一時金についてです。よろしくお願いします。回答額は前年比で八一八五円のマイナス、前期比で五百円のプラスです。確かに減益の中でよく出たという意見もありますが、こちらにも要求額があります。まずは回答額の根拠をお示し願いたいと思います」

団交前論議で確認した通り、まず委員長が回答額の根拠を問う。その回答について、やりとりがあった後、ゲストたちを中心に繁忙を訴える流れだ。

朝比奈は前屈《まえかが》みになって両肘《りょうひじ》を机の上に置き、手を組んだ。何をしても偉そうに見えるのは、この人の損なところだ。

「経営広報でもお知らせしている通り、我が社、いや、新聞業界そのものが変革を求められている。従来のやり方では会社が持たないことは皆さんも承知するところでしょう」

朝比奈はここでおなじみのふんぞり返るポーズになった。

「購読者数は横ばいの維持が精いっぱい。広告は下げ止まらず、設備投資が続いて四面楚歌の状態だ。つまり、入ってくるお金が減って、出ていくお金が増えるということ。分かるよな？」

経営が苦しいという内容なのに、どうしてこんなに態度が大きいのか。普通、逆ではないかと思いつつ武井は黙ってキーを打ち続けた。

「上半期も減収減益。何とかしなきゃならんって我々は必死だよ。そんな中でのプラス回答。はっきり言って思い切ったよ。震える思いだったよ。でもね、皆さんのがんばりに応えないとダメだ、ここで日和《ひよ》ったらみんなに顔向けできない、そう思ったからこの額が出たんだな」

文字にしてみると、朝比奈の恩着せがましさとわざとらしい台詞調《せりふちょう》の言葉がよく分かる。武井は内心で毒づきながら記録作業に集中した。

「しかしですよ、ワシらにも要求額っちゅうもんがありますわ。そこんとこどない思てはるんですか？」

　武井は相手が誰であろうと口調を変えない源さんが頼もしかった。朝比奈は鷹揚《おうよう》に頷いて再び前屈みになった。

「皆さんの思いはよく分かる。思いがあって要求額があるというのも分かる。でもね、減益なんだよ。減益の中でのプラス回答なんだよ。これを理解してほしい」

「では、減益にもかかわらず前期比プラスとした根拠は何ですか？」

　発言したのは、物怖じしないという点では引けをとらない中山だ。

「ないね。でも強《し》いて言うなら根拠は思いだよ、気持ち。分かる？　こんなもん株主に突っ込まれたら、説明できないよ」

　朝比奈は標準語なので余計に冷たく響く。

「しかし、減益とはいえ黒字は出てますよね」

「うちみたいに有利子負債、つまり借金が多い会社は赤字なんか出せないよ。信用の証が低金利。これがいったん、赤字になったら金利が増えて大変なことになる。企業経営は信用が第一。銀行はシビアだぜ、数字が物を言うんだぜ」

　中山は「だぜ」という語尾が続いたことに冷笑したようだが、論破するにはほど遠かった。

「黒字は我々には還元されんのですか？」

「還元してるからプラス回答だろ」

「でも、内部留保額が結構増えてますよ」

「うちの自己資本比率知ってるだろ？　漫画みたいな数字だよ。これを上げていかないと、対外的に有利な交渉なんかできないぞ。長い目で見てよ。もう一回言うけど、信用があるから低金利で借金ができるんだよ」

井川の疑問も明快に投げ飛ばした朝比奈は、いよいよ得意になって背もたれに体重をかけている。

内部留保とは貯蓄できた利益のことで、要するに預貯金のようなものだ。自己資本比率とは、内部留保や株券発行などで集めた出資金など、返済の義務のない「自己資本」を「総資産」で割った数字で、高いほど安全な企業と言える。

もともと緊張で固まっていた組合メンバーは、何を言っても素早く反論する労担の前に立ちすくんだ。経営上の数字に関してはまさしく相手の土俵なわけで、付け焼き刃の勉強など通用しないのは当然であった。まざまざと交渉の実力差を見せつけられたショックが、一瞬の沈黙となって表面化した。

「今日は現場の意見を聞いてもらおうと、編集、技術、広告から出席者がいます。まずは、」

寺内が入り口ドアと逆側の席に視線を送ると、田崎が話し始めた。

「昨年のワールドカップからずっと繁忙が続いています。ご存じの通り大阪にゆかりのある選手は、どの競技でも数多くいます。プロ野球、Jリーグ、高校野球、駅伝、それからウインタースポーツと一年のルーティンをこなしながら、来年のオリンピックに向け、準備をしています。その上、ホームページに結果を速報するために、二度原稿を書くなど業務量は数年前に比べてかなり増加しています。それでも、他社に負けたくない、先を越したいという思いでやってきました。どうかそれを評価してもらいたいんです」

やや硬い表情ながら、田崎は淀みなく繁忙を訴えた。

「本当によくやってくれてると思う。それは分かってる。分かってるからこそのプラス回答なんだ」

朝比奈は一貫して五百円のプラス回答を盾《たて》にして、こちら側に譲歩しようとしない。武井は会社回答の日に寺内が漏らした「きついな……」という言葉の意味を知った。組合員が五百人として、ざっと二十五万円の出費で得た強力なディフェンスラインだと、彼はひねくれた頭で考えた。

「でもな、高校野球やプロ野球や言うてるけど、それって今までもやってきたんちゃうん？　いや、がんばってないとは言わへんで。でも、会社がこんなときにプラスで回答出してるのに、ちょっとずれてるんちゃう」

編集局次長の塚本剣志郎、通称「北斗の剣」が若い記者に嚙みついた。

「確かにそうですけど、電子対応なんかで仕事が増えてるのは事実です。全員休日返上で仕事してます」

「電子対応なんかは慣れるしか仕方ないわな。その分、業務量を減らすことを考えるんが第一義的や」

気色《けしき》ばむ田崎に、塚本が何でもないように突き放す。

「休日返上って、ちゃんと休みを消化してもらわな困るで」

総務局長の権田がすきをみて付け足した。

「それでも、休めないから言うてるんやないですか！」

中央委員会であれほど冷静だった田崎が大声を出した。経営陣は互いに顔を見合わせてほくそ笑み、激高する若者を宙に浮かせた。ここで激しく論戦すれば組合も士気が高まるが、怒りをぶちまけたまま放置されるとなると、自らが発言するときに萎縮《いしゆく》してしまう。武井はその引き方に加齢臭に似た老練さを嗅《か》ぎ取り、参戦する勇気が湧かなかった。

「編集の業務については、局で懇談会を開いてもろてやな、時短については専門委員会で話し合おか」

　権田がなだめるように、しかし、都合のいい解釈で場を収めた。これも「権田システム」の方法論なのかもしれないと思い、武井の戦意はどんどん小さくなっていった。

　続いて技術支部の組合員が電子対応で残業が増えていることについて話し、広告支部の社員が地方紙とブロック紙が連携して展開した大型企画の成果などを伝えたが結果は等しく「それを含めてのプラス回答」と跳ね返された。「何を言っても無駄だ」というあきらめの空気が組合の中に充満し、また沈黙に支配された。

　寺内は短く息を吐き、目の前に座る労担を見た。

「先ほどから労担は先行きの暗さばかりを強調されているように思えます。今、我々の心の中にあるのは不安です。せめて将来展望だけでも明るいものを示してください」

　寺内の声に若干の苛立《いらだ》ちが混ざっている。それはこの経営側の狸たちへの怒りか、それともろくに闘おうとしない身内に対してのものなのか。いずれにせよ、盤石《ばんじゃく》の構えだった委員長の精神に陰りが見えたことは、武井にとって大きな恐怖だった。

「厳しい状況にある、というのを理解してほしかったから、正直に話しすぎたのかもしれないな。我々もこの難局にただ指をくわえて傍観しているわけじゃない」

「では、何か増収策があるんでしょうか？　ぜひおうかがいしたい」

「今、大阪のキタはどんどん開発が進んでるのは知ってると思う。うちはこの本社ビルのほかに、もう一つ大きな立体駐車場を持ってるけど、これを新たに商業ビルにする予定がある」

爆弾発言に組合がどよめいた。経営側の権田も一瞬顔をしかめた。

「ちょっと待ってください。商業ビルって、そんな簡単につくれるもんとちゃいますよ。費用はどうやって捻出するんですか？」

「ここで詳細は話せんが、無理な計画を立ててるつもりはない」

動揺する寺内にも、朝比奈は淡々と答える。

「そのビル自体が無理な話でっせ」

久々に源さんが吼えたが、朝比奈は軽く手を上げてそれを制した。

「もちろん、借金はする。しかし、うちの経営状況を見て力を貸そうと言ってくれる銀行が何行かある。それらを競わせ、できるだけ有利な条件で融資を受けようと考えている」

「そんな金あるんやったらこっちに回してくださいよっ」

井川の抗議に、朝比奈は「なぜ？」とだけ返した。

「なぜって……」

「いいかい。何事にもタイミングってもんがある。この大阪に人が集まろうとしている今だよ。今しかチャンスはない。駐車場だけでも利益はある。でも、もっと大きな果実を実らせることができるんだよ」

「そんな保証がどこにあるんですか？」

　寺内がしぶとく噛みつく。

「一等地だよ。今後さらに人が増えるのは分かっている。目の前に鯛が泳いでいるのにみすみす逃すことはできない。逃がした魚は大きいって言うだろ」

「一等地ってだけでうまくいくほど商売は甘くないでしょ。失敗したら誰が責任を負うんですか？」

「君が明るい話云々《うんぬん》言うから明かしたんじゃないか。君たちは普段経営陣は何もしないってぼやいているそうだけど、いざ、攻めの運営をするとなると、足を引っ張るのか」

　自慢の増収策を否定され、朝比奈は怒り始めた。先ほどまで見せていた余裕が張りぼてだと分かっただけでも武井には収穫だった。

「足を引っ張るなんて言うてません。ただ、これだけ金がないって言うてる中、そんな金のかかる大勝負をして大丈夫かと言いたいんです。詳細は話せないでは、また不安が募る一方です」

「全責任は私がとるよ。君たちもいずれこの決断の意味が分かる」

「責任をとるって言うても、ビルができるころにはあんた会社におらんやろ！　と武井は沸々《ふつふつ》と湧き上がる怒りをパソコンのキーにぶつける。

「まぁ、委員長。いずれにしても悪い話やったらこんなとこで言わへんわな。タイミングは大事やし、低金利で借金するんも、健全な財務体質が前提や。ここで踏ん張って黒字を確保せなあかんことには変わりないで」

先ほどしかめっ面をしていた権田がフォローに入る。やはり労担の発言は計算外だったようだ、と武井は初めて経営側の足並みが乱れたことを確認した。

「しかし、これはかなり大きな問題ですよ。先ほど書記長が言ったように、ビルを建てる金があったら社員に還元してほしい、というのは働く者として当然の感情でしょう」

「君たちは金をくれと言い、増収策はダメだと言い、一体どういうつもりなんだっ。文句ばっかりだな」

「文句ではありません。議論をしたいだけです」

「じゃあ、君たちはどうしたいんだ。初めにも言ったけど、これから収入が減って支出が増えるのは目に見えてるんだぜ。委員長、君の意見を聞こうじゃないか。君ならどうやってこの危機を乗り越えるんだね」

「私どもはビルの建設に対して、反対の立場をとっているわけではありません。ただ、情報が少なすぎて不安なんです。逆にうかがいますけど、ビルはいつごろ完成して、どんなテナントが入って、年にどれだけの収入があって、減価償却には何年かかる予定なんですか？」

「詳細は言えない」

「埒が明かんでしょう」

「もういい。この話は終わりだ！」

「そんなことはそちらが勝手に決めることやないでしょう」

「他に聞くことがないなら、これでお開きだ」

「そんな失礼な対応はないでしょう！」

「何が失礼か！　君たちは文句ばっかりじゃないか！」

中央で正対する二人が睨み合った。怒鳴り声の余韻が冷めるまで、両陣営とも誰も言葉を発しなかった。武井はここぞとばかりに、パソコンの打ち過ぎでだるくなった両手首を回してストレッチした。

「まぁ、委員長。混乱してもあかんから、この件については今後労協で情報提供するわ」

「でも、やっぱりおかしい……」

「委員長っ、これ以上こじれさせても、時間が飛んでいくだけやで」

権田の忠告に、寺内は不承不承といった様子で頷いた。

「他にあります？　なかったらこれで終わりますけど」

権田は早々の幕引きを図ったが、中山が挙手してそれを阻《はば》んだ。

「他の増収策についてもお聞きしたいんですが」

「えーっと、他はね……」

権田は朝比奈を見たが、彼は腕を組んだまま黙している。大人げなくもまだ立腹しているようだ。

「田畑局次長、何かないの？」

権田が「ごますり満《マン》」こと田畑満男販売局次長に話を振った。田畑は「あいっ、お任せください」と甲高《かんだか》い声で返事し、目の前のファイルを気ぜわしくめくった。お目当ての資料を見つけると、彼は意気揚々と話し始めた。

「株価の乱高下が続くだけで、なかなか立ち直らない日本経済ですが、その中で我々新聞社も苦戦しているのは周知の事実。これ、という増収策がない中、私どもの局では寝る間も惜しんで大阪中を駆け回り、起死回生とも言える企画を立案したのです」

前置きの前半は労担の言葉の受け売りで、後半は意味のない自己PRだった。当人以外、満場一致で呆気にとられた。たった今、この団交部屋に吹いた奇妙な風は、やわらかでいて虚《むな》しい。初めて敵味方の区別がない時間が流れた。武井はこういう人物が順調に出世する我が社の体質を本気で心配した。

田畑は交渉相手を見ずに、朝比奈と権田を見て話し続けた。

「それこそが『輪ゴム展』です。親子で楽しもうというコンセプトで、世界中の輪ゴムを集めて展示してですね、こう、眺めるんです、輪ゴムをつ。ゴム銃なんてものが流行《はや》ってますけどね、あれは怪我したら大変でしょ。だから見るだけです。見る輪ゴムという発想はなかなかあるもんじゃなくて……」

「あの、もう結構です」

中山が引いていた。

どんな問題でも論理的思考で解決してきた、あの中山が引いていた。武井は田畑の破壊力に衝撃を受けつつ「輪ゴム展」を記録に残そうかどうか真剣に悩んだ。

一人ハイテンションな田畑は、質問者の中山を一瞥し、また上司の方に向き直った。

「あと『回せる天井展』っていう企画もありまして……」

「田畑君、下がって」

権田から明確なNOを突きつけられ、田畑は魂が抜けたように呆《ほう》けた。団交の場をさらなる出世に利用しようとして罰《ばち》が当たったのだ。隣で眠る山下にお咎《とが》めがない分、田畑はいたたまれない様子でその複雑怪奇なファイルを閉じた。権田からもう一度「質問は？」と問われれば、武井は「どうしてこの人が出世したんですか？」と問いたかった。恐らく、経営側にも確固たる答えを持っている人物はいないだろう。

交渉開始から一時間が経過していた。

3

怒りを鎮《しず》めた寺内が再び朝比奈を見た。

「どの部署も例外なく、現場には人が足りていません。しかし、これからの新聞社は、電子版や新型事業など職種の幅を広げていかないことには生き残れないのは明白です。そこには必ず新しい業務が発生します。当然、今ある仕事はそのまま残ります。そういった現状で、人員削減が行われることに強い抵抗があります。現場は疲弊してるんです」

「君たちの懸念はよく分かる。しかし、定期昇給がある限り人件費はどんどん増えていく。ちょうど委員長が入社したころ、バブル期の人数が極端に多い。この団塊《だんかい》の給料が跳ね上がっていく。今の人数を保ったままでは、とても会社が成り立たない」

「我々は懸命に働いてきたわけであって、お荷物のような言われようは納得できません。それに定昇は個人のスキル向上に対する正当な対価ですよ」

「定昇凍結は今やどこにでもある話だ。給料が上がって当たり前という時代じゃない。そんな考えは捨ててくれ」

「定昇はありがたいと思ってます。でも、お荷物扱いされるのはごめんですね」

「誤解があったら謝る。確かに君たちの世代が会社を支えているのは事実だ。だが、頑丈でしっかりとした本棚ほど床が抜ける恐れが大きくなる。そこを理解してほしい」

第一回団交の後半戦は、両頭の静かな舌戦から始まった。寺内が切下に視線を送る。

「組合ニュースをご覧になられているとは思いますが、我々がとったアンケートでは組合員の実に八割が労働の過密化を訴えています。編集と技術職場が電子化対応、販売は新規イベント、広告は単価が下がっている分を足で稼ぎ、印刷はカラーページの増加やその他業界紙の発行に伴う作業、地方職場は慢性的な人不足が続き、宿直勤務が増えています。現時点での過密感が八割ということですから、事態は深刻です」

いつもはお菓子を片手にぼうっとしている切下だが、なかなか理路整然と話す。それでいて本来の穏やかさは口調に残している。

「そのアンケートの数字やけど、全組合員の八割とちゃうやろ？　有効回答数のうちの八割とちゃうの？」

塚本が素っ気ない言い方で攻め手を出してきた。

「ニュースに書かれている通り、回収率は九八％強です。ほぼ全員と言っても過言ではありません」

「そら、こっちだってな、『人減らして仕事増やす』みたいなことでは組織が持たへんことぐらい知ってるよ。でも、人を減らさなあかん以上、業務をアウトソーシングしましょうって話やと思うねんな。今は部単位で所属長にヒアリングしてるから、そこで無駄な業務も出てくるんちゃうかな。そんな一から十まで絶望的やないで」

権田がすかさず口を挟む。委員長経験のある権田は先手を打つのがうまい。武井はヒアリングなんて本当にしてるのかと疑問だったが、挙手する勇気がなかった。

「そのヒアリングはいつごろ結果が出るんですかねぇ？」

切下は臆することなく、武井の思いつきよりも前向きな質問をした。

「可及的速やかに意見回収するわ。結果はまた労協で」

経営側は都合が悪くなると「後日の労協で」とかわし、組合の意見を封じ込める。これは端《はな》からハンデ戦なのだ、と今さらながら気付く武井であった。

「僕たちは三年前の定昇の伸び率抑制を受け入れ、下がり続ける一時金も甘受してきました。さらに、業務が増えている今も懸命に踏ん張っています。そこを見ていただきたいんです」

「その通り、君たちのがんばりは見える。でも、こちらも役員数を減らしたでしょ？　あれで相当の人件費削減になった。おかげで今の役員は兼務、兼務だよ」

もともと人数が多すぎたんや、と武井は胸中で労担にツッコんだ。

「兼務は僕らも同じです。同僚の手伝いだけで一日が終わることもありますからねぇ」

「切下君、そもそも職場に定員なんかないんだよ。今いる人数でやるしかない。こっちだって無駄な業務は随分と外に放り出したよ」

田畑が汚名返上とばかりに参戦してきた。甲高い声が人々の不快を誘う。

「何か外注したもんがありましたっけ？　増えた業務ならいくらでも言えますけど」

切下の口調はおっとりしているが、一歩も引かないという強さがあった。

「それは……、こう……、何かあるだろ！」

逆切れという結末に、当人以外が嘲笑した。田畑という男は敵味方を一つにする特殊能力を備えているようだ。

「田畑君、下がって」

再び権田から明確なNOを突きつけられた田畑は、これまた呆けて視線が宙を彷徨った。

「僕ら技術の職場ではね、高齢化が問題になってるんですよ。この計画では、採用ゼロもあり得るわけでしょ？　機械の世界やから若い子に入って来てもらわんと、正直しんどいですわ」

井川が切下をバックアップした。

「こちらも採用ゼロは極力避けたいという思いがある。人員のバランスがおかしくなってしまうからね。会社の財産が人というのは、分かってるよ。でも、退職やグループ企業への出向なんかでね、自然減である程度人数が絞れる。だから肩たたきなんて露骨なまねはしないから安心してほしい」

「自然に減っていくと言っても、それは採用をゼロにするからでしょう。それに出向者を増やすって簡単にはできませんよ。みんな新聞社で働きたくて入社するわけやから」

小手先の論理に惑わされまいと井川が必死に食らいつく。

「新聞協会加盟二十社が協力してランキング表をつくったんだよ。売上高を従業員数で割って、一人当たりの売上高を算出したところ、大変な結果が出た」

朝比奈の大げさな物言いも癪《しゃく》だったが、人間を数値化するような行為に、武井は不快感を覚えた。

「売上高はそこそこなのに、一人当たりの売上高は最下位だったよ。これが何を意味してるか分かるか？　ずばり非効率、ずばり人件費比率が高い、ということだ」

「新聞協会には百社以上の会社が加盟してます。そのうち二十社というのに作為的なものを感じます」

再び寺内が前へ出た。

「規模の大小があるだろ。同じような規模の会社を選んだんだ。十把《じっぱ》一絡《ひとから》げにやると、それこそ訳の分からん数字になるよ」

「そのランキングを見せてください」

「お望みならいつでも」

武井は朝比奈の少し得意げな顔が気になった。自分の会社の不備を発表している自覚がまるで見えない。

「そもそも、数字ありきという考えが新聞社にはそぐわないと思います。その人数に合わせて業務量が決まる、というのではいい紙面ができません。これだけの仕事がしたいから、それにはこれだけの人が必要です、というような考えを目指すべきです」

武井は、寺内の言うことはもっともだと思った。業務を積み上げていった先に必要な人数があるのだ。

「委員長、君の言ういい紙面とは何や？」

塚本が寺内に突っかかっていった。

「地に足がついた取材があって、読者の心に響く記事がより多く載っている紙面です」

「それが今、できてないと？」

「かろうじてできている、ということです。これから人数が減っていくと保証はできません」

「かろうじて、というのは失礼ちゃうか。みんながんばってるんやで」

「そんなランキングで職場の人数を限定する方が失礼でしょう」

「人数が減ったらできませんっていうのはプロの言うこととちゃう。やる前から白旗を上げてどないするんや」

「労働過密が起これば、一つあたりにかける力量が分散されるでしょう。それをやれ、というのは時短の考えに逆行する。我々が欲しいのはそんなランキングではありません。今までどれだけ業務を外注できたのか、それをまとめた一覧をもらう方がよっぽど建設的です」

寺内が実を取りに行ったことが武井には分かった。もちろん一時金の上積みをあきらめたわけではないだろうが、他にも成果を挙げて一歩でも前へ進もうというしぶとい意思が感じられた。

「委員長が先ほど言った業務内容ありきの話、これは理想論やな。外注しようと言うてるときに、業務量から人数を割り出すなんか矛盾してるやんか。適正な人数があって、やるべき仕事があって、無理なものは外注する。結局、それが一番効率的やろ？」

権田がすかさず援護射撃した。朝比奈は自慢のランキングを否定されて、また機嫌を損ねている。

「じゃあ、当然一覧はもらえますね？」

「えっ、何の？」

「業務外注をまとめた一覧です。それを確認しないことには、何とも言えません」

「あっ、そう。それね。まぁ、組織を再編したりして、いわゆる機構改革との絡みもあるから、なかなか一覧にするのは難しいんちゃうかな」

面倒なことはなるべく引き受けない。これも彼らのやり方なのだと武井は学んだ。

「もらえるんですか、もらえないんですか？」

「検討するわ」

寺内は小さく頷き、疲れ切った顔で左右に陣取る仲間の顔を見渡した。誰の発言もないと悟ると、眼前の労担に向け話し始めた。

「疲弊する現場の実情と我々が抱いている不安を聞いていただきました。これで全てではありませんが、日々額に汗して働いてるのは、優れた新聞を読者に届けるためです。どうか我々の思いをくんでいただきたいと思います」

寺内の締めの言葉に、朝比奈は居住まいを正した。

「君たちの一生懸命な姿と会社を思う気持ちは十分に伝わってきた。しかし、一方で企業は生き物だと知ってほしい。会社がつぶれたら何もかも終わり。君たちを守りたいという私たちの気持ちも理解してもらいたい」


赤井、岡田、中谷の三支部長が帰ってくると、本部にいるメンバーから拍手が起こった。マイク原稿を読み上げるため、三班に分かれて本社ビルを回っていた最後の班が彼らだった。交渉本部では、発着時にそれぞれ拍手をして送り迎えするのが慣例となっている。〝難敵〟を相手に支え合うためのコミュニケーションの一つだ。

団交終了後、武井は二時間に及んだ交渉の要所を三分以内にまとめた。マイク原稿は実況の意味合いを持つため、まとまりのある内容とともにスピードが求められる。執行部の補欠を自任する武井だが、寺内が筆の早い自分を教宣に指名したのは、こういった背景を含んでいるのかもしれないと彼は気付いた。秋年末交渉が始まる前、マイク原稿の良し悪しで職場との温度差は大きく変わる、と言った寺内の言葉を武井は覚えている。

遥が持ってきたお菓子やジュースを飲み食いしながら、皆が一息つく。武井も野菜ジュースを口に含み、ひとまず手を休めた。

「みんな、お疲れさん。大半の人が初めてやったと思うけど、団交に出てみてどうやった？」

寺内は明るい口調だったが、声をかけられた方は一様に苦笑いを浮かべている。組合の意見はほとんど跳ね返され、体よくあしらわれた二時間だった。武井に至っては一言も発することができないまま幕が下りた。途中で何度も腹立たしい気持ちを抱きながらも、空気に呑まれて足がすくんでしまった。交渉本部に帰ってきても忸怩《じくじ》たる思いはなかなか拭えない。誰も口にしないが、胸中には敗北感を共有しているだろう雰囲気がある。

「全然思うようにはいかんかったやろ？　おっさんらは独特の威圧感を持っとるからな。でも、交渉の難しさが分かっただけでも収穫や。それと、田畑のおっさんの出世の芽は潰《つい》えた」

誰もが呆けた田畑の顔を思い出したに違いない。本部が大いに沸いた。

「今、我々が直面している問題は、輪ゴムで弾《はじ》き飛ばせるほど軟《やわ》なもんやないし、まして天井を回してもどないもならん。明日からはどんどん気持ちをぶつけてもらったらいい」

団交で険しい顔を見せていた寺内は、また飄々としたいつもの委員長に戻っていた。

「委員長、すんませんでしたなぁ。ワシ頭回らんから全然援護できひんかったわ」

源さんがゴシゴシと頭を撫でながら謝罪した。

「俺も全然言い返されへんかったわ」

普段はノリの軽い井川だが、書記長という重責を背負い苦い顔だ。

「いえ、二人ともよく粘ってくれましたよ。きっとボディーブローのように効きますわ。それに、中山も切下もだいぶ相手の痛いとこを突いとった。デビュー戦であれだけやれたら上等や」

名指しされた同期は視線を合わせ、照れるように笑った。

どんよりと曇りがちだった交渉本部に陽が差し始めた。

寺内は腕を組んだままゆったりと座り、空気が変わり始める様を眺めている。どんと構えることができる。それがリーダーの何よりの資質だと武井は思う。たとえ内心を冷や汗の滝が流れようとも、冗談一つ分の余裕を持っていることが将たる器だ。何でもいい。仲間に希望を持たせることが一番の武器になることをこの寺内は知っている。そう解釈した武井はなおさら、発言できなかった自らの怯懦《きょうだ》を恥じた。

「よっしゃ、今から到達点整理を始める。我々が今日団交で何を得て、今後何を得なければならないか。これを簡潔にまとめておけば、自ずと作戦が見えてくる。本来なら一人ずつ意見を聞いていきたいところやけど、時間と、あと体力もない」

寺内は笑みを見せていったん言葉を区切った。執行委員会でもそうだが、彼は必ず緩急をつけて考えを伝える。

「整理した内容を言うから、気が付いた点があれば指摘してくれ」

武井は再びメモ打ちの準備をした。右手首に軽いしびれがあったが、それを申し出るという選択肢はなかった。

「商業ビル建設の情報を得たことは大きい。儲けが大きい話はリスクも大きい。成功すれば我々にとってもいい話なんは間違いない。ここをもう一度突っ込んで聞く。跳ね返されてもかまわん。組合が強い関心を持ってることを伝えるんが大事や。業務外注のヒアリングを行っていることも知れた。あと、現場の声を直接届けられたのも大きいと思う」

自信に満ちた寺内の言葉を聞いていると、思ったより悪くないと思えるから不思議だ。パソコンをたたく武井のリズムも軽快になっていく。

「今後はとりあえず、もっと前に出よか。せっかく相手の倍もおるんや。みんなでプレッシャーかけたら、相手の余裕もなくなってくる。そもそも余裕なんてもんは、向こうにもないんや」

「山下のおっさんだけは、ずっと寝てたけどな」

源さんが上司の不手際を指摘し笑いを誘った。絶望的な表情の田畑と起きる気配のない山下の絵は絶妙のコントラストだった。

「みんなでもっと現場の大変さをアピールしよう。気持ちをぶつけることが一番肝心や。これまでの業務外注を一覧表にして出してもらわなあかん。これを検証せな、業務の整理が進まんからな。あとはゼロ採用の年はつくらない、と言質《げんち》を取ることも大事や。新しい風が入ってこんと組織は必ず腐る。会社は人が宝ということをあらためて知らせるんや」

「あの二十社ランキングはどうしますか？」

中山は早くも大好きなiPadを起動させている。何に使うつもりなのか、武井には想像もつかない。

「とりあえず、何のデータか分からんからな。見てみんことにはどうとも。表が出てきたら、分析頼むわ」

データやら分析やらの言葉が出てくると、中山はたまらないらしく笑みがこぼれた。このあたりも寺内のテクニックだと、武井は盗み見る。

「よっしゃ、今日はこれくらいにしといたろ。応援で来てくれたメンバーも遅くまでありがとう」

寺内は田崎たち三人の方を見て頭を下げた。

「明日に備えて今晩はしっかり寝てくれ。ともにがんばりましょう」

最後は編集支部の赤井が音頭をとり、ガンバロー三唱で締めくくった。

交渉本部の設置に初めての団交。その間、メモ打ちにマイク原稿にとパソコンをたたき続けた武井は心身ともに疲れ、できれば今すぐ帰って休みたかった。

彼は帰るタイミングを探ろうと、委員長に近づいた。

「寺内さん、今日なんですが……」

「疲れたやろ？」

労いの言葉に、武井は幸先《さいさき》のよさを感じた。

「ちょっと、頭がボーッとしてまし……」

「武井の夜はこれからや」

「へっ？」

「頼むで、深夜労働。手当つけへんけど」

寺内は武井の眠そうな顔を見て、ニヤついた。容赦のない新聞記者の顔だった。武井は絶望した。

「川島、赤井、中谷っ」

彼は帰り支度をしていた記者職の面々を名指しした。全員が顔を引きつらせている。

「さぁ！　これから組合ニュースつくるで！」

第五章　団交　二日目

1

強く瞼を閉じると目の奥が振動した。そこには疲れを溜め込んだこりのようなものがある。武井は団交部屋の席上で腕を真上にして伸びた。眼精疲労が体中に分散したように思えたのも束の間、再び目の奥が揺れる。首筋、背中、腰。全ての筋肉が固まると、鉄板を背負わされているに等しい。頭の振動と呼応するように手もしびれ続けている。彼は既に満身創痍《まんしんそうい》であった。

これから深夜労働手当をテーマにした第二回団交が開かれるというのに、武井は緊張する余裕がないほど困憊《こんぱい》していた。鉄の塊のような半身をしてこれ以上硬直するのは不可能だった。着席しているのは「代表の責任」が重く伸し掛かっているからだ。

昨日、武井は通常のニュースを書き終えた後に、寺内、冴子、赤井、中谷の記者チームで一問一答の作業を始めた。やりとりの詳細を伝えるのは言わば密室論議の可視化であって、組合員に交渉内容をリアルに伝える手段だ。しかし、口頭での問答を文字にする労力は並大抵ではなく、しかも発言者の氏名を逐一ゴシックにして掲載するので、ミスは許されない。聞き取れなかった部分やメモ打ちが追いついていないところの取捨選択に案外時間がかかり、プリントアウトに至るまでに相当の時間を要した。

朝の五時にタクシーで帰宅したが、原稿のチェックのために武井が出社したのは午前九時。十時から作戦会議である「団交前論議」が始まっても、A4用紙裏表七枚にのぼる原稿を確認するのは容易ではなく、午前中の二時間の作業を終えると、武井の眼前には限界の文字がちらついた。

しかし、今日は午前十一時、午後三時と二回の団交が予定されていて、心労激しいこの状態で昨日の倍の作業量をこなさなければならない。易《やす》きに流れようとする気持ちに弱い活を入れるのが関の山であった。

武井は昨日より三人少ないチーム編成を見て心許なく思った。今日はゲストがいない。今朝このことについて、寺内から特別な説明はなかった。一時金の団交では、支部長たちの発言があまりなかったと、武井は自らを棚に上げて思う。確かに同じ職場のゲストに遠慮するような空気はあった。委員長の方針には、支部長が交渉に参加しやすくするとともに、彼らに自覚を求めるという意図が見え隠れする。寝不足で思考に深い霧がかかった状態であっても、長である寺内の言動が気になる武井だった。

「お待たせ」

朝比奈が軽く声をかけ、経営陣が一列になって入室してきた。彼らが着席すると、互いに一礼し交渉が始まった。口火を切るのはもちろん、委員長の寺内だ。

「連日、お疲れさまです。二回目の団交は、深夜労働手当の引き下げをテーマにしたいと思います。会社回答にもありましたが、この経営側の不利益提案に対し、組合が交渉のテーブルについたということをまずもって、重く受け止めていただきたい。我々は三年前、定昇の伸び率抑制を受け入れたばかりであり、はっきり申し上げて、この深夜労働手当引き下げ案の要請で、経営側に対する不信感はより強くなっています。くどいようですが、我々がこうして交渉の場にいるということを認識された上で、経営側の同手当に対する認識をあらためて問いたいと思います」

寺内もまた寝不足であるはずだが、声には張りがあった。立場がそうさせる部分はあるだろうが、本来彼が備えている精神の強さに武井は感じ入った。そして、今日も経営陣の顔を見た途端に気持ちが挫《くじ》けそうになる自分が不甲斐なかった。

「委員長がおっしゃる通り、私たちは組合が交渉のテーブルについてくれたことに大変感謝している。会社のことを思ってくれているんだと思うと心強くもある」

朝比奈はそう言うと、前屈みになってテーブルに両肘をつき、手を組んだ。彼はこの前屈みか背もたれに上体を預けるか、前後に極端な姿勢が多い。

「深夜労働、深夜割増と呼ぶ会社もあるが、この手当は全国的にカットする流れにある。なぜか。各社とも経営が苦しくなってるのはもちろんだけど、ここらできちんと手当について考え直そうということ。時代に応じた割増率、時間帯を再考するということでね。私は今回の提案を決してむちゃなものだとは思っていないよ」

相変わらず憎たらしい物言いで、武井は隣の源さんの肩がピクッと動くのが分かった。

「心身ともにきつい深夜労働についてはどう思ってるんですか？」

「いや、本当に大変だと思ってるよ。それは我々だって経験してきたんだから分かる。でも、今のままでは会社が潰《つぶ》れる」

「きついんは分かるけど、新聞社に入社するときにある程度深夜勤務は覚悟してるわな」

両頭の問答に、突然塚本が割って入った。

「深夜勤務は覚悟していても、手当のカットまで予想できますか？」

「じゃあ、君は深夜手当がなんぼやから、この新聞社にしようって、そういう視点で就職活動してたんか？」

「それは極論だとは思いませんか？　手当については当然入社してから実感するものだし、いただいてる分は働いてきたつもりです」

「何が極論や。君はこっちの質問に答えていない」

「私の答えは先ほど申し上げた通りです。極論か否か、私の就職活動の狙いなどは、本質から遠く離れたところにあり、これ以上申し上げる言葉はありません」

寺内にピシャリと抑えられて、塚本は不満そうに何やら口ごもった。

「あらためて労担にうかがいます。深夜労働の大変さをご存じのはずなのに、なぜこの手当に手をつけるんですか？」

「この手当はね、一九七〇年にできてから徐々に割増率と時間帯を拡大していってね、これまで十回、全てプラス改定をしてきた。今からだと信じられないかもしれないが、ベアが数万円という化けもんみたいな時代もあった。つまり日本経済が右肩上がりだったわけだ」

ベアとはベースアップのことだ。よくセットで言われるが「定期昇給」は、一歳年をとるごとに一定額が自動的に上がる仕組みのことで、「ベア」は、賃金水準そのものを引き上げることを言う。例えるなら、定昇は一年ごとに高くなる階段で、ベアはその階段の段差自体を高くするものと考えればいい。

「ベアの背景には、狂乱物価があった。つまり、物価が高くなるから人件費を上げる、というような。日本経済が巨大になっていく流れがあったから何とかなった。解決策は一つ。新聞代の値上げだ。人件費の分は値上げという手段があったから乗り切れた。今、デフレ経済の中で新聞業界だけ値上げして生き残れると思うか？　確かにあれだけの情報量が詰まってて、一部百数十円というのは安い、と言ってくれる人もいる。自分もそう思う。しかし、月額にするとどうだろう？　今やインターネットのニュースをさっと読んだだけで世情を知ったように思う人が増えている。無料《ただ》でね。そんな時代にお金をいただく難しさは君たち、よく知ってるだろう。もう値上げはできないよ」

朝比奈は一気にまくしたて、ひと息ついた。これまで何度も話してきているからだろう。よくまとまっていて、話にすきがなかった。しかし、職場の代表で来ている以上、メンバーはそこにすきを探さなければならなかった。

「定昇の抑制では何ともならなかったんですか？　あれで相当の人件費が浮いたでしょう。そこでうまく運営するのが経営でしょう」

「委員長、そんなに簡単に『うまく運営』なんて言ってもらっちゃ困る。うちだけじゃない。どこの新聞社も広告収入は全盛期の半分以下じゃないか。それに紙面組みのシステム、輪転機の更新、電子化対応。設備投資にどれくらいの金がかかると思う？深夜労働手当をカットしただけじゃ、とても回らないのが実情だよ」

「深夜労働手当をカットしても、まだカットが続くんですか？」

「それだけ大変な状況ということや」

朝比奈の発言が失言であったのか、権田が素早くフォローに入った。

「では、今の労担の言葉は何ですか？　相次ぐ不利益提案に現場はげんなりしてますよ。一番きつい部分の手当をカットするわけですから、モチベーションの低下は避けられないと思います」

「手当が下がったら真面目に働かんということか？」

塚本がまた顔を出した。

「真面目に働くからこそ、意見してるんです。どうでもよければ、はいどうぞ、で終わります」

塚本はフンと鼻を鳴らして腕を組んだ。近年の執行部から「北斗の剣」と恐れられている塚本を寺内は寄せつけようとしない。

「労担はしきりに時代の変化とおっしゃいますが、逆も然《しか》りです。手当の改定はこれまでの労使交渉の成果であり、この時間の流れは重いものがあります。つまり、手当のマイナス改定という逆のベクトルを示すことは、これまでの労使交渉の否定に当たります」

「それは論理の飛躍だよ。我々は過去の経緯を尊重した上で、この提案をしている。

つまり、時代自体が逆のベクトルを指し示したということではないのかね」

「いえ、これまでもバブル崩壊、それに連なる十五年前の経営危機を経験してきましたが、この手当はずっと守られてきた。それが重いと言っているんです」

上方新聞はバブル期の土地神話に踊らされたという負の遺産がある。経営陣を一新し、単年度収支を黒字に戻すまでに回復させたのは、近年の経営陣の功績と言える。その一方で、組合が人件費を含む経費節減に協力してきたことは忘れてはならない。

「十五年前の二の舞は絶対避けたい。あの忌《い》まわしい経営危機から学んだことは、基本給を守り社員の生活を安定させるということだ。ベースを守ることこそ大事なんだ」

「新聞社にとって深夜勤務が必要不可欠であることは、先ほど塚本編集局次長がおっしゃった通りです。つまり、深夜労働手当は我々にとっては、ベースなんです。基本給の一部なんです」

「基本給はあくまで基本給や。君たちは残業手当をもらって、その上で深夜労働手当ももらってるんやで」

名前を出された塚本が不快そうに顔を歪《ゆが》める。

「手当の質が違います。二重取りだとおっしゃりたいんですか?」

深夜労働手当はあくまで深夜労働への対価であり、塚本の論理は本質とずれている。寺内はそのあたりを効果的に突き、すきを見せない。

「分かってほしいのは、この高率な深夜労働手当だけが、時代錯誤なバブル期の残滓《ざんし》なんだ。だから、そこは修正させてほしい。ただ、そう言ってるだけだよ」

「残滓という表現自体が、これまでの交渉を否定するものです。いつの時代であっても夜がきついのは変わりません。そもそもこの手当は景気動向に左右されるものではなく、生活の質を保つための手当なんです」

寺内の鋭い舌鋒に、一瞬相手の反論が止まった。実際に発言しているのは朝比奈、権田、塚本の三人で、他の四人は聞かれたことに答えるというスタンスである。そのうち、山下は睡眠、田畑は自爆癖を持つためものの数には入らない。自信なさげな中村技術局次長、関心なさげな五味広告局次長も放っておいて害はない。

委員長経験を持つ老練な三人に対し、寺内は一人立ち向かっている。彼がここまで言葉の弾丸を撃ち続けられるのは、相当の準備をしているからに他ならず、このややこしい問題の本質を頭の中で整理している証左でもある。武井はパソコンをたたきながら、ひょっとすると寺内の目には交渉の収拾が見えているのかもしれない、と突拍子もないことを考えた。

「定昇があるから、君たちの給料は前年より上がる。深夜労働手当の割増率を削減したからと言って、賃金カットには当たらないんだよ」

「予定していた取り分から減るのは事実です」

「既得権という考えは捨ててくれ。本来得るべきもの、という考え方は、給料は上がって当然という思いが根本にあるからだ。今の時代、定昇凍結だって決して珍しい話ではないと言ったはずだぜ」

「しかし、今回のケースでいうと、印刷や編集の一部では前年に比べて給料が下がる人もいます。定昇があっても下がるんです」

「確かに一部にはそういう人がいる。でも、二年後には全員救われる」

「二年後もその先も定昇が確保されるんですね？　労担の今の発言はそれが前提ですよ」

定昇確保の言質。不安定なこの時代、もしこれが約束されれば、かなり大きな前進だ。武井はパソコン画面の文字を追い、客観的に発言を分析した。寺内の交渉術が冴えている。

「そりゃ、全身全霊をかけて取り組む」

「確保していただけると？」

「最優先課題だと思っている」

相手もそう簡単に尻尾《しっぽ》はつかませない。それでも、寺内は前進する。

「先にカットありきだから抵抗感がある。業務の外注がない限り早く帰宅できないわけですから。残業軽減、休日消化の率を上げるのと同時並行で進めなあきません。時短の取り組みの進行速度に比べて、カットが早すぎる」

「時短は労使双方で協力するもんやろ？　それに同時並行って言うても、達成するまでに要する時間がまるで異なるやろ」

寺内はここで初めて間を置いた。塚本が一発やり返した形だ。武井は心配になって委員長の横顔を見たが、落ち着いて塚本を見ている。

「委員長の言っていることはよう分かる。何もこっちかて強引にやるつもりはないで。でも、消費増税の影響も続いてる。早めに備えんとえらいことになる」

「消費税が上がって困ったのは経営だけやない。家計にだって等しく響くもんです。そこについてはどうお考えですか？」

三対一の論戦を続け、神経がすり減っているはずの寺内だったが、反論のキレに鈍りはない。

「収入源があっての家計、やろな。これは鶏が先か卵が先かといった議論ではないで。結果がはっきりしとる。企業存続が先や」

権田システムらしい返答に、寺内は苦笑いした。彼は反論を止め、少し長めに息を吐いた。武井にはそれが団交の前半戦終了の合図に聞こえた。

2

源さんがこきこきと首を鳴らしたのが後半戦開始の合図だった。寺内は少しほっとしたような様子でパイプ椅子の背に重心を移動させた。

今回は中山と冴子が記録係として入っている。源さんが話し始めると、武井を含めた三人のパソコンから一斉に音が鳴り始めた。

「ワシら印刷の人間は晩の八時から働きます。深夜労働手当の対象時間に働き詰めになるんですわ。この案が通ってしまうと、生活の質を変えてしまわなあきません。この年になると、ほんま夜中の作業は応えます。ここは一つ、考え直してもらうことはできませんでしょうか」

源さんは可能な限り丁寧な言葉遣いを心掛けたようだ。武井には右隣に座る男の微かな強張りが伝わった。

「本当によくやってくれていると思う。ただ、先ほどから言っている通り、このままでは会社が持たない。会社があるから働ける。そこのところをもう一度考えてはもらえないだろうか」

「確かに労担のおっしゃる通り、会社あってのワシらです。だからこそ粉骨砕身やってきました。人間っていう生き物は、昼働いて夜寝るもんやとつくづく思います。夜行性にはなれんのですわ。そうして少しずつ無理を重ねていくことに対して、ごくろうさん、ようやってくれてるなぁというのがこの深夜労働手当と思ってやってきました。今回、その額が減るとなると、あれ、深夜の仕事をちゃんと見てくれてるんかな、と不安になるんですわ」

「確かに本来あるべき人間の生活サイクルとは真逆の生活をしてもらわざるを得ない。それは大変なことと思う。額を下げることは軽視することでも何でもない。だがね、やっぱり輪転機回すのにも、維持するのにも、更新するのにも金がいるわけよ。長年勤めてくれている君はよく分かっていると思う」

「ワシら休刊日発行手当をなくすのも呑んだ。新聞以外の業界紙を刷る機会も増えてる。それでも一生懸命やってるんですわ」

「よく分かる。頑張ってくれてるよなぁ、山下局次長」

突然労担に振られた山下は、本能的に意識を取り戻したようで薄目を開けて「ええ、誠に」と少し変わった相槌を打った。しかし、それから続けて話す様子はなく、また夢うつつの状態となった。専門部署の代表が、寝ぼけた状態でしか対応しないというのは経営側にとって明確な有事であろう。

「まぁ、印刷も鉛から機械化されて効率化されたわけやから。手当も時代に合わせんとなー」

朝比奈は身内にペースを乱され、不機嫌になったのか、言葉に棘《とげ》があった。

武井は腹立たしかった。交渉に入る直前、中山の調査によって明るみに出た事実。十六年前、経営危機が発覚する前年の秋年末交渉で、当時の組合は深夜労働手当の増額を要求している。結局、獲得には至らなかったが、このときの委員長こそ、他ならぬ朝比奈だったのだ。

どの口が言うんや――。

武井は声に出して言ってやりたかった。しかし、彼にはそんな勇気はなかったし、また寺内の教えを破るわけにはいかない。

経営陣が組合員だったころの発言を蒸し返してはいけないのだ……。

「労担が委員長やったときは全然違うこと言うてましたやんか！」

言うんかい――。

パソコンを打つ音が止《や》み、部屋が一瞬のうちに真空状態となった。さすがの寺内も微かに首を振り、お手上げのようだった。

「時代が変わった」

朝比奈は苦々しい顔で言った。以前、寺内が言った通りの答えだった。

「ぺぇっ」

機嫌が悪いときに出る源さんの癖だ。威嚇するラクダのようにつばを吐く、まねをする。

「へへっ。行儀悪いな、えぇ？　へへっ」

権田は何が愉快なのか、ヘラヘラしている。

「地方職場の中谷です」

一番入り口に近い席に座っていた中谷が意を決したように口を開いた。

「締切の早い地方職場では、午後八〜十時のA時間帯こそゴールデンタイムです。労担は深夜ではないとおっしゃいますが、夜十時に仕事を終えると、帰るのはもっと遅くなります。忙しいときは連日のように十時を回ります。体の疲れを考えると、A時間帯を軽視されるのは納得できません」

「十分電車で帰れるでしょ？　スーパーだって開いてるよ」

朝比奈は若い中谷の意見など歯牙《しが》にもかけない様子で一蹴した。

「午後十時からどんなプライベートがあるんですかっ。僕なんか通ってるバドミントンスクール、欠席ばっかりですよ」

「疲れてるのにバドミントンすんの？」

権田がまたヘラヘラして口を挟む。

「だからA時間帯までに帰れたら疲れないってことです。プライベートを犠牲にしてるのは紛《まぎ》れもない事実ですっ」

「君は羽を伸ばすんやなくて、羽根を打つタイプなんやな。へへっ」

「真面目に聞いてくださいっ」

中谷は知らず知らずのうちに権田システムの罠にはまっていた。真剣に怒れば怒るほどどつぼにはまる。もがくほど沈む蟻地獄《ありじごく》である。

「午後八〜十時って言ったら一般企業じゃ遅いでしょ」

中谷の窮地を救うべく編集支部長の赤井が前線へ出た。

「一般企業って、ここは新聞社だよ」

「労担は先ほど定昇の話をしたとき、一般企業を例にとられたでしょ？　定昇だけ比べて、これは比べないっておかしくないですか？」

朝比奈は前屈みになって赤井を見た。

「じゃあもっと一般的に話そうか。労働基準法での深夜割増のルール知ってるか？午後十時までは対象外だよ。法律が言ってるんだよ。十時までは深夜じゃないって。それ以降だって一律二五％だよ。でも、それじゃあいくら何でもって言うんで、その割増率を算出したんでしょ」

提案は経営側からのお願い事にもかかわらず、朝比奈は法律を盾にして体を入れ替えた。敵ながらうまいな、と武井はのんきにも感心してしまった。

「組合が交渉のテーブルについていることをお忘れなく」

相手側へ流れが移る気配を察し、寺内が釘を刺した。前半戦で消耗した彼だったが、司令塔としての役割はおろそかにしない。

「この削減率でいってもね、うちはよその新聞社に引けをとらないよ。今、君たちの仲間がどんどん経営への理解を示している」

「よそ様にはよそ様のお考えがあるでしょう。人の家の様子を見るほどの余裕はうちにありません」

寺内が強気に押し返すと、しばらく正対する二人が睨み合った。やはり大将戦は迫力がある。

「やっぱり、朝から働いてたら八時以降っていうのは延長戦ですわ。疲れた体に鞭打《むちう》つというのは決して大げさやないと思いますよ」

今度は井川が名乗りを上げた。朝比奈からの眼差しを真正面から受けている。ここ数日で顔つきが変わってきたと、武井は先輩に対してやや偉そうな感想を持った。

「でも、十時以降の方がもっとしんどいでしょ。この手当はもっとしんどいところへ向けた手当なの。いいかい？　深い時間を手厚く。これは何もおかしいことじゃない」

「今まではもっとしんどいゾーンにA時間帯も入ってたわけですよ。急にそれは深夜じゃない、あんまりしんどないって言われても困りますわ」

「今までは今まで。これからの話をしようと言ってるんだ」

「十時の帰宅が続いてたら、精神的にも参りますよ」

「うちの会社はメンタルヘルス対策もしっかりしてるだろう」

「なってからの話してどないするんですか？　未然に防ぐことが大事でしょう」

不用意な発言で伏兵に一本取られた労担は、波平カットの右腕に助けを求めた。

「だから、予防も含めての対策やな。ちょっとおかしいなぁと思ったら産業医に相談してもらうっちゅうこっちゃ」

権田はどんな球がきても捕球する名捕手のようだ。実はこの男こそ、影の総裁ではないかと武井は怪しんだ。

「深い時間帯を大事にするっていう割にはD時間帯が一〇%もカットですよ」

印刷支部の佐藤が参戦した。

「それでも五五%って言うたらごっついで」

そのまま総務局長が前線に残って窓口を務めるようだ。

「一〇%の削減の方がごっついですわ」

「C時間帯も一〇%ですよ」

技術支部の羽根も援護射撃する。これで支部長全員が発言したことになる。寺内の目論見は功を奏したようだ。

「それでも四五%あるんやで」

「四五って言うたら、今のB時間帯の割増率と同じじゃないですか。深い時間に手厚くっていうのがしっくりきません」

「そんなこと言わんといてや」

権田がおどけると、すかさず赤井が身を乗り出した。

「B時間帯は、締切時間ですよ。一番神経をすり減らすこの時間帯が、労基法の定める最低ラインの割増率なんですか？」

支部長の波状攻撃に、経営陣が押し黙った。ようやく数の有利を活かすことができたのだ。

「これが働く者の正直な声です。切羽詰《せっぱつ》まった彼らの意見は、重労働に従事することの裏返しでもあります。この提案に対し、どうかご再考願えませんでしょうか」

機を見て寺内がまとめに入った。朝比奈は渋い顔をして、何やら権田に耳打ちした。総務局長が小さく頷く。武井は権田の真顔が怖かった。やはり、どちらが大将なのか分からない。

「君たちの話、いや、覚悟のほどはよく分かった。委員長の言う通り、ちょっと考えさせてもらう」

武井は朝比奈の使った覚悟という言葉が引っ掛かった。いずれにしても、このまま引き下がるような相手ではない。口元を引き締めた寺内を見て、武井は深みにはまったような気になった。

経営陣が退室した後も武井の胸中は安堵とはほど遠いものだった。

3

丸一日、ただ眠らせてほしい。

午後の気怠さに眠気を誘われ、武井は目を閉じた。視界が遮断されると、深淵に引きずり込まれるように意識が遠のいていく。奇跡的なタイミングで隣の源さんがくしゃみをして、すんでのところで覚醒した。刺激の強い目薬を注し、ハンカチで目元を押さえると若干睡魔が薄れた。

午前中の団交が終わった後、武井は論点整理の話し合い中にマイク原稿を書き、一問一答の作業を進めた。交渉期間中、職場離脱している執行部と支部長は、本部のあるフロアーから移動してはならない、との決まりがある。交渉に専念することがいわば職務なわけで、他の組合員の目がある以上、だらだらと外食することもできない。昼食はフロアーにある食堂、夕食は出前の弁当と決まっている。

マイク原稿の読み上げメンバーは、ビル内といえども交渉本部と違う空気を吸うことができる。しかし、委員長、書記長、教宣部長の三人は、ずっと同じ部屋にこもりっぱなしだ。さらに、武井はニュース作業のために食堂にもいけず、出勤時に買ったパンをかじるよりなかった。

交渉の重圧、寝不足、上半身の痛み、時間的、空間的な束縛――。実際、それらを一身に受けてみると、ストレスを通り越して奇妙な笑みさえ浮かぶ。この上、一つ二つ負荷が増えたところで、大した影響はないだろう。いっそ風邪でもひいてみようか。武井は子どもじみた発想を楽しんだが、それすらも面倒くさくなり、短く嘆息した。

あと五分もすれば「ハラスメント」の交渉が始まる。担当なのでさすがに発言しないわけにはいかないと思うと、気が重かった。ふて腐れてほとんど準備を手伝わなかった冴子には落胆したが、武井は自らの取材の集大成とも言うべきメモを彼女に渡している。この団交では冴子もまた発言を求められるわけで、丸腰で戦場に臨む彼女を不憫《ふびん》に思ったのだが、甘やかしすぎかもしれないという自省もあった。

しかし、昼休憩のとき、真っ先に食堂から帰ってきた冴子が「これ飲んで」と後輩に手渡したのが、目、肩、腰に効くという瓶詰の錠剤。突然の、それも女の人からのプレゼントということもあり、武井は薬一つで心弾んだ。軽薄なもので彼女を見直してみる気になった。

「お待たせ」

労担と総務局長の顔が見えた瞬間、武井の鼓動は急速に早まった。一時金や手当削減などと違い、直接的に金銭の絡まない要求なので、組合員の注目度もそこまで高くはない。それでも、職場を代表しているという重圧と、経営側の反論にぐうの音も出ない事態を想像すると、武井の腰はどんどん引けていく。

恒例の一礼の後、いつも通り寺内が戦端を開く。

「午前中に引き続き、午後もよろしくお願いします。第三回のテーマはハラスメントです。要求では職場相談員制度の創設、ハラスメント防止に向けた取り組みの強化などを挙げました。会社回答で触れられている部分もありますが、あらためて確認させていただきたいと思っております。では、」

源さんを挟んで寺内が武井に目配せをした。早速きたかと動揺はあったが、少なくとも用意したメモだけは読み上げようと彼は決心した。

しかし、交渉用のバインダーを開き、血の気が引いた。大切なメモがないのだ。武井は混乱して、がさがさとバインダーに挟まっている紙をめくっていった。真ん中に綴《と》じたつもりなどないのだが、とにかく手を動かしていないと発狂しそうだった。

しんとした室内で自分が立てる焦りの音だけが響く。

「どないしたんや？」

権田が半笑いで武井に問い掛けた。

「ちょ、ちょっと、すみません……」

武井は壊れたおもちゃのように脈絡のない動きをし、他のバインダーも開けていった。そして、全てを探し尽くした後、彼は突如として答えにたどり着いた。

トイレだ――。

団交部屋に入る前、武井はトイレに小用を足しに行った。最後の最後まで確認しようとそのメモを持って行ったのだ。おそらく手を洗う際にどこかへ置いたのだろう。発言へのプレッシャーでいつもと違う行動をとったことが仇《あだ》となった。

乱れ打つ鼓動ばかりを意識し、脳がまるで機能しなかった。

武井は委員長の方を見て救いを求めた。そこでふと、武井の視界に妙なものが映った。

寺内の向こう、井川、切下の奥にいる冴子が刺すような眼差しで彼を見ていたのだ。左側の口角のみが上がる。ニヤッと笑ったその顔は、血に飢えたドラキュラのような非日常の迫力が備わっていた。気の小さい後輩は金縛り状態に陥《おちい》った。武井は漠然と、しかし相当嫌な予感がしたが、不思議なほど身動きがとれない。

一人の男を視線だけで石にした冴子は、ドラキュラというよりメデューサであった。彼女はさっと労担の方を向くと、きれいな姿勢のまま立ち上がった。

「ちょっと、これを見てくださいっ」

それは労使双方にとっての異変であった。

冴子は半分に折った新聞紙を左手で持ち、利《き》き手で紙面をパンパンとたたいた。いち早くその内容に気付いた中山が天を仰いだ。武井の視線は、紙面の方へ引き寄せられるように焦点が合っていく。そこにある情報を一つひとつ確認していく。

メガホンを持ったハチマキ男。短髪に巻かれたハチマキには「迫田！ 迫田！ 迫田！」の暑苦しい文字。男の口に合わせた吹き出しは「奥さん、イッちゃうの？」。対面にはアニマル服のおばさん三人衆。吹き出しの文字は「イクぅ〜」。

もう間違いない。紙面の下段を占めるそれは紛れもなく「スーパー迫田」の広告であった。

これは謀反《むほん》だ——。

焦りで思考力が落ちていた武井だったが、女の一撃で目が覚めた。助かったと思ったのも束の間、新たに暗闇の中を疾走するような恐怖感に苛まれた。彼は以前取材で傍聴した刑事裁判の光景を思い出していた。覚醒剤取締法違反の罪で起訴された被告の男が言い放った言葉。

「ライオン見たって、やくざ見たって、もう、何も怖くないんです」

武井はあらためてクーデターの主を見た。アホみたいな紙面を片手に、使用者たちを睥睨《へいげい》する様は常軌を逸していた。ぽかんとするおっさん連中の顔を楽しんでいるようにも見える。

「で、それがどないしたんや？」

権田が心配そうにたずねた。

「この広告を見て、何もお思いになりませんか？」

冴子はなぜか勝ち誇った顔で、問い返した。ライオンでもやくざでもない小男など眼中にない、とその目は語っている、ように武井には見えた。

「スーパー迫田のやつ？　昔からずっと載ってるな」

「これは由々しき問題ですよ」

「何がや？　分かるように言うて」

冴子はやれやれといった感じで首を振り、波平カットを見た。

「この広告は、セクハラです」

会議室に流れていた時間が止まった。特に経営陣の列は、座禅を組んでいるがごとく静まり返っている。組合陣営では、中山が両手でこめかみを押さえている。

「えっ、どういうこと？」

権田は眉間に皺を寄せ、動物の本能なのか身を引いた。

「『奥さん、イッちゃうの?』『イクぅ~』の呼応は、明らかにあのことを意味します。こんなものを朝刊に載せて、子どもが見たらどうなりますか?」

「あのこと? あのことって何や? このおばちゃんたちはスーパーにイクねんで。だってスーパーの広告やもん。じゃあ聞くけど、君はこのおばちゃんたちがどこへイクと解釈してるんや?」

「だから……」

「だから何や? 遠慮せんと言うてみ」

「…………」

冴子は言葉に詰まった。頭の中には言葉があるはずだが、どうしても言えないようだ。ここにきてもじもじし始めた女を見て、武井はこの謀反がノープランだと断定した。

「それを女性に問うこと自体がセクハラだと言ってるんです……」

どういう精神構造なのか先ほどまでの勢いは消え、冴子はどうしても「あのこと」が言えず唇を嚙みしめている。

「君、何言うてんの? 広告主にも広告をとってきた社員にも失礼やろ。これのどこがセクハラなんや」

恥じらいがあるのか、ないのか。武井には川島冴子という人間がよく分からなかった。執行部のメンバーもあの執行委員会以来、子どものようにふて腐れる彼女の態度に疑問を持っていた。それに身内ですら虚を突かれたこの問題では、まず、援護射撃を期待できないだろう。

「どうなんや？　要求にもこの広告のことは書いてなかったで。君の言う『あのこと』っていうのは何なんや？」

権田はここで徹底的に冴子をたたくつもりらしい。最終的に寺内に謝罪させて主導権を握ろうと考えているに違いない。男性ホルモンを活発に分泌していそうな彼が「あのこと」の意味が分からぬはずがない、と武井は偏見に満ちた感想を持った。そして、男性ホルモンなど関係なく、この広告は明らかに下品だと思い直した。冴子の言う「あのこと」を鉄面皮のもとにしまい込んだ権田は、この状況を心底楽しんでいるようだった。

「どないしたんや？　急におとなしなって。君もセクハラと言い放った以上、説明する責任があるんとちゃうか？」

冴子の細い体が震えだしたとき、武井の心中には「この人は何がしたかったのか」という不審と「純粋にかわいそうだ」という同情が入り乱れた。

「黙ってても分からんやろっ。言いなさい。これのどこがセクハラなんや。君の言う『あのこと』って何なんや！」

権田が大声で追い込みをかけた。武井はさすがに腹立たしかった。団交というぎりぎりの神経戦を展開する戦場で「あのこと」など口にできるわけがない。権田は分かった上で、なおも執拗な攻撃を続けているのだ。

そろそろ助け舟を出さねばと武井が覚悟を決めたとき、右隣から銃声のような声が飛んだ。

「セックスやがな！」

言うんかい――。

印刷一筋、五十一歳の万田源三は、会議室の中心で性を叫んだ。本来ならアフタヌーンティーを楽しむこの時間に出現した俗語に、部屋は真空状態のようになった。誰の息遣いも聞こえない静けさの中で、再び万田源三が吼えた。

「セックスやがな！」

こだまのように繰り返した魂の叫びに、今度はどよめきが起こった。武井は源さんがまたやってしまったと頭を抱えたが、一方で雨雲を吹き飛ばすような裂帛《れっぱく》の気合いに溜飲《りゅういん》を下げた。

「へへっ、行儀悪いな。ええ？　へへっ」

権田は言葉とは裏腹に嬉しそうだった。ただただ品がなかった。朝比奈は背もたれに体を預けたまま、そっぽを向いている。話す気にもなれないのだろう。彼が参戦しないとあれば、あくの強い者が勝つ。武井は手の届かないところへ行った議論を傍観することに決めた。

「でもやなぁ、このスーパーのCM、テレビでもやってるで」

権田が指摘した通り「スーパー迫田」のテレビCMは、関西一円で流れている。例の店長らしきハチマキの男が、本店の前で「さっこたぁ、さっこたぁ」と、安い居酒屋の客席で見るような手拍子付きのコールをした後「迫田は安い〜、迫田にしときぃ〜」とテーマソングを歌って踊る。そして、男がテンポよく「イクの？　イカないの？　イッちゃうの！」と言うのだが、顔がだんだんとアップになる演出は、かえって営業妨害なのではないかと視聴者を不安にさせる。もちろんその後は、アニマル三人衆が「イクぅ〜」としなをつくり、その声に応える男は再度アップで右手の拳を突き出して「奥さん大好き！」と絶叫する。最後は白い背景に「ＳＡＫＯＴＡグループ」という緑色の文字が浮かび上がり「ともにがんばりましょう　迫田グループです」という労働組合のお株を奪うナレーションが入る。

「テレビは十五秒もしたら消えてくれます。でも、紙面はずっと残るんです」

最大の山場を乗り越えた冴子は再び息を吹き返した。人間的には欠陥だらけだが、このしぶとさは見習いたいと思う武井であった。

「このインパクトは、新聞広告の新機軸やで。でもまぁ、君はこの広告がセクハラやというわけやな。それで?」

「それでとは?」

「だから、君は『スーパー迫田』の広告をどうしたいわけ?」

「打ち切ってください」

にべもなく言う冴子に、武井は左隣の中山が再び天を仰ぐのを見た。

「ウップス」

前方左端から妙な声がした。広告局次長の五味雅俊だった。部下にオーダーメードだと自慢するという上等そうなスーツと薄い黄色が入ったメガネレンズは不変だ。

また、変な奴が出てきた――。

武井は「帰国子女であることを鼻にかけ、必要のないところでも英単語を使う」という寺内の所見を思い出した。確かに今の「ウップス」は外国人が無意識に発するものにはほど遠かった。団交で初めて発した言葉が「ウップス」とはどうかしている。

武井は早くもこの五味という男に胸やけしそうになった。

「あいつ、ゲップしたで」

隣の源さんが武井に話しかけた。所詮五味の英語などゲップに等しいのだと思うと、武井は爽快であった。

「ちょっといいかな? その広告をキャンセルっていうのは、組合のコンセンサスなわけ？」

肝心なところが横文字なため、源さんなどはピンときていないが、一番痛いところを突かれた。この件については冴子の完全なる暴走なわけで、組合の総意かと問われれば、断じて違う。青女部長が勝手に言ってるだけです、と切り捨てられるなら楽だが、そうもいかない。組合が仲間割れなど交渉の最低限の礼儀を欠くもので、その場で席を立たれても文句は言えないのだ。

組合陣営は誰も何も言えず、負の沈黙に陥った。寺内は目を伏せて考えごとをしているようだが、彼にしてなかなか最善手が見つけられないようだった。その横顔の向こうにある冴子の目は身内の出方をうかがっている。本当に計画性がないのか、それともしたたかなのか。武井は彼女の真意を測りかねていた。

「ノック、ノーック。聞こえてますかぁ。ノック、ノーック」

五味はドアをノックする手振りで、組合に返答を促した。

何だろう、この絶対的な違和感――。

武井の背筋に冷たい感覚が走った。言葉のセンス、身振り、手振り。武井は五味の全てを否定したかった。日本人相手なのに英語の発音が不必要なほど美しい。武井はこういうタイプが好かれているのを見たことがない。

ノック、ノーック。

頭の中でそのフレーズが反芻《はんすう》されるたびに、背中が冷たい。源さんがぼそり「アホちゃうか」とツッコんでいた。

「あれ？　どうしちゃったの？　ユニオンの皆さん？　ミドル・マウンテン、どうなの、君のオピニオンを聞かせてよ」

中山は職場でミドル・マウンテンと呼ばれているのか。あんなクールな雰囲気を保っているのに、ミドル・マウンテンと呼ばれて返事をしているのか。それこそ本当のハラスメントではないか。

武井は中山という漢字を英訳されて呼ばれる彼の不遇に同情した。もし、彼の名字が「武井」だったらこのような憂き目には遭わなかっただろう。武井は先祖に感謝するとともに、この場だけでいいから中山に名字を貸してやりたいと心から思った。

同じ広告局の人間として意見を求められた中山は、珍しく苦渋の表情を浮かべた。彼は広告を一つとることの難しさ、お得意様を失うことの恐ろしさを全て知っている。編集局などと違い、広告の場合、失敗の大きさは金額によって如実に表れる。広告マンとして、自らの仕事を否定するようなことは言えない。しかし、組合の足並みが乱れていることを露呈すれば、次回以降の交渉にも影響することは必至だ。海千山千を相手にアドバンテージを与える余裕など当然ない。今回の秋年末交渉最大のピンチが、三十歳男子の両肩に伸し掛かった。

　中山はいったんメガネを外し、ハンカチでレンズを拭った。再びそれをかけ直すと、長く息を吐き出した。そうして呼吸を整え、上司を見た。

「何なんですか、この下品な広告は！」

　中山はキャラクターにない大声で「スーパー迫田」を批判した。究極の選択で彼は組合を選んだのだ。武井は中山の苦しみを思い、胸中で手を合わせた。彼の答えがよほど意外だったのか、五味は「ウップス、ウップス、オーマイウップス」とめちゃくちゃな英語をつぶやき、うろたえた。

「品が……、品がありません」

「正気かね、ミドル・マウンテン」

　武井はその言葉をそっくり返してやりたいと思いつつ、五味の気持ちも分からないではなかった。

「迫田さんの広告がなくなったら、赤字はアヴォイドできないよっ」

　源さんが「イボ井戸って何や？」と聞いてきたので、武井は「避けられないってことです」と小声で返した。和のおやじは不機嫌そのものの顔で「ぺぇっ」をした。

「もちろん、迫田さんにはそのまま出稿してもらいます。しかし、代理店と相談して内容の差し替えを要求してもらいましょう」

「ノォ！」

「もっと面白い企画を考えればいいんです。幸い迫田社長は感覚が若い方ですから、いいアイデアさえあれば食いつきます」

「ノォ！」

「局次長もあの人が出たがりなのは知ってるでしょう？　それを逆手にとるんです。気に入ってくれれば、もっと出稿が増えるかもしれない」

あのハチマキ男は社長だったのかと、武井はトリビアを得た。

「迫田さんの人妻好きは病気です。文言さえ気を付ければ、新作には意欲を燃やすはずです」

「ノォ！」

「スーパーは実質、弟が運営しています。あの人は長男だから社長の椅子に座ってるだけです。そこを狙わなくてどうするんですか。代理店と企画を持ち込んで、もっと出稿を増やしてもらいましょうよ！」

武井はこの場の誰よりも迫田さんのことが心配になってきた。さきほどから結構な言われようをしている。

「本当にアヴォイドできる？」

「確かに未知数ですが、やってみる価値はあると思います。でも、あの社長は絶対狙い目ですよ」

冴子が乱心したせいで、関係のない中山が孤軍奮闘している。彼は恐らく担当でもない「スーパー迫田」の広告に熱弁を振るい、職場でミドル・マウンテンと呼ばれていることをバラされ、踏んだり蹴ったりだ。そもそも冴子の案に最も反対していたのは、他ならぬ中山その人だったではないか。武井は彼のことが気の毒になり、実はとてもいい人なのではないかと見直した。

「ちょっと、ごめん。それ、広告の会議でやってくれる？」

権田が絶妙のタイミングで間に入った。

「では、次いきます」

寺内もうまく軌道修正に加わり、第三回団交はようやく本題に入った。武井はメモ打ちしたパソコン画面を見て、一問一答をどうしようかと真剣に悩んだ。

4

自分の寝言で目が覚めた。

カーテンのない窓から朝の陽が入っているが、室内はぼんやりと暗い。武井は枕に頭を預けたまま、何度か瞬《まばた》きをした。いつもと違う天井の模様を見て、ここが組合会議室であることを思い出した。数時間前、丸テーブルの上にふとんを敷いたことは覚えているが、ほんの十数秒前までみていた夢の内容がはっきりしない。何かを叫んだ余韻があるので、非現実世界でも追い詰められていたのだろう。

壁時計が八時半を指しているのを見て、武井はため息をついた。もう一日の始まりが迫っている。団交二回分のニュースと一問一答を組み終えたのは午前六時。寺内、冴子、赤井、中谷は原稿を書き終えた四時過ぎから口数が少なくなり、それから三十分もしないうちに全員が帰ってしまった。真っ先に出て行ったのは責任者の寺内だ。武井はそれから一人でニュースを組み上げ、気絶しそうになるのをすんでのところで堪《こら》えてこの会議室まで帰ってきたのだった。強引に帰途についていたら、間違いなく途中で意識を失っていただろう。隣の書記局からふとん一式を運び込むとき、武井は誰のためにがんばっているのかが分からなくなり、怒りと虚しさにくるまって眠ったのだ。

交渉開始から三日目。上体を起こしてまず「怠い」と感じた。続いて寒気がして、白シャツとトランクスという我が身に気付いた。テーブルから降りて伸びをして、首と腰を回して骨を鳴らした。照明をつけ、目薬を探す。ハンガーラックに掛かっているスーツの上着をまさぐっているとき、突然、ドアが開いた。

武井が驚いて振り返ると、盆を持った遥が立っていた。マグカップとトーストから湯気が出て、遥のメガネはまた曇っている。

「おはようございますっ」

遥は威勢のいい声であいさつし、盆を教宣部長の作業デスクの上に置いた。手をつないだこともない女の人にさらすパンツ姿。こういう日に限って、バラを一輪くわえた金髪貴族風男子の写真が入った柄だった。これは三年前の歓送迎会でもらったウケ狙いの一品で、武井はただそれを根気強くはき続けてきただけなのだ。会社でパンツ姿であること、さらにそのパンツが特定の性癖を連想させる柄であることから、彼は二重の弁解を用意しなければならなかった。

目薬などなくても目が覚めた武井は、あわててズボンに手をかけたが、遥がエプロンでレンズを拭く方が早かった。彼女は情けない男の身なりを見て眉間に皺を寄せ、バラの下着に強い関心を示したようだった。

「何で半ズボン？」

武井はこけそうになった。二重の弁解の前に、まずこれがパンツであることの説明から始めなければならない。

「ごめん、これパンツやねん」

悲鳴を覚悟で告白したが、遥は「武井さん、パンツで笑いをとるタイプなんや」と言って笑い始めた。普段はちょっとしたことでおろおろする娘が、男の下着姿を見ても堂々としているのは、やはりおかしい。そう言えば「恍惚の里」で創作ダンスをした際も、浴衣がはだけてパンツを見せてしまった。確かそのときも彼女は騒がなかった。

武井は小首をかしげながらズボンをはいた。

「父もね、変なパンツばっかり買ってきて私に自慢してたの」

免疫のすばらしさを知った。女の家庭環境に救われた彼は、念願の目薬を注してデスク前の椅子に座った。

「これ、作ってくれたの？」

チーズがほどよく溶けているピザトーストは、武井の大好物だった。

「作った、と言いたいところやけど、パン屋さんで買ってきたやつをチンしただけ」

「そんな、買ってきたパンをもらっていいの？」

「いいの、いいの。サンドウィッチも買っちゃったから」

「結構食べるんやね」

「食べてるときが一番幸せ」

「それ、まぁまぁ寂しいで」

「変なパンツはいてるくせに」

武井は口に含んだ紅茶を吐き出しそうになった。

「あれは送別会でもらっただけ。どこに売ってるかも分からんわ」

「武井さん、ひょっとしてそっちの趣味があるんかなと思った」

「僕はちゃんと女の人が好きや」

「よかった」

二人は視線を合わせて笑った。武井は人と親しくなるまでに時間のかかるタイプだが、遥とは気兼ねなく話すことができた。内向的な者同士馬が合うのかもしれない、と思うのだが、彼はプライベートの遥をまるで知らない。夜、ふとしたときに彼女のことを考えていることもある。

「昨日も遅かったの？」

「六時過ぎかな」

「えっ、じゃあ二時間ぐらいしか寝てないの？」

「まぁ、寝られただけマシやわ」

強がってみたものの、言ったそばから欠伸が出てしまい、遥に笑われた。

「ふとん片づけとくね」

「いや、重いからええよ」

「私はたっぷり寝てきたから。トースト、冷める前に食べちゃって」

遥は楽しそうに掛ぶとんを抱えた。その笑顔を見て、体が軽くなったような気がした。遥の言葉に甘え、温かいピザトーストをおいしくいただくことにした。

朝食を済ませると、武井はデスクに向かった。今日は全てのテーマについて再度話し合う総括団交の日だ。彼は机の上にあった「ハラスメント」に関するメモを手にし、無意識のうちに頬を膨らませた。

謀反の後、冴子は武井の用意したメモを片手に制度の充実を訴えていった。彼女は、職場相談員制度創設のメリット▽ハラスメント予防講習のさらなる充実▽就業規則にパワーハラスメントの罰則規定が載っていないことの不備——などについて、まるで全て自分が調べてきたかのように話した。求める理由と利点を要領よく挙げていく様は、聞いていて心地よいくらいだったが、武井の心中は複雑であった。冴子が手にしているメモを作ったのは彼なのだ。忙しい中、時間を見つけては取材し、ようやく書き上げた言わば〝作品〟である。横取りされたという悔しさがある上、彼女の尋常ならざるプレゼン能力の高さが武井にはまぶしかった。

不思議なのは、迫田事件をきっかけに執行部の連帯感が強まっていることで、一番の被害者であった中山ですら清々しい顔つきなのである。結局、終わってみれば彼女の独り舞台で、寺内も手応えを感じている様子だった。

だが、本音を言うと武井は冴子に感謝していた。メモを忘れてパニックになっていた自分には、とても彼女のまねはできなかっただろう。結果的に冴子に救われたのだ。彼は自分の担当にもかかわらず、団交で発言せずに済んだことを幸運に感じていた。

壁時計の針が九時五分を指している。

遥がふとんを運び終えると、武井は再び一人になった。まだ一日が始まったばかりだというのに、強い睡魔が襲ってきた。邪念を払うように首を振った。

秋年末が終わるまでだと自分に言い聞かせる。武井は寺内との密約を心の支えに、近い未来にここから去ることを夢想する。もうあの長い会議に出なくてもいいし、団交で威圧されることもない。また平穏な日々に身を置くということが、彼のささやかな願い、のはずだった。だが、近ごろではその幸せなはずの未来を思うと、胸が圧迫されるようになる。

武井は遥が持ってきてくれたマグカップを見た。既に冷めた紅茶は、随分苦かった。

気を取り直し、秋年末交渉用のノートを開く。彼は頭の中を整理するときに、手書きすることを好む。要点を図にまとめたり、思考中に落書きしたりと、何かとリズムがとりやすい。彼のノートには立方体から空想の生き物までさまざまな絵が登場する。

武井はページの先頭に「一時金」と書き、質問事項を箇条書きにしていった。

・商業ビル建設の詳細
・業務外注一覧表の発表について
・業務外注に関する管理職ヒアリング結果の発表について
・二十社ランキングの発表
・ゼロ採用の有無
・今後、さらなる人員減はあり得るのか
・電子新聞のビジネスモデル
・株主配当の比率

総括団交でも増収策、労働過密、人員削減が柱になるだろう。最後の二つ、電子新聞と株主配当については前回の団交で聞けなかったことだ。いくらニュース発行で寝不足であっても、いくら先輩に手柄を横取りされようとも、武井涼は集合時間の一時間前に予習をするような愚直な男である。

次のページの先頭に「深夜労働手当」と書いて、同じような箇条書きを作っていった。

・深夜に働くことの意義

・削減率の根拠
・長きにわたる労使交渉の積み重ねに対する認識
・A時間帯対象外の説明をもっと具体的に
・定昇確約の有無

このテーマは前回の団交で組合が経営側を押した形で終わったものの、武井の中に油断の文字はなかった。基本的な質問を繰り返すことで、経営側の案に強い反対の意思を示す。肝心なことは具体的な内容に踏み込まないことだ。間違ってもこちらから削減率の緩和などは言えない。提案に応じる気を見せた瞬間、経営側は一気呵成《いっきかせい》に攻めてくるだろう。

札束の落書きをする武井に、根本的な疑問が浮かんだ。結局、何をすれば勝ったことになるのか。万が一、組合がこの深夜労働手当の案を完璧に封じることができても、経営側は一時金やその他の手当に狙いを定めて人件費の抑制に力を入れるだろう。その場合、さらに厳しい条件を突きつけられる可能性は十分にある。ここはあえて深夜労働手当の引き下げを受け入れ、削減率を緩和する方が得策なのではないか。

しかし、冷静な思考の一方で、武井は妹への仕送りのことを思い出して気持ちを重たくした。定昇があるとはいえ、手当が減れば上げ幅は縮小するわけで、素直に納得できる話ではない。

ドアをノックする音がし、遥が顔を出した。彼女は部屋に入ると、机の上にある盆を回収しようとした。洗い物ぐらいしないと罰が当たると思った武井が慌てて止めたが、遥は世話を焼くのが楽しい様子で素早く盆を取ってしまった。

「今日、帰れる？」

部屋を出るときに振り向いた遥の顔が美しく見え、武井はとっさに言葉を返せなかった。

「さすがに連泊は嫌よねぇ」

「いや、たぶん今日も遅くなると思う」

「かわいそう。じゃあ一応、洗面用具買っとくね」

気が引けた武井はありがたい申し出を断ろうとしたが、買い物に行きたくても、このフロアーから移動できないことを思い出した。彼は買い物どころか階段に足もかけられない我が身の不自由さを嘆いた。

「あっ、そうや。替えのパンツもいるよね」

「そこまで頼まれへんわ」

「えっ、パンツ替えへんの？」

「いや、替えたいけど」

「買ってくるから任せて。バラのやつ探してくる」

「頼むから普通のやつにして」

遥はしばらくの間、武井に意地悪な視線を送ったが、男の困った表情を見ると顔をほころばせた。親しくなるほどに人懐《ひとなつ》こくなるところも武井と共通している。遥を見送った彼は、仕送りの件などすっかり忘れてしまった。

再びノートに向き直り、ページをめくった武井は「ハラスメント」と記入した。しかし、どうもやる気が起きず「川島さんにお任せ」と投げやりな字を書いた。この小さな復讐は誰の目にもとまることはないだろう。根暗な武井は少し愉快になった。人目を意識しなければ気持ちは緩《ゆる》む。

彼はそっと遥の似顔絵を描き始めた。

第六章　団交　三日目

1

「まず、こっちからええかな？　ハラスメントの件やけど、職場相談員制度は設置に向けて検討します。パワハラの罰則規定、これも就業規則に盛り込むようにするわ。ほんで、パワハラの講習やけど、これは管理職研修のときにも実施して、上司になる際の心得にしてもらおうと。これでどうやろうか？」

権田の事務的な口調に武井ははじめピンとこなかったが、ハラスメントに関しては組合の要求がほぼ認められた形となった。拍子抜けしたようにしていると、隣の源さんが「えらい気前ええな」とつぶやいた。武井は彼の硬い表情が気になった。

「広告の件はどうなりました？」

ツンと澄ました顔の冴子に、武井はまだ言うか、とうんざりした。

「あっ、迫田のやつ？　あれは広告の方で対処するるんちゃうん？」

「社としての見解を聞いてるんです」

「だからそれは労使交渉で論じる内容ではないということや。広告マターの話やな」

「では、検討していただけるんですね？」

「君なぁ、言うとくけど、あの広告についてはそもそも組合から何の要求もなかったんやで。まぁ、ええわ。どうや？　五味局次長」

指名された五味は、スカイブルーのカッターシャツの襟を正し「ミーティングのことですか？」と返した。権田は目も合わさず面倒くさそうに頷いた。五味と冴子、煩《わずら》わしい者同士に任せて省エネを図るあたりは、さすがの権田システムだった。

「クライアントのスゥパーマァケットゥ迫田に関しては、先日ミドル・マウンテン、この場では中山君としておきましょうか、彼のアイディーアをベースに、チームを作ってディスカッションしていこうと思ってますよ」

人材難だな、と武井は他部署の上司をバッサリ斬り捨てた。今ごろになってミドル・マウンテンを漢字に変換したのも中途半端だし、スカイブルーのシャツに黄色のサングラスは合わないし、それを会社に着てくるのもアウトだし、と高濃度の反面教師を得た気持ちになった。

「ハラスメントについて、他にありますか？」

「今お約束いただいた件ですが、実施の時期はいつごろですか？」

寺内はいつも通り冷静に詳細を詰める。

「可及的に速やかに、ということで。そんな一年も二年もかかる話やないということ」

「分かりました。ではハラスメントについてはこれで。続いては一時金についてですが、まずは商業ビルの建設について再度おうかがいしたい」

ふんぞり返っていた労担は、前屈みになって机の上で手を組んだ。

「君もしつこいね。詳細については言えない。以上だ」

「では、詳細ではない大枠の部分で。ビルの建設はするということでいいですね？」

朝比奈はそのまま目をつむって、親指をくっつけたり離したりして間を空けた。

「するんですか、しないんですか？」

「する方向だ」

「では、その建設費は何から捻出するんですか？」

「それは詳細だ」

「財布に金がないのに、商品に手を出せば泥棒です。お金があるからビルを建てようと思ったはずです」

「君は私のことを泥棒呼ばわりする気かね」

「むしろその逆です。泥棒ではないからこそ、お金があるはずです」

声を低くする朝比奈に対し、寺内は表情一つ変えずに前へ進む。

「その金の在《あ》り処《か》をおたずねしているんです」

朝比奈は機嫌を損ねたのかそっぽをむいた。

「そんなもん、ここを削ります、みたいな単純なもんではないやろ。いろんなところをちょっとずつ変えて捻出するんや」

寺内はフォローに入った権田に向き直る。

「削るってことが前提なんですか？　臨時収入などはないってことですね？」

「臨時収入って例えば？」

収入源を組合に聞くなどおかしな話だが、わざと答えられない質問をして相手の気勢をくじくのは、権田らしい老獪《ろうかい》なテクニックだ。そうとも知らず武井は権田に乗せられて、収入源についてあれこれ考えた。

「なぜ我々がそれを知ってるんです？」

「君が簡単に臨時収入なんか言うからや。収益を上げることが大変なことぐらい分かるやろ？」

「ええ。同じぐらい商業ビルを建てることが簡単でないことも分かっています。だから財源を問うんです。それが明示されないと不安に思うのは、真っ当なことでしょ」

「増収のために必要と判断したから踏み切るんや。長い目で見たらプラスになる」

「そういうことを聞いてるんじゃありません。では、人件費に手をつけないと確約できますか？」

「だから、建設費を何から工面するというような単純な話やない。全て見直す中で費用を捻出するんや」

「減価償却にはどれくらいかかるんですか？」

「だから詳細は言われへんねや」

「大きな計画ですから見通しはあるでしょ？　ビル建てんのにどれくらいの費用と期間がかかって、借金をいくらして、何年で返済して、年間の売上、収益はなんぼでって、これは基本の大枠でしょ。詳細でも何でもない」

経営陣は押し黙り、朝比奈と権田が小声で言葉を交わした。

「分かった。委員長が言う大枠については、正確な数字が出たら公表しよう」

朝比奈が観念したように言った。

「既に数字があるんじゃないですか？」

「いや、大きな計画だしね。間違った数字を出したら問題なんで、後日労協で報告する」

「どれくらい待てばいいですか？」

「できるだけ速やかに。これ以上は言えない」

両頭はしばらく視線をぶつけ合ったが、寺内が「分かりました」と引いた。

「委員長ばっかりしゃべってるな。他の人は？　言いたいことないの？」

権田は手ごわい寺内を遠ざける作戦に出たようだ。大きなお世話だが、こう問われて黙っているのも座りが悪い。

「ちょっと教えてほしいんですけどね。二十社のランキングのやつありましたよね？あれどこと比べたんか、知りたいなぁと思って」

口火を切ったのは、意外にも切下だった。場に似合わぬのんびりとした口調に空気が和んだ。

「あぁ、あれな。データ自体はあるからなるべく早くお知らせします」

権田も心なしか表情が柔らかくなっている。交渉はケンカではない、と武井は切下から脱力の威力を教わる。

「あと業務のアウトソーシングなんですけどね、あれも欲しいなぁと思って」

「一覧表のことか？　あれは昨日も言うたけど、なかなか複雑でな」

「その複雑なんを整理してもうたら、みんな喜ぶかなぁと思うんです」

「別に君らを喜ばすために働いてるんちゃうんやで」

横から塚本が辛辣な言葉を投げかけた。

「もちろんです。あぁ、これだけ業務が効率的になったんやって知ることが目的で、その結果、喜ぶんです」

「君は何を言うてるんや？」

「あぁ、これだけ業務が効率的になったんやって知ることが目的で、その結果、喜ぶんです」

塚本の威嚇《いかく》をものともせず、切下は同じことを二回言った。

「分かった。ちょっとやってみるわ」

権田がお手上げとばかりに譲歩した。

「仕事の効率化と組織の合理化が分かりやすくなってると嬉しいです」

「はいはい。どうせ作るなら、理解しやすいようにします」

武井はおっとりしているが案外厚かましい切下がおかしかった。

「あと、ですね」

「まだあるんか」

「業務のアウトソーシングに関して、管理職の皆さんにヒアリングしてるんですよね。その結果はいつ出るんですか？」

「もうすぐや」

「そしたら今月中には出ますよね？」

「ちょっと分からんわ」

「年明けたら干支《えと》変わりますよ」

「そら、そうやろ。何を言うてんねや君は。年内や。今年中には公表するから」

　権田システムが誤作動を起こしている。彼の交渉プログラムは寺内や中山のような理論型と源さんや冴子のような感情型には有効だが、心地いい温泉のような人間には不向きなのだ。低温と高温には対応できるが、ぬるいのはダメということだ。アイスとホットのコーヒーはあっても、ぬるいコーヒーがないのと同じだ、と武井は自分なりの例えで納得した。

「人員削減ですけどね、目標の百人を達成したらそれで終わりってことはないんですよね？」

　権田システムのプログラムではいずれにも分類されない男、と武井が勝手に決めつけた井川が続いた。

「とりあえず目標があるわけやから。それを達成してもないのに、ああだこうだとは言いたくないな」

「一体、最低ラインはどのあたりなんですか？　五百人でやっていけるっていうのは、今の売上が前提なんでしょ？　売上が減ったらなんぼでも人を減らすことになりますやんか」

「売上が維持できるかもしれんし、伸びるかもしれん。今、最低ラインを示せって言われてもやりようないわ」

武井は井川の気持ちも権田の反論も理解できた。井川は普段の浮ついた様子と違い、今回の団交では意外と責任感の強さを見せている。調子のいいところはあるが、実はごく一般的な感性の持ち主なのかもしれない、と思うと武井は彼に親近感を覚えた。

「ゼロ採用の年もあるかもしれんのでしょ？　前にも言いましたけど僕ら技術の職場には新しい人材が必要なんです」

「採用はせなあかんと思ってるよ。でも、技術職場ってそんなに若い子が有利なんか？　中村局次長、どう？」

中村……。

武井は権田と五味に挟まれている小さい男を見た。今回の団交では一言も話していない、はずだ。その前に、出席していただろうか。あの山下スイミングスクールでさえ「ええ、誠に」という奇怪な相槌を残している。存在感の薄い人物というのはどこの組織にもいるが、職場を代表している者がこうも目立たないのは問題である。武井は突然の登場に真っ青な顔をしている技術局次長を憐《あわ》れんだ。

「ええっ、あのぅ、すみません。あのぅ、ご質問は何でしたっけ？」

隣の五味が嫌な笑い方をした。朝比奈を真ん中に、反対側に座る田畑も他人の失敗が嬉しそうだ。その様を不愉快に思った武井は、一言も口をきいたことがない中村を応援したくなった。場の空気に呑まれる人間の気持ちが痛いほど分かるのだ。

「そやから、技術職場は若い子の方が有利なんかって聞いてるねん」

中村は猫背をさらに丸め、権田に対し恭《うやうや》しく礼をした。

「そうですね。人は多い方が助かります」

「違う、違う。人数の多い少ないの話やないねん。若い方がええのかどうかって聞いてるんや」

権田は段々苛立ってきたようだ。ここにもシステムを誤作動させる人物がいたのだ。彼にとっては「灯台下暗《もと》し」である。

「若い方が、踏ん張りがきくと思います」

「違う、違う。体力の話やないねん。技術職場っていうのは、どう言うたらええの、コンピューター扱うやん、だから……」

「目は疲れやすいと思います。あっ、そうです。年とると近くのもんが見えにくくなりますから……」

「違う、違う。老眼の話やないねん。コンピューターって進化が目覚ましいやん。だから、知識を吸収するのに若い子の方が有利とちゃうんかなって」

「知りません」

知らんのかい――。

武井の中で中村を応援する気持ちが急速に萎《しぼ》んでいった。武井自身が苛立ってきたからだ。

「ゼロ採用はあり得るんですか？」

井川は直属の上司に見切りをつけ、労担に質問した。

「まぁねぇ、それはこっちも避けたいと思ってるよ。人員構成の比率がバラバラになるからね」

「ゼロ採用をしないと言ってもらえないですか？　気持ちが全然違います」

「私もそう言いたいよ。既によその社ではゼロ採用を実施しているからね。でも、極力避けるとしか言えない」

若い力が入ってこないことに対しては、労使双方で危機感を共有できた。こうした当たり前に思えるようなことでも、交渉の場で確認することが大切なのだと気付き、武井は井川の働きに感心した。

「電子新聞のビジネスモデルについても聞きたいんですけど」

続いては編集支部長の赤井が手を挙げた。

「あっ、それはまだまだ」

「まだ？　一向に購読者が増えていないのに？」

権田の軽い対応に赤井は気色ばんだ。

「これから新しいチーム編成して部会を開いていくから」

「ちょっと悠長に構えすぎじゃないですか？」

「そやかて君、焼き飯作るんと訳が違うんやで。デジタル言うても技術的なもんもあるし、なぁ、中村局次長」

二度も当てられると思っていなかったらしく、中村はハッとして権田を見た。

「すみません、あのぅ。ご質問は何でしたっけ？」

「もういいですっ」

赤井が怒りに任せて質問を引っ込めると、中村は編集支部長に対し恭しく礼をした。これが権田の計算だとしたら、恐ろしい男である。やはり権田システムは感情型の人間には絶大な効力を発揮するらしい。

「他に意見のある人は？」

「株主配当についてですが」

中山の声に朝比奈は手を挙げて発言を遮った。

「それは君たちに関係のない話だよ」

当たり前の話かもしれないが、経営者はとにかく株主に気を遣う。特に労働組合から株の配当率について批判の声が上がると、躍起《やっき》になって火消しする。

「我が社の配当率は同業種、さらに一般の企業に比べても高いです。三年前に定昇を抑制し、一時金も年々減ってます。人件費が下がっているのに、株主への配当率が同じなのはどうしてですか？」

「答える必要はない。株主配当は経営の専権事項だ」

朝比奈は伝家の宝刀である「専権事項」を抜いた。確かに配当率は労使交渉で決める事柄ではない。これを言われるとどうしようもないのである。

「専権事項なのは承知の上で聞いてます。なぜ今の配当率なんですか？　労担がそれだけ苦しいとおっしゃるのなら、数字を見直してもいいと思うんですが」

「君は人の話を聞いているのかね。専権事項だと言ってるんだ」

「しかし……」

「いい加減にしなさい！　労使協議と無関係な話をするなら退席させてもらう！」

中山は押し黙った。株の配当率について組合がとやかく言うのは筋違いだ。しかし、働く側がそうも言いたくなるような不利益提案を続けているのは、経営側の責任ではないのか。労使は決して対等ではない、と武井は思った。そして、組織を構成する一つの駒でしかない自分の存在が、ひどく心許《こころもと》ないものに思えた。

2

権田から手渡されたA４の紙を見て、組合陣営は息を呑んだ。

――深夜労働手当割増率改定　修正案――

ゴシックで表示された文字に、武井は足をすくわれたように思った。経営側が先手を打ってきたのは明確だ。寺内の横顔にも警戒の色がにじんでいる。

午後一時に迫っていた。団交開始から二時間弱。冴子からもらったあやしい錠剤で症状をごまかしているが、手のしびれと目の疲れはもはや慢性的なものになっている。最初にハラスメント問題を片付け、一時金のやり取りで組合の心身を消耗させた後、この修正案だ。彼らがこの時間帯を狙ったのは偶然ではないだろう。新聞記者としての経験則で、武井は疲労が言葉を奪うことをよく知っている。

「えーっと、資料の説明やけど、まぁ見ての通りですわ。深夜労働手当の割増率ね。A時間帯は廃止で変わりなし。他のB～D時間帯については、全て当初案から一・五%のアップということです。もうこれが我々にできる最大限の譲歩、ということをご理解いただきたい」

権田は白々しくも予防線を張り、こちらの批判を封じようとした。

「苦渋の決断だと思ってほしい。一時金はプラス回答、ハラスメント問題でもほぼ組合の要求を受け入れたつもりだ。その上、修正案を出すのだから、どうかこちらの思いをくんでもらいたい」

朝比奈はハラスメントまで持ち出して譲歩を強調した。別の諸要求の顚末《てんまつ》など無関係なのだが、疲れた脳で聞いていると経営側の意見が正しいように聞こえるから危険だ。武井は頭の中で反論の言葉を探したが、疲れで思考回路が渋滞を起こしていた。

「一・五？　視力とちゃいまっせ！」

右隣から弾丸が飛んだ。武井は目の覚めるような思いで源さんを見た。霊感のない彼でも源さんの怒りのオーラは察知できた。

「視力、へへっ、視力……」

権田はへらへらと笑って源さんの憤りを受け止めた。何だかんだ言って、権田はこの理屈のない男が好きなようだ。武井はごちゃごちゃと複雑に考えていた自分がバカらしくなった。嫌なら嫌とはっきり言うのは、何も悪いことではない。

「それは失礼じゃないか？　こっちも血のにじむような思いで出した結論だよ。撤回したまえっ」

「血のにじむ思い？　机の上でちょちょっと数字転がして、何で出血しまんの？　血を流してるのは現場でっせっ」

朝比奈に鋭く詰め寄られても、源さんはそれ以上に語気を強めて跳ね返した。疲れなど言い訳にしない好戦的な性格。武井とは人として根本的に異質なのだ。相手が誰であろうと当たり負けしない強さがうらやましかった。

「この割増率はもう時代遅れなんだよ。会社が潰れたら元も子もないだろ。何度言わせるんだ！」

そう言う朝比奈だって、現在の割増率の恩恵を被ってきたはずだ。会社人生のゴールが見えたからと言って、身勝手に振る舞うのは納得できない。現に自分だって委員長のときは割増率を上げるよう交渉していたではないか。国も会社もお偉いさんになれば、似たような顔つきになっていく。背負ってもらっている若者に対し、説教しているという自覚が年寄りにはない。我々だってがんばってきたんだという気持ちは分かる。でも、あんたらの時代にはいつも目の前に希望があっただろう。「会社が潰れる」「年金はもらえない」、不況宣伝で散々若い奴の希望の芽を摘んでおいて、やれ草食系、やれ無気力世代と揶揄するのはおかしくないか。はっきり言ってやる。お前たちはいい思いをしてきただろう！

源さんに触発されて、武井の怒りは最高潮に達した。この心情を塊にして思いきりぶつけてやりたい。しかし、いざ朝比奈の仏頂面《ぶっちょうづら》を見ると、心の震えは足の震えに変わり、武井は口を閉ざした。言いたい。でも、組織人としてそれは言えないのだ。

「あんたら散々ええ思いしてきたやろ！　ずっこいわぁ！」

言うんかい――。

相変わらず掟破《おきて》りな源さんだったが、彼の叫びに武井は胸のすく思いだった。戦略も打算もなく、純粋にずるいと思っているのがよく分かる。五十一歳にして順番を抜かされた子どものような顔をしているのが、武井には面白かった。

「君、ずるいも何もないだろう。いい年してるんだから、もうちょっと大人の対応を頼むぜ」

「お互いさまでっせ」

源さんに軽く返され、すぐに声を荒らげる自らの稚拙さに気付いたのか、朝比奈はむくれてしまった。

「まぁ、気持ちはよう分かるけどなぁ」

「ぺぇっ」

仲裁に入った権田も、源さんはお得意の威嚇で退《しりぞ》けた。

経営側の譲歩作戦は結局、源さんによって「ずるい」と一蹴されることとなった。イレギュラーな形であるにせよ、武井は寺内が言っていた「気持ちをぶつける」大切さを再認識した。

「まず、この一・五%の根拠を教えていただきましょうか」

更地になったところで、寺内が前線に出た。

「出せるギリギリということだよ」

源さんの毒気にあてられ、朝比奈は明らかに気力が落ちているようだった。

「いえ、もっと具体的にです。どうして一・五%が最大値なのか。数字を出して説明していただきたい」

「だから、黒字を保つぎりぎりだよ」

「違います。この削減率でどのくらいの削減効果があって、その影響でいくらの黒字になるのか、それを説明してください」

朝比奈は権田に目配せし、自らは背もたれに上体を預けた。

「委員長、財布は一つやで。全体の収支で判断してもらわな。この削減で浮いた分は何に使うなんてことはないで」

「黒字を保てるぎりぎりの額は分かってるんでしょ？　それやったら示せるはずです」

「なんぼ言うても噛み合わんなぁ。まず、予算通りに数字が動くわけやないねんで。プラスマイナスは必ず出てくる。金は動いてるんやで」

「では質問を変えます。現行の割増率やったら、どれくらいの赤字が出るんですか？」

「単年度で考えるんはやめてぇな。設備投資に金がかかることは言うてきたな？　赤字になったら銀行から信用なくすことも分かるやろ？」

「ほんなら、なんで商業ビルを建てられるだけの体力があるんですか？」

「黒字やから低い金利で借金できるんや。母体の方を維持しとかな話にならんねや。これは君らの大好きな増収策や。天下の台所、大阪の一等地で商売できるんやで。放ったらかしにしてる方が問題あるやろ」

数字の話になれば、最終的には設備投資を出せば、経営側に軍配が上がるようにできているのだ。しかし、負け戦と分かっていながらも、職場を代表している以上、刀を捨てることは許されない。寺内がひと息吐くと、今度は井川が口を開いた。

「黒字になろうが、赤字になろうが、深夜に働いてしんどいことに変わりありませんよ。何でこの手当なんですか？　一番反感買うことぐらい分かるでしょ」

「それについては何度も説明してる通りやわな。割増率が時代に合わない数字やから。だから他社にも同じような動きがあるし、うちは言うても出してる方やで」

「深夜労働自体、時代に合わんでしょう。業務はそのままで、待遇だけ新しい時代に合わすんですか？」

「そんなもん、新聞つくってる以上、当たり前やろっ。早朝に新聞が届くから読者がいるんや。頓珍漢《とんちんかん》なこと言わんといてくれ」

塚本が割って入ってきた。「北斗の剣」の言葉の鋭さに、組合陣営は一瞬、腰が引けたようになった。

「深夜労働が時代遅れか？　日本人がこんなに夜型になってる時代に、君は何を言うとるんや。人様が休んでるときにがんばるから、我々の商売が成り立つんや。むしろそこは誇りに思ってもらわなあかん」

「その誇りに思うべき深夜労働の手当を削減するんですか？」

印刷支部長の佐藤が塚本の言葉尻をとらえた。深夜労働手当に関して言えば、印刷支部は殺気立《さつきだ》っている。それはこの交渉に生活がかかっていることの証左だ。

「僕ら全ての時間帯に関わってくるんですよ。ごっつい生活が変わりますがな」

「生活できひんほどか？　それは大げさやろ？」

少し羽を休めた権田が再び窓口役を買って出た。朝比奈はふんぞり返ったまま目を閉じている。

「家のローンもこの給料が前提で組んでますしね……」

「なんぼ残ってんの？」

「えっ？」

「いや、だからローンや。あとなんぼ残ってんの？」

「そんなん、放っといてくださいっ」

合間に答えにくい質問を入れることで主導権を握るのは、権田システムの基本だ。

武井にはようやくその片鱗《へんりん》が見えてきた。

「僕もローン残ってますから、不安です。経営側の皆さんはだいたい払い終えてるんでしょ？　権田局長はどうですか？」

権田システムの特効薬、切下が果敢に攻め込んだ。

「うちもまだ、残ってるわなぁ。昨日の晩も冷凍ギョーザやで。こっちも厳しいねんで」

「僕は一昨日《おととい》冷凍ギョーザでしたわ」

少しだけ場が和んだ。他の記録係の二人、中山と冴子の打ち込みのペースも緩やかになった。

「切下君、君の晩ご飯について論じる場じゃないんだよ」

佐藤の窮地を救った切下だったが、あの「輪ゴム満《マン》」にツッコまれる始末であった。

「やっぱり僕はCとDという深い時間帯を一〇％もカットするのに納得いってませんん」

「八・五％や」

「だとしてもです。大幅な削減であることは間違いありません」

技術支部の羽根もまた、夜勤や泊まり勤務もあるため深い時間帯に思い入れがあった。大人しそうな外見だが、しっかりと芯を持っている。武井は胸中で羽根にエールを送った。

「労基法では二五％やで。それから見てＤなんか五六・五％やんか」

「なんで労基法から見るんですか？　新聞社の深夜労働のしんどさで、労基法通りでいいんですか？」

「だから大幅に上げてるんやないか」

「それやったら、労基法は関係ありませんよね」

珍しく言葉に詰まった権田をフォローするため、朝比奈が上体を起こした。

「君、関係なくはないよ。労基法が定めるパーセンテージがあって、うちはそれよりはるかに高いところにあるという認識は持ってもらわないと」

「はるかに高いって、Ｂ時間帯に関して言えば、当初案では二五％ぎりぎりやったでしょ？　二〇％も下がるのはおかしいですよ。二〇の根拠はどこにあるんですか？」

編集支部長の赤井が参戦した。

「深い時間帯を守るにはそうするしかない」

「二〇の根拠です。数字の根拠です」

「時間帯が深くないからとしか言えないよ」

「どこが浅いんですか。午後十時から午前一時ですよ。締切時間で一番胃が痛くなる時間帯でしょ？　ないがしろにできる時間じゃないですよ」

「浅いなんて言ってないだろ。深くないと言ってるんだ」

「どう違うんですか？」

「新聞記者やったら言葉の違いぐらい分かるやろっ」

編集支部の抗議は自分の担当とばかりに塚本が出てきた。乱暴な物言いに赤井も相当頭にきたようで、挑むような視線で「北斗の剣」を見た。

「新聞記者ですけど、いまいちよう分かりませんわ。教えてください。浅いと深くないはどう違うんですか？」

考えがまとまらないのか、塚本は机の上でコツコツ指をならし、赤井から視線を逸らした。

「まぁ、何ちゅうの。浅いって言うたらより積極的な感じがあるやん。ほんで深くないって言うたら……」

「僕は塚本局次長に聞いてるんです。答えてください。浅いと深くないはどう違うんですか？」

権田の言葉を遮り、赤井は塚本に迫った。塚本は言葉を選んでいるのか、いっこうに口を開かない。プライドが高い男だけに、武井は後の報《むく》いが気になった。

「現行の割増率は、長きにわたる労使交渉の積み重ねの結果です。労基法はあくまで法律上のルールであって、実質的には基準になり得ません。そこを重く受け止めてもらいたいんです」

さらに迫ろうとする赤井を制し、寺内は再び話し合いを目指した。本質から外れたところでやり込めたところで、恨みを買うだけなのは誰の目にも明らかだった。寺内が送った塩を敵がどう使うかは、相手の度量によるだろう。武井は寺内の機転に感じ入った。

「A時間帯が対象外という話も納得できません」

地方支部長の中谷は朝比奈へ言葉を投げかけた。

「君は八時に寝るか？　寝ないだろう。テレビではゴールデンタイムの真っただ中だぜ。それを深夜労働と言えるか？」

「寝る、寝ないの基準なんですか？　そうじゃないでしょ」

「例えだよ。八時だとまだ晩ご飯食べてない人もいっぱいいるぜ。それのどこが深夜なんだ」

「晩ご飯が基準でもないでしょ。僕が言いたいのは、もう一度気合いを入れ直して踏ん張る時間帯だってことです。それはこの手当に十分値する労働ってことです」

「違う。この手当はもっと深い時間帯への対価だ」

「夜十時に仕事を終えることは普通のことですか？　一家団欒《だんらん》を犠牲にすることは普通のことですか？」

「一家団欒が基準なのか？」

朝比奈は中谷の〝基準〟を逆手にとった。相手の力を利用して投げる合気道のようなこなれた技だった。中谷は頷いていいものか、とっさの判断がつかないようだった。

「これ、定昇がなかったら賃金カットでっせ」

自打球を当てた中谷の代わりに、沈黙を守っていた源さんが朝比奈に食ってかかった。

「賃金カットとは穏やかじゃないね。定昇についてはできる限りの努力はするつもりだよ」

「やっぱり、努力やと弱いんちゃいますか？　仮に組合がこの要求を受け入れて、二、三年後に定昇凍結みたいな事態になったらどないしますの？　手当カットの分だけ給料減るんでっせ」

「それは、本来得るべきものという考え方だよ。給料が上がって当たり前ではないんだよ」

「ほんなら、定昇の話なんか丸っきり信用ないですやん。毎年給料が上がるからって言われて、しばらくしたら梯子《はしご》外されて、そんなもん、誰が受け入れんねん」

「じゃあ、君は定昇を確約したら、この案を呑むのかね？」

「確約できるんですか？　今後何があっても定昇を凍結しませんか？　定昇の幅を縮小しませんか？」

朝比奈は舌打ちでもしそうな顔で横を向いた。源さんもそれ以上追い詰めることはなかった。懸案はまだいくつもあるというのに、突如として静かな時間が流れた。

互いに手応えがないのだ。この深夜労働手当に関して、武井はまるで歩み寄った印象を持てなかった。それはこの沈黙が証明している。彼はパソコンから手を離し、しびれが残る両手を回した。ポキッという弱々しい音が、意外と大きく響いた。

3

交渉本部という檻からは解放されても、心は晴れなかった。

武井は寺内と冴子とともに階段を下りて編集局のフロアーに向かった。これから社会部の職場会が開かれる。最小単位の集まりなので職場委員が取り仕切るが、補佐役として交渉本部のメンバーも参加するのが一般的だ。

編集フロアーの奥にある各部共通の会議室には、赤井をはじめ約三十人の部員がひしめいていた。臨時のパイプ椅子が出されていたが、七、八人は立ったまま組合ニュースに目を通していた。

昨日の団交後、武井たち記者チームの作業が終わったのは午前四時すぎ。他のメンバーはタクシーで帰ったが、武井は遥がお泊り道具をそろえてくれていたので、組合会議室に連泊することにした。さすがに急ごしらえの寝床は安定感が悪く、腰痛が悪化した。若いとはいえ、もうそろそろこの忙しさに愛想が尽きそうだった。

幸い今日から四日間は団交がない。最初の三日は「職場会集中日」で、各職場で一時金と諸要求について論議し、職場単位の諾否を決める。

四日目の十一月十三日は日曜で、待ちに待った休日だ。この日ばかりは交渉本部に上がってこなくてもよいのだが、武井はニュースの準備があるので自宅で予定稿を書くなど、月曜以降の準備をしておかなくてはならない。それでも、目覚ましをかけずに自宅でゆっくりと眠れるのは、この上ない贅沢《ぜいたく》だった。瞼を閉じただけで意識を失いそうな彼は、日曜日の睡眠だけを希望に編集フロアーに足を運んだのだった。

職場委員が取材でいないため、赤井が代役を務めることになった。八対二の比率で男が多いため、室内はむさ苦しい。

「皆さんお忙しいところありがとうございます。これより社会部の職場会を始めます。職場委員が欠席のため、編集支部長の私が代役を務めます。執行部の方々にも来ていただいてるので、疑問があればどんどん質問してください。まずは一時金から。意見のある人はどうぞ」

　本来なら教宣部長を務めているはずのヘルニア坂下が、座ったまま挙手した。背が低く胴も短いので腰のコルセットがやけに目立つ。本当にこの交渉が終わったら代わってくれるのか不安だったが、やってもらわねば困るのだ、と武井は不退転の決意を固めた。

「拒否です。理由は要求額との乖離です。それと、交渉本部のメンバーに言いたいことがあります。第一に、我々の労働過密の実態を伝えきれていないな、と。現場はもう限界を超えているんだぞ、と。ここをもっとアピールしてもらわなきゃです。次に増収策の商業ビルについてですけど、これはもうふざけるな、と。深夜労働手当の削減を提案しておきながら、片一方ではビルを建てるなど言語道断。それくらいにしておけという意思を示すべきかな、と。株主配当についても、ぐいぐいいってほしいな、と。一問一答を読んでも、専権事項の一言だけで全く説明してませんから、こいつら。以上」

　フットサルが原因でお役目から逃れた分際《ぶんざい》で、何を偉そうに言ってるんだ——。確かに坂下の言うことは正論だ。しかし、武井はそこに致命的な生ぬるさを感じた。経営側の圧力を知らぬ、いわば世間知らずの学生のような言葉の選択である。だったらおまえが団交に出ろ、という台詞を呑み込み、武井は記録用のパソコンをたたいた。

さすがに謀反人の冴子もむっとした表情を隠さない。

「拒否です。プラス五百円はあくまで前期比であって、前年比で言うとマイナスやからね。業務が増えていることを考えれば、納得できない金額やな。ビルの件にしても、業務外注の一覧表にしても、交渉本部のがんばりが見えてるので、もうひと押し、みんなのために励んでもらいたい。俺も特に商業ビルが気になるわ。とにかく、組合が気にかけてることを伝えてほしい」

委員長経験者の春日は交渉本部に配慮した物言いだった。一言で会議の雰囲気が落ち着いた。

その後は「毎年最低一人は採用してほしい」「電子新聞の展望をもっと聞き出してほしい」などの声があり、武井はそれらをできるだけ忠実にメモ打ちした。

一時金に関しては、満場一致で拒否。二十分もかからず、予想通りの結果となった。

「続いては深夜労働手当の件です。意見のある方から挙手してください」

またコルセットが手を挙げた。

「拒否です。何がって一から十まで腹立たしいですね。そもそも僕はこの案件を諸要求に挙げることを拒否していましたからね。こんな理不尽な提案は無視をしてもお釣りがきますよ、と。それを真正面から向き合ったものだから、相手さん、勢いづいちゃって。これはよくない傾向ですよ、本当に」

もっと腰が悪くなればいいのに——。

武井は胸中で呪詛《じゅそ》の言葉を吐いた。交渉本部のメンバーを前にして、意見ではなく文句を言う神経が知れなかった。

「まぁ、今さらこんなことを言っても仕方ないんで、理由を述べていきますけどね。第一におまえらなめてるのか、と。おまえら深夜に現場に来て働いてみるか、と。それと、夜の八時から十時っておまえら帰ってお寝んねしてるでしょって。そのへんのところを、もっと基本的なところを突いていってほしいですね。以上」

武井には坂下が調子づいているオタクにしか見えなかった。よく見ると、腰のコルセットの真ん中には「貸出」とマジックで書かれてある。きっと病院から貸し出されたのだろうが、よくこれを巻いた状態で電車に乗れるものだと武井はあきれた。実際貸し出されてるのは自分の方で、次の春闘からは坂下がこの苦しみを味わうのだ。執行部の仲間には悪いが、知ったことではない。武井のパソコンをたたく音は自然と大きくなった。

その空っぽな発言から、坂下は一時金のみ一問一答を読んで、深夜労働手当までは読んでいないものと推察できた。朝までかかって懸命に仕上げた原稿が、こうしてないがしろにされているのはつらいものだ。武井は交渉本部と業務に追われる組合員との温度差が切なかった。また誰のためにがんばっているのか分からなくなった。

「俺も拒否やな。この諸要求は何をもって諾とするかが、非常に難しい。一番いい形は経営側がこの提案を引っ込めてくれることやけど、そう簡単にはいかん。そうなると、こちらが深夜労働の厳しさを訴えるのが第一。なぜこの手当を削減するのか、ということを経営側に丁寧に説明させることが第二やと思う。団交メンバーは多角的に訴えてくれてるけど、相手あっての交渉や。もう一回根本的なところを質して、他に削れる無駄がないか、削減分を補う増収策がないか、確認してもらいたい」

春日の発言に皆が頷いた。坂下もさも同じ意見だというような顔をしている。武井は窓から貸出のコルセットを放り投げたくなった。

「やっぱりA時間帯は難しそうですか？　削減ではなくて、対象から外してしまうのは乱暴だと思うんです」

三年生の女性記者が寺内に質問した。

「この午後八時から十時というのは、深夜労働手当の対象時間の中で一番働いている人数が多いんや。つまり、それだけ経費がかかるってことになる。向こうにしてみたら、AとBを徹底的に下げることによって、人件費削減効果を大きくしようとしてるのは間違いない。より深い時間帯の勤務がしんどいのは当然やけど、対象者が少ないのも事実。経営側が深い時間を手厚くするというのをしきりに言うのは、そういう背景もあるんや」

「結局お金の大きい小さいで考えてるような気がするんですけど」

「経営陣もしたいと思って手当の削減をするんじゃない。組合から散々たたかれるし、経営者としての無力さをさらけ出すようなもんやから。それでもやってくるってことは、相当の覚悟をしてて、削減目標もあるはずや。目標の数字がある以上、この深夜労働手当の引き下げを突っぱねたとしても、次の作戦に移行するのは絶対やと思う」

寺内の答えに春日が大きく首肯した。

「最終的にどういう判断を下すかは交渉本部に任せる。提案を突っぱねて奇跡を待つか、傷を最小限にすべく前進するか。どちらにせよ、満場一致はないやろ」

委員長として重圧を背負った春日の言葉には説得力があった。彼は武井たち執行部の胸の内を代弁してくれたのだ。

「理屈は分かるけど、感情がついていかへんわ」

「これＯＫしたら、あいつらなんぼでも言うてくるで」

「この手当は残業させることに対するペナルティーのはずや」

「それやったらもっと現場に人増やせや！」

「労担の物言いが気に食わん！」

「輪ゴム展でなんとかせぇや！」

充満していた不満が爆発し、あちこちから声が飛んだ。最後の輪ゴム展は明らかにウケ狙いで、室内がどっと沸いた。閉塞感の中にも笑いを求めるあたりが、いかにも関西の会社らしい風土であった。

「聞くまでもないですけど、この深夜労働手当、どうします？」

赤井が社会部員に問うと「拒否！」という大声が返ってきた。

「続いて、ハラスメントですけど、これはどうでしょうね？」

また坂下が挙手した。彼は赤井に指名される前に勝手に話し始めた。

「これも拒否です。まだハラスメント対策が十分ではないぞ、と。内部告発ができる仕組みなんかをつくらなあかんで、と。下のもんが気持ちよく働ける雰囲気づくりにはほど遠いからね」

武井が聞くところによると、坂下はデスクの大半に嫌われている。中堅記者だが、取材場所にたどり着けないなど初歩的なミスが多いため、一年生のように怒られる。その鬱憤《うっぷん》を〝内部告発〟したいのだろうが、同調者は全くなかった。

「ハラスメントに関しては諾でもええと思ってる。まだ交渉本部で詰めたいところがあるなら、条件付き諾でもええんちゃうか。経営側が要求のほとんどを呑んでるから、一時金と深夜労働手当に集中した方がやりやすいやろ」

初めて見解が分かれたが、ほとんどが春日の意見に賛同している。ふと見ると、坂下も首を縦に振っているからコントだ。

「ただ、一問一答を読む限り、労担が訳の分からんこと言うてましたけど、これを譲歩の一つにカウントされるんは筋違いやと思います。あくまで、一時金と深夜労働手当の問題とは切り離して考えてもらいたいです」

先ほどの女性記者が、寺内に向かって堂々と主張した。やっぱり女の子はしっかりしてるなぁ、と武井は屈託もなく感心した。未だ団交で発言していない自身を省《かえり》みると、顔を覆いたくなる。

「坂下君は拒否やったけど……」

「異議なし！」

「ええの？」

「ある程度、経営側が譲歩してますからね。大目に見たい」

絶対に一問一答読んでないな、と武井は断罪した。だったら、なぜいつも先陣を切って意見するのだろうか。謎多き徳なき人物だが、そんな人物の発言も丁寧にメモしている武井は、やはり真面目な男であった。

「あの、もう一つ課題が残ってるわよね」

社会部の職場会にもかかわらず、経済部の冴子が口を挟んだ。彼女が立ち上がったということは、例の件しかない。

「セクハラ広告の件ですけどね」

「セクハラ広告？」

坂下が初耳のような声を上げた。彼は一問一答を読んでいないので当然知らないだろうが、他の部員もさほど変わらぬ反応を示している。

「スーパー迫田の広告よ」

迫田の名が出ると、失笑が漂った。やはり、どこの職場でも相手にされていないのだ。そう思うと、執行部の面々の苦労が色褪せ、徒労であったことがよく分かる。

「あなた、」

冴子はあの三年生の女性記者を指差し、微笑んだ。

「あのスーパーの広告はほんっと下品で、朝から各家庭の食卓を不愉快にしていることは間違いないわ。せっかく団体交渉の場で取り上げられたんだから、ここは一気に掲載不可に持っていかなきゃならないの。どう？　あなたこれからもあのおぞましい広告が紙面を汚していいと思う？」

「いいです」

「はっ？」

「だから、いいです」

美しい女の目尻の皺が深まった。武井は再び、女の子はしっかりしてるもんだと感心した。

「どこがいいのよっ」

「わたし、あのおじさん、案外嫌いじゃありません」

編集フロアーにある紙コップ式の自動販売機の前で大きく伸びをした。濃いめに設定したホットコーヒーが出来上がるまで三十秒。武井はあらゆる関節を鳴らして頭の中を空にした。

「お疲れやな」

低い声がして慌てて振り返ると、塚本が立っていた。

「あっ、お疲れさまですっ」

偉いさんを前にすると、ペコペコしてしまう自分が嫌だったが、他にどんな反応を示せばいいのか選択肢もない。

「敵にそんな頭下げてええんか？」

「敵とは思ってないんですけど……」

「コーヒーできてるで」

「あっ、すんません」

紙コップは遠慮なく熱かったが、大げさな態度をとるのは憚《はばか》られた。塚本が自販機に小銭を入れる。武井はその場を去っていいものか分からなかった。

「どや？　初めての団交は？」

「そうですね……」

労使という立場があるため、慎重に言葉を選ぶ必要がある。迂闊《うかつ》に口を滑らせればみんなの迷惑になるからだ。武井はスースー息を吐きながら、ごまかし方を思案した。

「バチコン！　いったったらええねん」

「えっ？」

「朝比奈のおっさんなんか、いてもうたれや」

「うわぁっ」

「何が『うわぁっ』や」

意外にすぎる言葉に、武井は混乱した。あれほど舌鋒鋭く組合を追い詰める「北斗の剣」が何て言い草だろう。ごまかし方どころか、返す言葉もなくなり、武井は熱い紙コップを左右の手、交互に持ち替えながらうつむいた。

「おまえ、まだ一言も話してないな」

「すんません……」

「ええか。団交は文字通り団体戦や。交渉の雰囲気に呑まれる気持ちは理解できる。でも、言うべきことは言わな仕事したことになれへんで」

「はい……。すんません」

「身内の目が一番きついかもしれんぞ」

武井はぞっとして塚本を見た。彼は自販機からコップを取って「熱いなこれ……」と舌打ちをした。その様が妙に堂に入っていて、武井は団交のときの怖い塚本を思い出した。

「遠慮することないで」

「…………」

「みんなのもん背負《しょ》ってるんやから、ひるんだらあかん」

塚本は軽く右手を挙げて戻ろうとした。しかし、何かを思い出したような素振りで振り返った。

「寺内の言うこと、よう聞いとけよ」

「……はい」

「あいつは、なかなか悪いやっちゃで」

十年前、塚本委員長を支えたのは、寺内教宣部長だ。昔の仲間と相対する気持ちはどんなものだろうか。

案外、いい人なんかもしれない——。

厳しい言葉が武井の胸に響いている。彼の背中が視界から消えるころになって、武井は当時源さんも執行部だったことを思い出した。

「濃いなぁ」

コーヒーをすすった武井は無意識のうちにつぶやいた。

第七章　闘争本部設置

1

　灰色というよりは黒に近い雨雲が大阪の街を覆っている。

　会社の閉塞感を象徴するような空の色に、武井は昨日養った英気を吸い取られそうになった。サンドウィッチの最後の一切れを口に放り込んだ際、勢いで舌にできている口内炎を嚙んでしまい激痛に身をよじる。広い交渉本部で一人、もがく自分を憐れんだ。

　昨日の日曜、武井が目を覚ましたのは午後二時。全身の怠さに身を任せていると再び意識が遠のき、次に目覚めたときは午後四時を過ぎていた。夕方にもなると二度寝の幸せなど感じられるわけもなく、ひと通りの身支度を整えると、溜まった洗濯物とノートパソコンを抱えてコインランドリーに向かった。

洗濯から乾燥まで約一時間。パソコンを開くと「増収策研究チーム」の三笠からメールが届いていた。来月開く会合の案内と秋年末交渉の活動を激励する内容で「組合が一枚岩になるには営業総務支部がポイントです」とのアドバイスがあった。三笠自身が販売局で営業総務支部の所属のため、他支部との差異に敏感なのだろう。武井はお礼とともに会合に参加する旨を書いて返信した。新しい仲間ができたことで、随分心が洗われた。

コインランドリーで待っている間、彼は明日に備えてニュースやマイクの予定稿を書いて過ごした。予習は言わば武井の趣味だ。後に「やっててよかった」と思う瞬間、彼は幸せを感じる。大きな成功より小さな幸福を積み重ねることに生きがいを見出す穏やかな性格は、生まれたときから変わらない。

帰宅して荷物を置くと、そのまま近所の定食屋に行った。瓶ビールを飲みながら、レンコンのきんぴらや塩鮭をつついた。ほろ酔いの状態でゆっくりと小説を読むのが、予習と並ぶ彼の趣味だ。その後、スーパー銭湯に行ってサウナに入り、ジャグジーに揺られた。風呂上りに瓶詰めのコーヒー牛乳を飲むと、人生への不満はなくなった。安上がりというのは少々意地悪だが、下町育ちの彼は案外根がさっぱりしている。

小雨が降り始めたとき、食堂からぽつぽつと人が戻って来た。本日の中央委員会は諾否検討という山場である。いつもと同じように団結の大きな旗のすぐ前に執行部が座り、五つの支部の島が対面している。

　午前中の一時間は井川による活動報告があったのみ。昼食休憩を挟み、これから諾否を決める論議が始まる。

　全員がそろってドアが閉められると、ざわめきは自ずと収まった。引き続き、午後も井川が司会を務める。諾否検討の会議は公平を期するために、諾否権のない人物、つまり執行部の委員長、副委員長、書記長、教宣部長のうちの誰かが進行しなければならないのだ。委員長を除き、源さん、井川、武井の中から選ぶとすれば、消去法で井川しか残らない。

「時間になりましたので、中央委員会を再開します。午後の議題は秋年末交渉の諾否検討です。まずは一時金について。では編集支部からお願いします」

　上方新聞の諾否検討は、中央委員が一人ずつ職場の声を紹介し、その後支部長が支部としての諾否を発表する。五つの支部と執行部の意見がまとまるまで議論は延々と続き、それが終われば次のテーマに移ってまた同じことを繰り返す。当然、時間がかかる。今回は、一時金、深夜労働手当、ハラスメントという三つのテーマで全会一致を目指す。

「運動職場は拒否です。要求金額にはほど遠いというのが第一の理由です。ここで諾をすれば要求額を決める意味がありません。それに増収策についてもう少し聞き出してほしいという声も多数です」

田崎を皮切りに編集支部の全員が「否」を選んだ。

技術支部も「黒字が出ているのに前年比マイナスはおかしい」「労働の過密化を考えれば全然足りない」などとして「否」。印刷支部も「現場の人数が足りていない」「ビルを建てる金があるなら組合員に還元しろ」との声が多数派で、これも「否」。順調に進むかに見えたが、職種のデパートがそう簡単に一丸となれるわけもない。

「本社販売は諾です。減益でのプラス回答を重く受け止めるというのが理由です。正直、よく出たというのが大勢を占めています」

刈り上げの男がはっきりとした口調で諾を伝えると、本部がざわついた。拒否の流れにブレーキをかけたのは、やはり経営数字をシビアに見る営業総務支部だった。武井は三笠の助言を思い出した。

「マイナスにならなかっただけマシ」「増収策についても詳細が決まり次第、速やかに報告するとの言質を取った」——。どれも会社回答を一定評価する声で、支部長の岡田が結論を「諾」と伝えた。

今日は確実に帰れない。武井は覚悟を決めた。

最後の地方支部は「黒字が出ている以上還元されるべき」「地方は特に人手不足

で、労働環境の悪化が著《いちじる》しい」などとして「否」。これで四対一の構図ができ上がった。一人ずつ意見を発表するため、既に一時間以上経過していた。

「えーっと、諾否が分かれましたけど、執行部で諾否権のある三人に意見をうかがいたいと思います。まずは切下賃対部長、どうですか？」

「拒否です。増収策でまだ迫れる余地はあると思います」

「分かりました。中山財政部長は？」

「同じく拒否です。安易な人員削減に対してさらに釘を刺す必要があります。金額的には判断が分かれるところだと思います」

営業総務支部に属する執行部二人が相次いで拒否し、岡田は小首をかしげた。

「川島青女部長は？」

「拒否です。要求額に一円でも近づけるべきです」

幸い執行部内で見解の相違はなかった。井川は手元のペンをくるくると回して間を取った後、再び営業総務支部の島を見た。

「あらためて岡田支部長、各支部と執行部の声を聞いていかがですか？」

「もし、拒否とするならば、新たな理由が必要だと思います。同じことを繰り返しても意味がないですから」

岡田は議長の井川に対して素っ気なく答えた。

「意見が嚙み合ってない以上、ある程度同じようなやりとりになるのは仕方ないと思います。新しい議題を見つけるよりも気持ちをぶつける方が優先順位は上だと思います」

すかさず編集支部の赤井が反論した。なぜか印刷支部から拍手が起こった。

「編集支部に賛成です。それに、人員削減計画では、ゼロ採用の件が曖昧《あいまい》なままです。ここはもうひと押しして言質をとる努力をすべきです」

若い力を必要とする技術支部から、羽根が代表してコメントした。

「これまでの交渉を見てきて、拒否をして得られる上積みは微々たるもんです。しかも今回は減益でのプラス回答ですよ。二次回答は相当厳しいと思います。交渉を続けて本部メンバーの職場離脱の期間が長引くことの方が損ですよ」

岡田は本音を出した。費用対効果で物を見ると、当然導き出される結論である。

「そんな定規《じょうぎ》で線を引くみたいな考え方は業務でやったらええ。これは経済交渉やねんで。お偉いさんとまともに話す機会は年三回しかない。そのうちの一回を棒に振る方がもったいないで」

印刷支部長の佐藤が筋を通して反論する。先ほどのお返しとばかりに編集支部から拍手が起こった。佐藤は得意げな顔を岡田に向けた。

「地方支部はどうですか？」

「拒否は変わりません。職場離脱の期間云々は交渉形式に関わる問題で、一時金の諾否検討とは直接関わらないと思います」

若い中谷も支部の代表だけあって、中途半端に気を遣うことはない。

「分かりました。四対一には変わりありません。もう一度聞いていきます。営業総務支部からお願いします」

岡田は井川に対して挙手し、話し合いの時間を要求した。井川がそれを認めると、営業総務支部の五人は小声で話し、さほど時間をかけずに頷き合った。

「議長、一時金ですが、営業総務支部は拒否に変更します」

「それで大丈夫ですか？」

「はい。額に関して我々の主張はありますが、人員削減計画など労働環境に対する懸念は、思いを同じとするところです。もう少し経営側の考えを聞き出すことにメリットがあると判断しました、拒否でお願いします」

「分かりました。これで全会一致の結論に至りました。一時金については拒否。異論がなければ拍手で承認願います」

大きな拍手が起こり、約二時間かけて一つの案件が片付いた。

「続いてですが、先にハラスメントの方の諾否をとりたいんですけど、いいですか？」

井川は波乱のなさそうな案件を先に済ませる魂胆なのだろう。この後に休憩を挟んで、深夜労働手当に備えるというスケジュールが見える。書記長は意外と要領よく捌《さば》いていく。

「では、また編集支部から。順にお願いします」

進行への異論が出なかったことを確認すると、井川は余計な説明を加えず議論を先へ進めていった。

もともと組合員の関心が低く、経営側が要求のほぼ全てに前向きな姿勢を示しているため、拒否とする理由がなかった。それでも、各中央委員がパワハラなどの事例を出して、結論に至る経緯を説明するため、五つの支部を回り終えるまで一時間近くかかった。

「では執行部の三人にうかがいます。切下賃対部長は？」

切下と中山はこれ以上詰める点はないとして、それぞれ諾とした。ここまでは井川の計画通りだった。午後の部の開始から三時間が過ぎ、出席者の集中力が切れているのは雰囲気で分かる。先ほどから源さんに落ち着きがない。尿意をもよおしているようだった。武井もあと数分の我慢だと言い聞かせ、疲れた手首をぐるぐると回した。

「最後に川島青女部長、いかがですか？」

「拒否です」

時間が止まった。皆が頬を張られたような顔をしている。

「はっ？」

素《す》っ頓狂《とんきょう》な声を上げた議長に、冴子は堂々と言い放った。

「拒否です」

「きょ……、ひ……」

井川のペン先は微かに震え、源さんは背筋を伸ばしたまま白目をむいていた。

「これだけの人数がいて、あの忌まわしい広告に関する言及がないのはどういうことでしょう？」

おまえがどういうことや——。

武井は苛立ちに任せてパソコンをたたいた。ふと源さんを見ると、彼は瞳を閉じたまま目尻を下げ、酸っぱい物を食べたように口をすぼめている。

「その件は広告マターになりましたよ」

中山が面倒くさそうに声を上げた。

「そうだとしてもよ。誰も指摘しないのはおかしくない？」

要するにすねているのだ。あのバカバカしい応酬を詳細に報じられるわけもなく、団交の場にいなかった人たちは「スーパー迫田」の件にピンとこなくて当たり前だ。

「そもそもハラスメントと関係なくない？」

「諾でええで、諾で」

どこからともなく声が飛んだ。空気を読めない女一人を除いて、皆疲れ切っていた。

「あの広告は明らかにあのことを表しています。それは皆さんにも分かるでしょ！」

冴子は仁王立ちで五つの島を見下ろした。

「あのことって何ですか？」

田崎は純粋に分からないようだった。

「何でそんなこと聞くの？　あの広告の台詞おかしいじゃない！」

ここで粘る女の意図が理解できない衆人がざわつき始めた。「おかしいのはおまえや」という陰口も聞こえる。

「はっきり言ってください。あのことって何ですか？」

冷静な田崎の声に棘が生えた。

「だから……」

冴子はまたもノープランであった。武井は成長のない女を白ける思いで見たが、彼女は救世主の源さんに熱視線を送っていた。源さんは顔中に脂汗をにじませて小刻みに震えている。膀胱《ぼうこう》が限界に達しているようだった。冴子の視線を察したのか、彼は目を開けた。

「おしっこ……、もうワシ……、おしっこやから！」

源さんは席を立つと、前屈みのまま小走りに進んだ。ドアを開けた瞬間「あかぁん！」と叫び、競歩選手のような変わった走り方で皆の視界から消えた。

「諾でいいです」

冴子がつぶやくと、交渉本部は長いため息に包まれた。

2

小用を済ませてから組合会議室に立ち寄ると、寺内がいた。彼は指定席でファイルを睨んでいたが、武井を見ると軽く右手を上げた。武井は教宣用の机に置いてあったかばんを探って、自宅から持ってきたシップを取り出した。

「今日は長いぞ、武井」

「今は……、四時半ですか。A時間帯の前には帰りたいですけどね」

「A時間帯からが本番やろな」

諾否が決まると、その後は結果を伝える団交を開く。組合が全て受諾しない限り、交渉は収拾しない。武井はその全部をニュースにまとめ、詳細を一問一答に託す。一日が二十四時間ならば、自宅で休むなど到底無理な話だ。武井は首を振って、シップを両手首に巻いた。劇的に効くことは期待していないが、気休めにはなった。

「そろそろやな」

寺内は立ち上がって会議室のドアを開けた。それに続こうと武井が立ち上がると、寺内が不意に振り返った。

「深夜労働手当は拒否やろうな？」

「そら、そうでしょう。諾なんて誰も納得しませんよ」

へっ、と息を漏らして寺内が笑った。

「二十年後、うちの会社残ってると思うか？」

「どないしたんですか、急に？　残ってもらわな困りますわ。そのとき、僕まだ四十八ですよ」

「そうか。俺は六十四や。定年延長でまだ働いてるんかな」

「六十五まで働かなあかん国なんか、嫌ですね」

「いや、案外ありがたいかもよ。やることないんが一番応えるで」

寺内に続いて武井も部屋を出た。いつも通り軽快に歩いていたが、交渉本部までの間、寺内は一言も発しなかった。

外は本格的な雨になっていた。黒い雲が街に蓋《ふた》をして、暗い空から落ちる水滴が高層ビルの窓を容赦なくたたきつける。

午後四時四十分。交渉本部に陽の光はなかった。

「それでは再開します。後は深夜労働手当の諾否です。編集支部から順にお願いします」

田崎が立ち上がるや否や「拒否です」と強い声音で告げた。

「経営側による一方的な不利益変更で、修正案を出してきたものの、まるで譲歩のレベルに達していません。論外です」

それだけ言うと彼は座ってしまった。職場の代表というより個人的な怒りが勝っているようだ。その後は「削減率の根拠が曖昧で不誠実」「本来、手を出してはいけない手当」と門前払いの内容が続いた。支部長の赤井は当然「拒否」を表明した。

続く技術支部も「夜勤や宿直勤務の人数も減っており、割増率が上がってもおかしくない状況」「これまでの労使交渉の歴史を否定する横暴な提案」などとして拒否。

印刷支部に至っては全員が殺気だっていて、若手は「組合が大人しいと思って調子づいている」と息巻き、ベテランは「何でも思い通りになると思ったら天知茂《あまちしげる》やで」などとそれぞれの世代に応じた台詞で会社批判を展開した。

「これ以上、訳分からんこと言うたらストライキや！　スト権が背景にあることを忘れたらあかん！」

佐藤が拳《こぶし》を振って絶叫すると、一つの島を除いて彼に拍手を送った。拍手が収まると、その一つの島、営業総務支部の刈り上げ男がゆっくりと立ち上がった。

「諾です。経営側はある程度削減の幅を決めています。ここで深夜労働手当を突っぱねても必ずそれ以上のしっぺ返しを目論《もくろ》むはずです。修正案に応じるか否かは別として、ここはいったん諾とし……」

「帰れ！」

印刷支部から声が上がった。

「今、私が話している……」

「うるさい！　帰れ！」

「実家に帰れ！」

「逮捕や！」

印刷支部が恒例の「阪神甲子園球場ライトスタンド化」したので、井川が間に入った。

「はい、静粛に！　今は各々の意見を聞くときです。実家にも帰りませんし、逮捕もされません」

止めたいのか茶化したいのかよく分からない仲裁に笑いが起こった。議長としての計算なのか、殺伐とした空気が若干薄れた。

「討論は全てを聞き終えた後です。すんません、続きをどうぞ」

井川に促され、刈り上げはやりにくそうに頷いた。彼も職場を代表して出席している以上、声を伝える義務がある。

「だいたいは先ほど言いましたから。いったん諾として継続協議とした方がよいと思います」

刈り上げの後も営業総務支部では「諾として継続協議」という意見が続き、交渉本部は静まり返った。

「深夜労働手当の問題は、この交渉期間中には収まりそうもありません。修正案に対する組合の姿勢を示した後、労協などで話し合っていく方が効率的だと思われます。勘違いしないでほしいのは、諾と言っても提案を呑むという意味ではありません。ここは一時金一本に絞り、交渉した方が得策です」

長身の岡田は印刷支部を見下ろすようにして持論を展開した。印刷支部の面々はそれを果たし状と受け取ったのか、目をギラギラさせて岡田を見上げていた。

地方支部のメンバーは全員拒否を表明した。

「A時間帯廃止は到底受け入れられません。スーパーが開いてる閉まってるで手当を決められるわけにはいきません！」

中谷が珍しく声を張り上げると、また四つの島から歓声が上がった。

「各支部の諾否は分かりました。続いて執行部、切下賃対部長、お願いします」

切下は人の良さそうな顔を歪めて席を立った。所属先の営業総務支部から射るような目で見られている。

「議長！」

「はい？」

「パス」

「あかん」

隣同士、井川との短いやり取りで少し空気が和らいだ。これも切下の才能である。

「では、私から」

同期の窮状に、武井の隣にいる中山がすくっと立ち上がった。「恍惚の里」のころを思えば、中山は飛躍的にいい人になっている。武井は何が彼を変えたのかを考えた。大した時間を要することなく、その答えが「スーパー迫田」を示しそうになったので思考回路を強引に切断した。

「拒否です」

印刷支部から拍手が起こった。所属する営業総務支部の視線を気にする風でもなく、中山は淡々と考えを述べた。

「ただし、継続協議という意見には一聴の価値があります。修正案について明確な姿勢を示した後、経営側の認識を再度問い質し、今後の議論につなげるのが最良かと思われます」

　寺内の横顔に笑みがこぼれた。拒否と言いながらも話した内容は、営業総務支部の主張をなぞるものだった。正論は内に、民意に聡《さと》く。偉そうにも武井は中山の成長を評価した。

「同じです」

　切下がすかさず同期の答えに同調した。

「私も拒否。中山君に賛成です」

　冴子も乗っかり、拒否なのだか、諾なのだかよく分からなくなった。議論がだまし絵のような世界に迷い込んだ。

「ちょっとややこしなったけど、拒否が大勢を占めてることには違いないですね。営業総務支部の方々はどうですか？」

　岡田は首をかしげながら立ち上がった。

「中山君の意見は、私たちのものと大差ありませんが、結果が百八十度違います。つまり、何をもって諾とするのかを決めることだと思います」

　岡田の発言はごもっともで、宿敵である印刷支部も神妙に頷いている。

「なるほど。諾の基準を決めて、それに現状を照らし合わせるというやり方やね。どうやろ？　意見のある人は挙手でお願いします」

静寂が訪れた。窓をたたく雨の音がやけに大きく聞こえる。武井は腕時計を見た。再開してから既に一時間半が過ぎている。

「確認の名のもとに、お互い同じ意見を言い合っても進展はないんじゃないですか？　こちらに武器がなければ経営側は『時代に合わない』『会社が潰れる』を繰り返すだけですよ」

岡田が口火を切って議論が再開した。

「無駄ではないやろ。ストライキかましたったらええねん」

「ストを打つのは最終手段です。今は話し合いの入り口であって、ここで最大のカードを切るのはバカげています」

「誰がバカやねん。何ぼでもスト打ったったらええんじゃ！」

岡田と佐藤という両極端の話が嚙み合うわけがない。岡田は少し考え込み、周囲を見渡した。

「経営側からどういう言質を引き出したら諾ですか？　支部ごとの考えをお聞きしたいんですけど」

支部ごとと聞いて、武井は切下がほっと表情を緩めるのを見た。

「では、順番に聞いていこか？　編集はどうですか？」

赤井は険しい顔で立ち、両手を腰に当ててしばらくうつむいた。

「最大の目標は提案の撤回です。そのためには深夜労働のつらさを訴えるのは必要不可欠やと思います。同じ議論になっても、主張を積み重ねることは無駄にはならないと思います。だからこちら側の気持ちを伝えきったと思えたら諾でいいんじゃないでしょうか？」

「相手あっての諾否ではないですか？『言いたいこと言ったから諾です』では、組織が納得しないでしょう」

岡田が早速反論した。

「A時間帯廃止の撤回をデッドラインにします。これを認めてしまえば、もう永遠に八～十時の仕事に手当がつきません」

地方支部の発言の後、佐藤がすぐに立ち上がった。

「提案の撤回。これがデッドラインや。譲歩する必要なんかあれへん！」

「でも、それやったら、本当にストになりますよ。うちらシステム扱うから、管理職では絶対凌《しの》ぎきれませんよ。新聞製作が止まってしまう」

技術支部が佐藤に懸念をのべると、彼は勢いで一蹴した。

「スト打つのに管理職に情けかけてどないすんねん。あいつらがむちゃ言うんやから、やらしたらええんや！」

「管理職はどうでもええんです。読者に迷惑をかけるのだけは避けなあきません」

拒否連盟の中でも不協和音が鳴り響き始めた。

「何をもって諾とするか、要するに基準がないんですよ。こんな状態で団交を続けても勝ち目はありませんよ」

数で圧倒的な劣勢を強いられていたはずの岡田が、いつの間にか議論を支配していた。

「確かにちょっと煮詰ってきたな。ほな執行部に聞こか。切下賃対部長はどう？」

事態がよりねじれてからのパスに、切下は「ぐぇっ」と声を出し露骨に嫌がった。彼は中山の顔を見たが、頼りの同期は気づかぬふりを決め込んでいた。

「パス」

「あかん」

困惑する切下に岡田の声が忍び寄った。

「諾で継続協議の方が理にかなっています。繰り返しますが、一時金一本に集中した方が、本部メンバーだって速やかに職場復帰できますよ」

「なんか……、効率ばっかりで信用できひんねんな」

嫌味を言った佐藤に、岡田はむっとした顔を向けた。

「佐藤さんも勢いだけじゃないですか」

「何をっ。おまえら、深夜勤務がないから態度が他人事なんや！　ちゃんとみんなの気持ちをくんで物言えよっ」

「推測で批判するのはやめてください。真剣に考えてますよ」

「よしっ、こうしよう。深夜労働手当の代わりにみんなが等しく不利益を被る提案を経営側に企画してもらおう」

「何でわざわざそんなことするんですか？」

「胸くそ悪いからや！」

「そんなこと言って一時金が減ったら、ギャーギャー騒ぐんでしょ？」

「おまえ、ええ加減にせえよ！」

子どもの喧嘩に、井川も呆れて仲裁に入った。

「思いをぶつける相手は経営陣やで。内輪でもめてどないすんの」

部署によって被害が異なれば、当然温度差が生じる。経営側はまさしくそこを突いているのだ。いやらしい戦術だと武井が憤ったとき、彼の頭に浮かんだのは朝比奈ではなく、権田の顔だった。

「諾としても継続協議、拒否としても継続協議。結果が同じなら、一時金に集中できる方がいいでしょ？」

岡田は印刷支部以外に視線をやり、内部分裂の誘発を試みた。武井の頭にはまた権田の顔が浮かび、岡田の将来像も何となく想像できた。

「なぜ議論が進まないか、ご説明しましょうか？　皆さんがもう一つの選択肢から目をそむけているからですよ。何だと思います？」

勢いづく岡田に誰も目を合わせられなかった。彼が言わんとしていることに、気付いている者はいるだろう。武井もその一人だった。

「引き下げを呑む、という覚悟です」

交渉本部は再び静寂に包まれた。その間、雨脚は強まり遠くで雷が鳴った。

この交渉の山場だ、と武井は思った。

「どうですか？　覚悟がありますか？」

「職場に聞いてみないと」

技術支部から漏れた言葉に岡田は首を振った。

「中央委員会は定期大会に次ぐ意思決定機関です。我々は職場の人々に権限を託されているんです。責任を持って答えを出すべきだ」

岡田の言う通りだった。ここで議論を職場に返すのは逃げでしかない。八方美人な答えは、決断とは呼べないのだ。武井は嫌われ役を買って出た岡田の勇気に心動いた。

文句を言うことは誰でもできる。しかし、交渉本部に求められているのは結果だ。武井たちには立場があった。

「すみません。ここで答えは出せません」

まず、赤井がタオルを投入した。

「俺もや。ストは印刷だけじゃ打てん」

佐藤がそれに続いた。

「僕も。支部長の権限を超えているように思う」

「卑怯《ひきょう》かもしれませんけど、みんな遅い時間まで一生懸命働いてるの知ってるから、勝手に引き下げに応じることなんかできません」

各支部長はそれぞれ、発言した後に唇を噛んだ。

仲間の思いを背負うこと。武井はその重圧が目に見えた。

「それは私も同じです。諾否を委員長に一任したいと思います」

岡田の顔にはやるだけのことはした、という充実感があった。一人の男にジャッジを任せるのも自信の表れかもしれない。

委員長一任——。

どうしても議論がまとまらないとき、諾否権を持つ者は全ての判断を委員長に委《ゆだ》ねることができる。

「諾否とともに、引き下げに応じるか否かの判断を願うってことですか？」

井川の問いかけに五人の支部長が頷いた。

「執行部の三人は？」

切下が隣の冴子と目を合わせた後、中山を見た。中山が首肯するのを見て、切下は「異議なし」と答えた。

「委員長、どのように？」

「分かった。五分だけくれ」

寺内は低い声で答えると目を閉じた。

雨はさらに激しくなり、窓の雨水が流れるようにして視界を遮った。この日、一番長い沈黙。誰一人、物音一つ立てなかった。

寺内は目を開けた。立ち上がると、抑揚のない声で言った。

「会社回答は拒否。深夜労働手当の引き下げは、受忍する」

引き下げ受け入れ――。

交渉本部のいたるところで、唸り声が聞こえた。

「二十年後、うちの会社残ってると思うか？」

数時間前に聞いた寺内の声が、なぜか武井の胸に甦った。

3

一時金と深夜労働手当の拒否を受け闘争委員会が設置された。「交渉本部」は「闘争本部」へと変わり、秋年末交渉はいよいよ、秋年末闘争へ突入した。

午後八時五十分。夕食休憩を挟み、中央委員三名を含む闘争本部メンバーが団交部屋にそろった。十分後、寺内が経営陣に拒否を伝える。ここからどういう結末を迎えるのか、武井自身にも想像がつかなかった。記録係の武井、冴子、中谷はノートパソコンを起動させ、他の委員たちは到達点整理メモや組合ニュースを読んでいる。寺内は腕組みしたまま微動だにしなかった。

嵐の前の静けさとはこのことだろうと武井は思う。自分たちの回答を拒否されて、経営側が笑みを浮かべるはずがない。外は一足早い嵐と言えた。雨脚は弱まるところを知らず、高層の窓を濡らし続けている。

引き下げ受忍を宣言した寺内に、佐藤が猛烈に抗議した。委員長一任という自らの判断を忘れ、完全に頭に血が上っていた。その抗議の声は印刷から技術に広まったが、編集と地方については記者が多い職場とあって、表立って反旗を翻《ひるがえ》すことはなかった。引き下げ受忍の撤回を求める理不尽な声が相次いだが、寺内が発したのは「堪えてくれ」の一言。最悪の雰囲気で諾否検討は終わり、出席者たちは夕食の弁当を、砂を噛むようにして食べ終えた。

結局、決断する人間が一番つらい。状況を最も理解しているから、捨てるべきものが間近に見える。武井は「堪えてくれ」と言った寺内の横顔を今後も忘れないでおこうと心に誓った。

息苦しく、長い十分が過ぎた。

「よろしく」

九時ちょうどに経営陣が入ってきた。彼らは中央委員会の諾否がいつ出ても対応できるように、午後からずっと待機している。朝比奈の顔には交渉前から疲労の色がにじみ、それが異様な迫力となっていた。権田の表情はいつもと変わりがない。武井は短く息を吐いて気合いを入れた。

「長い間、お待たせしました。諾否検討の結果をお伝えします。一時金、拒否」

この瞬間、朝比奈の顔が大きく歪んだ。権田、塚本は示し合わせたように、顔を天井に向け目を閉じている。

「深夜労働手当、拒否。ハラスメント、諾。以下、理由を申し上げます」

「ちょっと待って」

緊張した寺内の声を遮ったのは朝比奈だった。

「聞き間違いかもしれないからもう一度聞くけど、一時金と深夜労働手当は何だって？」

「拒否です」

朝比奈は椅子の背もたれにふんぞり返ったまま黙ってしまった。離れていても怒りのオーラが伝わってくる。武井はパソコンのキーの上で手を止めたまま動けなくなった。

「それぞれ、結果に至った経緯を述べます」

寺内の声は落ち着きを取り戻していた。この状況で平静を保つことなど武井には考えられなかったが、組合を束ねる者として彼はふさわしい態度をとった。

「もういいよ」

朝比奈が首を振りながら言った。権田、塚本の姿勢は変わらないが、中村と田畑は不安そうにきょろきょろしている。五味は興味がなさそうに窓の外を見て、山下はこんなときでも寝ていた。

「もういいとは？」

「聞く気になれない」

寺内はぐっと歯を食いしばった後「なぜですか？」と問いかけた。

「君たちに期待した私がバカだった」

「我々は真剣に諾否検討をしました。理由を聞いていただきたいのですが」

「あのな、会社のことを真剣に考えるんだったら、もう答えは出てるの」

「労担が期待されている通りの答えでなければ、理由は聞いてもらえないんでしょうか？」

朝比奈はフンと鼻を鳴らし、また首を振った。いつもならこの辺りで権田が出てくるが、今回は全く前に出てこない。

「理由を述べます」

「いいって言ってんだろう！」

朝比奈の怒鳴り声に武井は思わずパソコンから手を離して身をすくめた。ハラスメントは本当に諾でよかったのか、と心中で毒づきながらも恐怖で労担の顔が見られなかった。

「お言葉ですが、それはないんとちゃいますか」

寺内の声も怒りに震えていた。

「こんなこと言いたくないですけど、あなたが委員長やったころ、拒否の理由が言えないなんてことがありましたか？　私たちの結論を聞いてください」

朝比奈は是非を示さず口を閉ざした。

「一時金について。減益の中での前期比プラス回答は、委員の間でも『よく出た』という声もありました。しかし、我々には要求額があり、それを掲げるに至る経緯もあります。残念ながら会社回答の額は、要求額との乖離が大きく……」

「だから申し訳ないと言ってるだろう！」

椅子にふんぞり返って「申し訳ない」と怒鳴る人を武井は初めてみた。

「最後まで聞いてください！」

「断る！」

朝比奈は勢いよく席を立った。ファイルを持って憤然とドアに向かった。権田と塚本は一瞬目を合わせ、労担から二拍ほど遅れて立ち上がった。さすがの山下もこう怒鳴り声が続くと熟睡できないらしく、他の経営陣にならって体を起こした。

「逃げるんですか！」

寺内が叫ぶと、ドアの前で朝比奈がゆっくり振り向いた。

「なにぃ？　逃げる？」

「理由も聞かずに退室するなど論外です。席に戻ってください」

「逃げてるのは君たちだろう！」

「意味が分かりません」

「会社の経営状態をもっと真摯《しんし》に見つめろっ。これがぎりぎりの額だということが分からんのか！　要求すれば金がもらえる時代はとうの昔に終わったんだよ。打ち出の小槌《こづち》はもうないんだ。現状から目をそむけるんじゃない。現実から逃げてるのは君たちの方だ！」

「それやったら、それで話し合うべきでしょう。それが交渉でしょう」

「君たちに変なバイアスがかかっている以上、席には着かんよ。二次回答があって当たり前だというその根性をたたき直せ！」

根性という言葉に武井の右隣が反応した。

「ごちゃごちゃ言わんと早よ座らんかい！」

源さんの弾丸ライナーが朝比奈に直撃した。権田が少しニヤけたのを武井は見逃さなかった。

「誰に向かって口をきいてるんだ！」

「へたれじゃ！　へたれ労担じゃ！」

「ふざけるんじゃないよ！　もう交渉は終わりだ！」

朝比奈が退室すると、他の経営陣は一様に苦笑いを浮かべて部屋を去った。

最悪や――。

武井は外の雨脚のように早くなっている鼓動に気付いた。これは敗北なのだろうか。それとも勝負以前の状態なのか。静まり返った部屋の中で、彼は自他全てに対してあきれた。

音のない一分が過ぎた。

「帰ろか」

寺内は何でもないように笑った。大きい人だなと思う。武井はドキドキしている自分がバカらしくなった。

隣の闘争本部ではもちろん怒鳴り合う声が聞こえていたのだろう。団交メンバーが帰ってくると、残っていた中央委員らは大きな拍手で仲間を迎えた。ほんの少し前は極限まで冷え切った雰囲気だったが、皮肉にも〝朝比奈の乱〟によって団結がより強固なものになっていた。これは〝冴子の乱〟にも通じる。危機を迎えると人間というのは立場を超えて助け合えるものなのだと、武井はまた一つ賢くなった。

帰ってきてすぐ、井川が部屋の専用電話で団交を申し入れたが、経営側からの返答はなかった。

仕方がないので団交出席メンバーを中心にして論点整理を始めた。論点と言っても経営陣が途中で退席してしまった以上、話し合うことは限られている。議論は労担の非常識な態度に対し、組合がどのような姿勢で対抗するかに終始した。

武井はその話し合いに耳を傾《かたむ》けながら、マイク原稿の執筆を進めた。後は数の力で押し切るしかない。筆の早い彼は拒否団交の模様、特に労担の発言を詳細に書き記した。朝比奈の横暴に立腹しているのは彼も同じで、四分以内に原稿を書き上げた。井川に目で合図を送ると、書記長は小さく頷いた。

「それでは武井教宣部長、マイク原稿をお願いします」

「職場の組合員の皆さん、ご苦労さまです。闘争本部よりお知らせします。組合は十四日午後九時より諾否検討の結果を伝える第五回団交を開きました。寺内委員長が一時金と諸要求の深夜労働手当について『拒否』を伝えると、朝比奈労担は『聞く気になれない』などと述べました。その後委員長が一時金について要求額と回答額との乖離に言及した際、労担は『だから申し訳ないと言ってるだろう』と声を荒らげ、続けて『現実から逃げてるのは君たちの方だ』『二次回答があって当たり前だというその根性をたたき直せ』などと一方的に組合を非難し『もう交渉は終わりだ』と言って退席しました。闘争本部は直ちに団交の再開を求めましたが、現在のところ経営側から回答はありません。組合の諾否検討の結果を聞かず強引に交渉を打ち切った労担の言動に対し、闘争本部は強い態度で臨むべく論議しています。組合員の皆さんは今後の交渉の行方に注目してください。以上、闘争本部でした。ともにがんばりましょう」

怒りに任せて武井が張りのある声で朗読すると、中央委員らは盛大な拍手でマイク原稿を承認した。武井は急いで二十枚印刷し、切下に手渡した。今日は中央委員がいるため、大人数でのマイク発表となる。興奮状態のメンバーは喜び勇んで各職場へ飛んで行った。

閑散とした本部で、武井は人前で大声を出したのはどれくらいぶりだろうと考えたが、まるで思い出せなかった。

一連のマイク行動が落ち着き、再び全員が闘争本部に集結したときには、十時半近くになっていた。

「さぁ、今からは待つんが仕事やで」

寺内は椅子にどかっと座り、腕組みしたまま目を閉じた。武井にとっては衝撃の展開でも、寺内にしてみれば想定内なのかもしれない。

待つ、というのは案外重労働である。勢いと集中力が途切れてくると、闘争本部の面々は本を読んだり、小声で雑談をしたりと思い思いの時間を過ごした。その間も武井と冴子、赤井と中谷の四人はニュース発行作業に従事した。

日付が変わり、皆が手持無沙汰《てもちぶさた》に困惑し始めた。

机を枕にして眠る者がぽつぽつと現れ、これは経営側の消耗作戦ではないかと武井が気付いたとき、やっと寺内が立ち上がった。

「みんな、お疲れさん。さすがに今からの団交はないと思う。中央委員の人たちは今日一日ご苦労さんでした。本部メンバーは明日、朝から攻勢をかけるで。結果はどうあれ突き進むしかない。ともにがんばりましょう！」

出席者は最後の力を振り絞るようにして、委員長に盛大な拍手を送った。

午前二時。交渉決裂から四時間半が過ぎていた。

4

十一月も中旬になると朝は冷える。

それも本社最上階、社長室や役員室が並ぶフロアーともなればなおさら寒い。首にベルトを引っかけ一眼レフカメラをぶら下げている武井は、小さな体を一度、ぶるっと震わせた。スーツのズボンは昨日と同じで皺だらけ。見た目も寒いと自嘲し、委員長のズボンはと見れば、きれいに折り目が入っていた。妻子持ちと独身の違いだと自分を慰《なぐさ》め、そう言えば寺内から家族の話を聞いたことがない武井であった。

「寺内さんってお子さんいましたっけ？」

エレベーターホールの真ん中で突っ立っていた寺内は「へ？」と間の抜けた返事を寄越した。昨日は午前二時半に解散した執行部だったが、朝の七時にはこのホールにいるのだから疲れているのは無理もない。かれこれ二十分の間、待ちぼうけを食っている。

「お子さん、いるんですか？」

「あぁ、おるで。八つと六つ」

「男の子ですか？」

「二人とも女。小学校と幼稚園にそれぞれ好きな男がいるそうや」

「もう？　早くないですか？」

「早い、早い。宇野総理の退陣ぐらい早い」

「懐かしいですね。そのとき僕、下のお嬢ちゃんと同じ六つぐらいですわ」

「えっ？　おまえ宇野退陣のとき六歳やったんか？」

「だいぶ前ですよ、あれ」

「うわぁ、俺、もうすぐ死ぬなぁ」

「早い、早い。羽田総理の退陣ぐらい早いですよ」

「宇野と羽田か。どっちの方が早かった？」

「知りません」

　バカな話をしている寺内の手には「再回答せよ！」のビラがある。このビラは組合に示すことはもちろん、経営側にも直接手渡して訴えるものだ。部屋にこもると対応しない可能性があるため、朝の出勤時に狙いを定める。

　武井は記録係として、寺内が朝比奈にビラを渡すタイミングで撮影する。これは一年の組合活動をまとめる議案書によく掲載されるカットだ。メールで外国とやりとりする時代に、ビラを手渡しするなど前時代的だが、直談判は交渉の基本である。

　六基のうち真ん中西側、寺内が尻を向けていたエレベーターのランプが光り「プァン」という到着音がした。扉が開いて出て来たのは朝比奈と社長の二階堂《にかいどう》であった。何と間の悪いと武井は身を硬くしたが、寺内はお構いなしに朝比奈へ近寄り「おはようございます！」と大声であいさつしてビラを差し出した。

「ごっつい元気やん」

バーコード頭の二階堂は、さすがボスだけあって動じる気配もなく寺内のガッツを認めた。朝比奈はしかめっ面で寺内の手を払いのけたが、委員長はめげずにもう一度差し出す。それを二、三度繰り返すうちに、寺内が武井の方を振り返った。

「おまえ早よ撮れや」

そこで初めて武井は本分を思い出し、カメラを構えた。ようやく労担が受け取ったところをカメラに収め、なぜか笑顔を向けてきた二階堂へもご愛嬌《あいきょう》でシャッターを切った。

重役二人が視界から消えたところで、寺内は大きく息を吐いた。これで朝のお勤めは終了である。

「労担、今日も怒ってましたね」

寺内は険しい表情の武井の頭を軽くはたいた。

「アホ、よう思い出せ。おまえがカメラを構えるまで、あのおっさんが先に進んだか？」

そう問われて武井はやっと気付いた。

「一歩も動かんかったやろ。あれは撮影のために待ってくれてたんや」

真相に自らのミスが絡んでいることを知り、武井は情けない顔を寺内に向けた。

「そうやったんですか……。でも、労担があんまり怒ってないと知ってほっとしました」

そこで寺内はまた後輩の頭をはたいた。今度は少し強かった。

「アホ。あのおっさんは本気で怒っとる」

武井は禅問答のような委員長の台詞を理解できなかった。

「二階堂のはバーコードやのうて、ゼブラやな」

結局、労担は怒っているのかいないのか。なかなか本音がつかめぬ武井であった。

朝のビラ配りを終えた十二人は、本部のドア前に集合した。井川がドア横に引っかけられていた「交渉本部」の木製看板を外し、新たに「闘争本部」の看板を掲げる。自然と拍手が起こった。板一つで気持ちを引き締め直した一行は部屋に戻り、執行部と支部長が向かい合うようにして座った。

各人の前には新しい赤腕章が置いてある。一斉に「団結」の腕章を外す。寺内は「闘争委員長」、源さんは「闘争副委員長」、井川は「書記長」、他のメンバーは「闘争委員」の白抜き文字。後は決戦の時を待つばかりである。

午前九時に井川が総務局へ電話し、再度権田に団交を申し入れた。本来ならただの事務連絡なのだが、井川が「やりようないですわ！」「不誠実ですやん！」などと声を張り上げる場面があった。経営側は出席拒否の構えらしい。武井たちの闘争モードも出鼻をくじかれた格好となった。書記長は憤然と受話器を置いた。

「どないしたん？」

源さんが声をかけると、井川は少し言いにくそうにして彼の顔を見た。

「どないもこないも。昨日の団交でこっち側に不穏当な発言があったとか言うて、団交の出席を拒んでますわ」

「不穏当？」

「どんな発言か聞いても答えませんし。訳分かりませんわ」

「ワシのせいか？　へたれ労担があかんかったかな？」

珍しく源さんが弱気な一面を見せた。

「人の話を聞きもせんと出ていく方が悪いんです。ええ大人がみっともない。どうせ重役なんか久しくガツンと言われてないでしょうから、ちょうどええんちゃいますか」

井川のフォローにも源さんの表情は浮かない。源さんの肩を持つわけではないが、きちんと理由があって会社回答を拒否することはそんなに罪なことだろうか。確かにへたれ呼ばわりはよくないが、武井には労担の横暴ぶりの方が鮮明な記憶として残っている。

「まぁ、おっさんらもええ年やから最低限の義務は果たすやろ。鳴くまで待とう朝比奈蓮や」

寺内の顔には相変わらず焦りの色がなかった。どうして彼はいつも落ち着いていられるのだろうか。武井はこの交渉期間中、幾度となく浮かんだ疑問を反芻した。

午前中は一時金について論点整理した。実際に交渉し到達点を整理してきたことで、求めるべきものの本質が見えてきた。

話し合いでは「額については『一円でも多く』を目標にする」▽「労働過密化の現状を訴えるとともに、業務外注の実績を示させる」▽「人件費抑制は最終手段であることを確認する」▽「商業ビル建設の詳細、電子新聞など新たな増収策を問い質す」

——などの方針が決まった。

交渉期間中につき、昼食はもちろん食堂だ。正午前、井川が再び総務局へ電話を入れると、権田は早めの休憩を取っている、とのことだったが、闘争本部では居留守と断定した。しかし、断定したからといって特段の拘束力《こうそくりよく》もなく、パンを買ってきている武井以外は評判の悪い食堂へ向かうのだった。

武井がカレーパンをかじりながら、午後一番で発表するマイク原稿を書いていると、本部にお盆を持った遥が現れた。笑顔を見せた武井だったが、彼女は沈痛な面持ちで突っ立っている。

「どないしたん？　深刻な顔して」

遥は深々と頭を下げた後、武井の顔を見て少し舌を出した。行動のアンバランスさに男の胸が弾んだ。

「謝らなあかんことがあって」

「ニュースのこと？」

武井は印刷でミスでもあったのかヒヤリとしたが、遥はマグカップを指差した。

「この前私、マグカップを間違って持っていきませんでした？」

今ごろ気付いたのか——。

武井はどう反応していいかわからず、曖昧に頷いた。

「やっぱり。散々おいしいコーヒーって言うといて、日本茶持っていってしまって。しかも私の飲みかけの……」

飲みかけと聞いて、武井は心の中で彼女のミスに喝采《かっさい》を送った。同じお茶を飲んだと喜ぶのは女子的な発想なのか、それともおっさんへの予兆なのか。判断はつかないが答えは一つ。ただただ嬉しい。

「私、あのコーヒー気付かずに飲んじゃって……」

「コーヒー苦手やなかった？」

「そのときは何かボーッとしてて」

「ボーッとにも限度があるやろ」

「武井さんに渡したマグカップを洗ったときも……」

「気付かんかった？」

「はい。で、今日武井さんがコーヒーの感想なかなか言うてくれへんなぁと思って、よぉく考えたら……」

「自分で飲んどった、と」

遥は渋い顔で首肯した。彼女が自分のことを考えていたという事実に、武井は浮き立った。

「それで、今日は本物のコーヒー持ってきました」

礼を言った武井の隣に遥が腰掛けた。心地よい髪の香りが武井の鼻腔《びこう》をくすぐり、彼は女としての遥を意識した。武井は純粋に彼女のことを知りたいと思った。だが、肝心なときに二の足を踏んでしまうという彼の短所が、この場に限って克服されることなどあろうはずがない。マグカップを手に固まってしまった武井の顔を遥が覗き込んだ。

「交渉、行き詰まってるみたいやね」

書記の遥は交渉期間中、武井たちの作ったニュースを印刷して本社中に配布したり、調べものを手伝ったりと、常に本部メンバーを支えてくれる。年三回、毎年経済交渉を経験している彼女には組合活動の大枠が見えているのだ。本部に姿はなくても武井たちの苦しみは十分に察することができる。心身ともに疲労が蓄積している武井は、ふと遥に甘えたくなった。

「正直、偉いさんたちの考えてることがさっぱり分からん」

本音を漏らした男の横で、遥は言葉に合わせて頷いた。

「思った以上に寝られへんし、疲れで頭がボケてるのに、何か責任だけは背中に貼り付いてる感じがする」

「でも、武井さん、どんなにしんどくても絶対心折れないもんね」

「いや、もうボキボキやで。労担とか塚本さんとか、怖いからよう発言できひんし。昨日の団交なんか、怒鳴り合いでめっちゃびびってた。労担、すごい剣幕やったけど今朝ビラ配りのときなんかはちょっとだけ撮影に協力してくれたりして。そやけど、寺内さんに聞くと、労担は真剣に怒ってるって言うし。大人はどこに本心があるか分からんわ」

弱音や愚痴を吐くと、少し楽になった。武井は口下手だったが、隣で遥が笑っていると、いくらでも話せそうな気がした。

「私の父が言うてた。敵は倒すためにあるんやない……」

遥はいったんそこで言葉を区切ると、両手の人差し指でこめかみを刺激し始めた。それからスーと息を吸って、視線を右斜め上へあげた。

「どうしたん？」

「いえ、ちょっと……」

「続き教えてほしいねんけど。敵は倒すもんやなくて？」

遥はまたスーと息を吐き、今度は視線を床に落として考えごとを続けた。そして、沈黙に耐えかねるように武井を見ると、またぺろっと舌を出した。

「……。ごめん、忘れた」

「嘘やろ？」

「ほんま。あれ？　好きな言葉やねんけどな」

大丈夫か、新見遥——。

武井の病人を見るような視線に気付いた彼女は、そろっと立ち上がった。

「お仕事あるのに長居しちゃった」

彼女が急に退散の意思を示したことで、今度は武井が焦り始めた。しかし、女一人引き留めた経験のない彼は、とっさに言葉が思い浮かばなかった。

「あの、日本茶の件、本当にごめんなさいっ」

最初同様、深い角度で頭を下げた遥に、武井は「僕の方こそ」と慌てて立ち上がった。彼は何とかもう少し遥といたかった。

「確かにあれは誰が見ても飲んでも日本茶やったけど、飲みかけやったことは不幸中の幸いやったかなぁ、と……」

「えっ？」

武井にすれば好意を伝えたつもりだったが、予想に反して遥は眉間に皺を寄せていた。彼は嫌な予感がした。

「武井さんって、飲みかけが好きなんですか？」

「いや、そうじゃなくて」

「飲みかけ専門？」

「何、そのジャンル？」

「昔からそうなんですか？　人が口をつけたものに幸せを感じるとか？」

「ぐいぐいくるな……」

それは人による、という簡単な言葉が言えなくて、武井は苦渋の表情を浮かべた。

「武井さんって、変わってますね」

おまえが言うな——。

武井が胸中で一度ツッコむ間に、遥は立ち上がり不気味な者を見るような目で一歩下がった。誤解を解くため武井はうつむいて集中的に頭を働かせた。なかなか妙案が浮かばずふと前を見ると、五歩分の距離ができていた。

「コーヒー、楽しんでください」

遥は捨て台詞を残すと、そそくさと本部を後にした。

広い闘争本部で、武井はぽつんと一人になった。嫌われたかもしれない。そう思うと後悔でパニックになった。両手で髪の毛を鷲《わし》づかみにし、引っ張ったり緩めたりして自らに罰を与えた。うんうんと唸ってると、不意に肩をたたかれた。

源さんが紙コップを持って立っていた。

「どないしたんや乱心して」

見られてたのかと思うと、増えるワカメのように羞恥心《しゅうちしん》が広がっていった。蒼い顔をしている武井を胡乱《うろん》な目つきで見た源さんは、オレンジジュースが入った紙コップを差し出した。

「まぁ、これでも飲んで落ち着けや」

武井は源さんの好意をありがたく頂戴することにし、紙コップを受け取った。

「飲みかけやけど」

とどめの言葉に武井はまた髪をむしり始めた。

陽がその日の役目を終えようとしている。

5

昼食休憩後も本部では論点整理が続いた。

深夜労働手当の論議は引き下げの受け入れを前提で進められた。経営側の修正案は無論拒否。しかし、提案自体には反対の意思を示しながらの引き下げ受忍、という立場上、組合から削減率を提示することはできない。経営側が出してくる数字を吟味し、妥協するという受け身の姿勢を強いられることになる。つまりこれからはいかに削減率を緩和できるかが焦点となってくるのだ。

午後の会議が始まっておよそ四時間。途中で二度の休憩を挟み続けられた議論は、結論を見ぬまま日の入りの時刻を迎えようとしていた。

それにしても、遅い。

武井は五時十分前を指した腕時計を見てから、暮れゆく大阪の街並みを眺めた。昨日の大雨とは一転、機嫌の良さそうなオレンジの空色だった。経営側のご機嫌は斜めを向いたままのようだが。

今朝、ビラ配りを終えた後、武井は夕方までに全て終わってくれていたら、とほのかな期待を胸に抱いていた。夜の打ち上げで密約の存在を知らしめ、高らかに引退を宣言する。批判されようが飛び蹴りされようが、たかが一夜の座興にすぎない。もう週一回の濃密な会議や大嫌いな団交に出る必要はないのだ。ただ一つ欲を言えば、遥が別れを惜《お》しんで連絡先を教えてくれたら、生涯で記憶に残る夜となるだろう。

しかし、現実には収拾どころか、団交すら再開されていないのである。武井はこれほど待たされるとは思わなかった。偉いさんたちはボディーブローという予想外の抵抗で、闘争本部の士気を蝕《むしば》んでいった。

三度目の休憩の間に陽が沈み、午後五時ちょうどに寺内が戻ってきた。武井から見れば彼は鉄の精神を持つ男であったが、無精髭《ぶしょうひげ》にはさすがに疲労の色がにじんでいる。寺内は井川と小声で意見を交わした後、団結の旗の前に立った。

「お疲れさん。みんな待ちくたびれたやろ。俺も長い間この会社におるけど、こんな交渉は見たことがない。中央委員会の諾否検討の結果を聞かないまでか、ほぼ一日我々の声を無視し続けた。こっちもこれ以上なめられるわけにはいかん。かくなる上は抗議集会を開いて職場の士気を上げ、経営側にプレッシャーをかける」

抗議集会と聞いてだらけていた武井の精神に芯が入った。ストライキやサボタージュといった争議行為の前段階に当たる集会のことだ。これを開く以上、経営側に動きがなければ争議行為に突入することとなる。つまり、会社に対して啖呵《たんか》を切るわけで、後戻りができなくなるということだ。

「これから集会を開く場所と時間を調整する。一時間後には始めたいので、みんなは団結旗や拡声器なんかの準備を頼む」

「よっしゃ！　いよいよきたでぇ！」

朝見せた源さんの殊勝な心がけは既に霧散し、お祭り男としての資質のみがむき出しになっていた。

「ほんなら景気づけに万田闘争副委員長のガンバロー三唱でもやりますか」

井川が呼び掛けると興奮状態にある面々が奇声を上げげた。武井と寺内のみが一歩引いた状態で、大人しそうな技術支部の羽根ですら両手を上げている。

「では僭越《せんえつ》ながら」

源さんは咳払いをして喉の調子を整えた。

「わたくし、氏は万田、名は源三。あるときは温厚篤実仏《おんこうとくじつほとけ》の化身《けしん》、またあるときは気炎万丈荒《きえんばんじょうあら》くれ博徒《ばくと》、上方新聞印刷一筋、人呼んで鉛のゲンとはオイラのことさ！　徳を説いても聞く耳持たず、口を開けば野卑滑稽《やひこっけい》。石が流れて木の葉が沈むこの理不尽、捨てておけぬは干支の数だけ集いし我らが闘う聖《ひじり》たち！」

源さんの意外な才能に本部がどよめいた。

「それでは各々方《おのおのがた》、拳よぉい！　打倒、鬼畜経営！　ガンバロー！」

「ガンバロー！」

源さんの天才的な音頭で闘争本部の意気が最高潮に達し、委員たちが力強く右手の拳を振り上げたときだった。

空気を読まない電話の呼び出し音が、ガンバローを一唱、もしくは一笑のうちに断ち切った。

井川がかじりつくように受話器に飛びつく。

「はい、闘争本部」

闘う聖たちの視線がゴルバチョフの再来を自任する書記長に集まった。

「へぇ？」

気の抜けたような返事をして、井川は受話器を置いた。彼は周囲を見渡し、複雑な表情を浮かべて告げた。

「権田総務局長から。六時に団交を受け入れるって」

第八章　再回答

1

開戦前の静けさ。

毎度訪れるこの十分が、武井は好きになれなかった。経営陣の威圧的な態度も苦手だが、何よりそれに臆《おく》して発言できない自分が嫌だった。記録係の任があるとはいえ、一言も発しない教宣部長を他のメンバーがどう思っているかは、自分でも想像がつく。「身内の目が一番きつい」と言っていた塚本の言葉はその通りだろう。もちろん、一円でも多く一時金をもらいたいし、働く環境をよくしたいとも思う。労担の横柄な態度には腹が立つし、田畑の「輪ゴム展」はよした方がいいことも分かっている。

仲間と同じ気持ちなのに、どうしても一言物申す勇気が湧いてこない。話しているうちに、しどろもどろになる可能性は高いし、経営陣に鋭い口調で否定されるのが怖かった。そうして一つの団交が終わるたびに、武井は自己嫌悪に陥るのだった。

六時まで残り五分を切ると、さらに緊張感が増した。だが、その中で一人だけ浮世離れした雰囲気をかもす男がいる。

源さんだ。彼は脱力した顔を窓の外に向け、精気なく微笑んでいた。年に一度の祭りが雨天中止になったような心境なのか、再回答を求める節目を前に穏やか過ぎる表情だ。

無言のうちに経営陣が入室してきた。

朝比奈の顔は不機嫌に歪んでいる。武井はその顔を見ただけで鼓動が早まった。全員が着席すると互いに一礼した。団体交渉は組合委員長から切り出すのがルールだが、権田はヘラヘラと笑って話し始めた。

「昨日から数回ね、組合から団交の申し入れがありましたけど、ちょっとこちらにも準備するところがあって開催が遅れました。事情があったということで含んでいただければと思います」

パソコン画面上に打ち込んだ権田の発言を読んでも、武井は彼が何を言っているのかさっぱり分からなかった。確かに喋《しゃべ》っていたのだが、振り返ってみれば一切内容がなかったというのは「権田システム」の特徴の一つだ。

「事情というのは何でしょうか？」

謝罪のない言い訳を逃すまいとして寺内が立ちふさがったが、権田は薄ら笑いを引つ込めなかった。

「まぁ、事情というかね、そのぉ、のっぴきならぬというかね、へへっ」

「のっぴきならぬ事情というのは？」

「へへっ……、へへっ……」

権田は「察してよ」というオーラを出して笑っている。こうなると権田という男は暖簾《のれん》に腕押し、ということが分かっている寺内は苦笑いを浮かべた。話せない事情となると、朝比奈のご機嫌うかがい以外に思い当る節はなく、武井は言葉を濁す権田に若干同情した。

「交渉に入る前に一言申し上げます。昨日の団交で中央委員会の諾否検討の結果をお伝えする際、こちら側の話を聞かずに朝比奈労担はじめ経営側が退席したのは極めて遺憾であり、労使の信頼関係に一定の溝ができてしまったことは残念でなりません。今後、このようなことが二度とないよう強く要望いたします」

諾否の理由も聞かずに席を立ったことについては明らかに経営側に非がある。本来なら徹底的に真意を問い質し、謝罪を引き出すべきだが、寺内はあえて「強い要望」として譲歩した。一言物申すことによって組合の面子《メンツ》を保ちつつ、停滞している交渉を前に進めるという寺内のセンスであった。朝比奈以外の経営陣が頷くのを見て、武井は上々の滑り出しという手応えを得た。

「それに関連してもう一つ。昨日の団交後、我々は数回にわたり再開を申し入れましたが、経営側からは何の返答もないままでした。経済交渉は労使それぞれがいてはじめて成立するものです。団交に応じないのなら組合に連絡すべきであり、せめて退社する前に一言声掛けがあってもよいと思います」

抗議を分けることによって、経営側に二つの非があることを意識づける。寺内は冒頭の発言で、経営側の非に加えて組合の譲歩を明確にした。団交再開の連絡を待っている間、彼は受けた被害を最大限利用する手立てを考えていたのだ。武井は内心で委員長の交渉テクニックを仰ぎつつ、軽快にメモ打ち作業を進めた。

「うるさいんだよ！」

朝比奈は突然怒鳴り声を上げた後、ドンとテーブルをたたいた。周囲は呆気にとられたが、寺内だけは動じる様子がなかった。

「労担、我々はずっと待ってたんですよ」

「こっちだって昨日は終電で帰ったんだよ！」

「交渉本部は二時すぎまで開けてましたよ」

武井の右隣で大きな〝気〟が動いたと思うと、怒りのエネルギーが放出された。

「なに電車で帰ってんねん！」

源さんの顔は荒くれ博徒のそれであった。労担が電車で帰ったことはあくまできっかけであって、晴れ舞台を撤去された一時間前の恨みが根底にあることは火を見るより明らかだ。

「電車で帰って何が悪いんだね！」

「あかん！　チャリで帰らんかい！」

「私の家をどこだと思ってるんだ！」

「知らんわい！」

「枚方《ひらかた》市だよ。自転車なんか無理に決まってるだろう！」

「チャリが無理なら、ひらパー行って乗りもん段取りせんかい！」

ひらパーとは大阪府枚方市にある「ひらかたパーク」の通称で、府民をはじめ関西一円で愛されている遊園地だ。

交渉にはほど遠いが、闘争には御あつらえ向きの言葉の応酬となった。

「あらためて中央委員会での諾否検討の結果について申し上げます」

常識では考えられないタイミングで、寺内が割って入った。一番驚いた顔をしたのは他ならぬ労担だったが、再び退席すればストライキがほぼ確実という状況では、軽々に腰を浮かすこともできない。万田源三という狂犬を先頭にし、組合が押し切る形で団交は本題に入った。

「一時金、拒否。深夜労働手当、拒否。ハラスメント、諾。以下、理由を申し上げます。まず一時金について。減益の中での前期比プラス回答は、委員の間でも『よく出た』という声がありました。しかし、我々には要求額があり、それを掲げるに至る経緯もあります。残念ながら会社回答の額は、要求額との乖離が大きく、さらに我々の思いを伝える必要があるとの結論に至りました。また、人員削減計画では目標値の『五百人体制に合わせた仕事』に抵抗感があります。やるべき仕事に対して必要な人員を確保することが、読者のためであると信じて疑いません。目標達成を意識するあまり、新人採用をゼロとすることはあってはならないことです。近い将来、必ず人員構成バランスが乱れ、ひいては経営を圧迫するものと考えます。人件費の抑制は経費節減の最終手段であるということ、大阪キタの商業ビル建設をはじめとする増収策についても再度確認したいとの声が多数上がり、拒否といたしました」

朝比奈はふんぞり返ったまま、メモを読み上げる寺内の方を見ようともしない。武井は出て行かないだけマシかと思った。この労担から修正回答を引き出すことなど本当にできるのか。

「次に深夜労働手当です。今回の交渉期間中に経営側から修正案が出されましたが、我々はそれ以前になぜこの手当なのかという入り口の時点で立ち止まっています。深夜に働くことの意義、並びにこれまでの労使交渉の歴史が軽視されていないか、各時間帯の削減率の根拠はどこにあるのかなどといった組合の疑問に対し、経営側の回答が十分であったとは認められません。また、午後八時から十時まで、いわゆるA時間帯の労働を一方的に否定されたことに対する不信は、我々の中で日に日に膨らんでいます。経営側の『賃金が下がらない』との説明も定期昇給を前提としたものであり、毎年の定昇が確約されない限りは説得力を欠くものです。現に、修正案で計算しても、一部では年収が前年を下回る組合員がいるという由々しき問題も残っています。もちろん、経営側の提案の受け入れが、今交渉の諾とイコールでないにしても、拒否の結論は、無理からぬところです。続いてはハラスメントについて」

闘争委員の空気が変質した。武井はパソコン画面を見ていたが、互いに目配せしているのは気配で分かる。

寺内は引き下げの受け入れを言明しなかった。

委員長の中でも迷いがあるのかもしれない。武井は不意にこみ上げた不安を打ち消すように強いタッチでパソコンキーをたたいた。

「組合の『職場相談員制度の創設』『ハラスメント問題の対策充実』『就業規則にパワーハラスメントの罰則規定を盛り込む』という要求に対し、経営側から速やかに遂行する旨の発言があり、その迅速で誠実な対応は組織の中でも感謝の声が多く聞かれました。今後については、労使の専門委員会で継続的に協議するものであり、今交渉においては諾とするのが妥当であると決定いたしました」

　寺内は当然のように「スーパー迫田」には一切触れなかった。武井は横目で冴子を見たが、彼女は表情を変えずメモ打ちしていた。何か心境の変化でもあったのかと訝《いぶか》しんだが、武井はひとまず胸を撫で下ろした。

「以上が諾否に至る経緯です。今交渉前のスト権投票では、賛成率が九五％以上という、おそらく社史始まって以来の数字となりました。特に下げ止まらない一時金と深夜労働手当の引き下げ提案に対する高い関心、それらと向き合う真摯な姿勢が表れているものと考えます。これらを鑑《かんが》み、ご再考いただけることを切に願います」

　最後に前例にないほど高率で確立したスト権を押し出して経営側にプレッシャーをかけた。

　数秒の間を置き、目を閉じて顔を天井に向けていた権田が寺内を見た。

「くどいようやけど、一時金と深夜労働手当が拒否、ハラスメントが諾ということでええな？」

「結構です」

　経営側はまた押し黙った。権田がわざとらしい咳をすると、ようやく朝比奈が前傾姿勢をとった。

「ハラスメントの件は了解しました。深夜労働手当は何？　修正案じゃ気に入らないってわけ？」

「先ほど申し上げた理由で拒否です」

「なぜこの手当かって散々説明してきたよね？　会社が黒字を確保しなければならない状況があって、時代に合わない手当がある。それを修正させてほしい。この理由のどこに疑問があるんだ」

「黒字を確保しなければならないのは理解しています。しかし、すぐに手当という言葉が出てくるのが理解できません。他に削減すべき経費があるのではないかと思うんです」

「それは何だ？　教えてくれよ。こっちはあらゆる手を打って、どうしようもないからこんな提案をしてるんだよ」

「今、私がその削減できる無駄をお示しできたら、逆におかしくないですか？　そんな簡単なものじゃないんでしょ？」

「だから言ってるじゃないか」

「見せてほしいんですよ。今までどんな経費削減策を実施してきたのか」

「そんなもん表にできるほど単純じゃないよ。数え上げればきりがない」

「それで手当の話をされても納得できません」

「そんなもの、一からまとめるなら、それ専属の社員を雇わないといけない」

「できないなら納得できない。それだけです」

寺内と朝比奈の静かな論戦に、権田が介入した。

「委員長、それはほんま難しいで。まず期間をどうやって区切るの？」

「できる範囲で構いません」

「でも、単純にこれなくしましたってものだけじゃないからね。継続的な取り組みの中でカットしたもんもあるしね」

「継続的な取り組みの具体例を挙げていただかないとイメージできません」

「そんなん、今言われてもパッと出ぇへんけど。それこそ小さいもんまで入れると無数にあるで。交通費精算なんか一件、一件見ていくんか？　それは現実的やないで」

「提案しているのはそちらで、我々を納得させる義務があるのもそちらです。それが無理なら他の方法を考えてでも、組合員の理解を得られる資料を出してください」

「そんな突き放した言い方せんでええやん」

寺内は無表情のまま権田を見据えた。

「時代に合う、合わないという話も納得できません。新聞社にとって深夜労働は必要不可欠なものというのは共通の認識でしょう。必要である以上、それは景気動向に左右されるものではない、ということです」

「これまで十回改定してきた労使交渉の経緯を振り返ったらどうだ？」

朝比奈が再び口を開いた。

「これまで組合が手当アップを主張してきた要因は、君の言う景気動向にあるんじゃないか。時代が右肩上がりだから、我々の手当も上げてくれと。逆風になったら固定費扱いにしろとは虫がよすぎないか。それこそこれまでの労使交渉の軽視だよ」

「確かにそれは原因の一つを担ったのかもしれません。しかし、組合が主張してきたのは、深夜に働くことの意義です。その大変さに報いるための手当だということが基本にあるはずです」

「深夜労働の大変さを知っているから、一律労基法通りにしないんだろ？」

「新聞社の深夜帯は、まさしく生産活動の真っただ中です。他の業種に比べてもきつい仕事をしているという自負があります。労基法をベースに手当を考えるのは、現実とずれています。新聞社には新聞社の労働基準があると思います」

「君たちは根拠、根拠っていうけどね、より深い時間帯を手厚くということでどうして理解できないの？」

「削減率のお話ですか？　そちらが率を出しているんですよ。数字に対しての説明責任があるはずです。なぜそのパーセントなのか。手厚くなどという抽象的な表現でなく、我々がよく分かるように伝えていただきたい」

「現状の手当を基本にして、こちらが出せるぎりぎりの額がそれ、ということ」

「総額でいくらの削減が必要なんですか？」

「きっちりいくらというのはない。ある程度幅を持たせているから。あの修正案で無理なら、一時金など他の原資に目を向けないといけない」

「なんで真っ先に人件費に目を向けるんですか？」

「もう手を尽くしてきたからだ」

「だったらそれを示してください、と言ってるんです」

議論が元へ戻った。朝比奈はひと息吐いてから、再び寺内を見た。

「A時間帯について聞くけどね、なんでこれが深夜労働なんだろうか？」

「今まで経営側が深夜労働と認めてきたからです」

「その理屈で言うと経営に携わる人間が認めなければ排除して構わないってことだな？」

「先人の判断を軽視するなら、という注釈が付きますが」

「失敬なこと言うんじゃないよ。君もこちらを納得させてくれよ。どうして八時が深夜なんだ」

「帰宅していて当たり前の時間だからです。プライベートを犠牲にすることへの手当です」

「生活実態なんて家族によって違う。独身だっている。八時から飯を食う家庭だってあるはずだ」

「八時に飯を食うってことは、その前に仕事が終わってるってことでしょ？　九時にしますか？　それのどこが普通なんですか」

「プライベートなことまで面倒みきれんよ」

「残業がプライベートを圧迫しているという話です。会社が無関係であるはずがない」

「委員長、とても納得できないよ」

「納得するのはこちらです。そちらの提案であることはお忘れなく」

「関係ないみたいないい方されても困るよ。会社はみんなで支えてるんだぜ」

ここで再び権田が口を挟んだ。

「例えばさ、全員が前年の給料を上回ったらどうやろ？」

「そこまで削減率を緩和するってことですか？」

「そういうこと」

「それでも定昇の確約が必要です。手当は下げた、定昇は凍結、となれば目も当てられません。定昇が無理なら再び深夜労働手当を戻すとか、そういった取り決めも必要やと思います」

「勝手なこと言ってるんじゃないよ！」

朝比奈がテーブルをたたいた。

「定昇だってぎりぎりでやってるんだ。給料上がるのが当たり前なんて意識は捨ててしまいなさい。何度言えば分かるんだ。いいかい、深夜労働手当の改定はどこの新聞社でもやってるんだよ。時代の流れなんだよ。新聞記者である君が、時勢に疎《うと》くてどうするんだよ！」

「私は今、新聞記者である前に、労働組合の委員長としてこの場にいます。記者以外の仲間の思いも背負ってるんです」

寺内は朝比奈と権田の投げてきた球を全て一人で打ち返した。何を言われても動じない度胸と、臨機応変に言葉を選ぶ柔軟性。日蔭の研鑽《けんさん》なくして今の寺内は存在しない。武井はこの三ヵ月、全力で組合活動に取り組んできたつもりだったが、先頭に立つ男との圧倒的な差に打ちのめされた。

「そちらが拒否でもこちらは一向に構わない。いくら君が吼えようが、修正回答以上のものは出さない」

「一向に構わないという今の発言、心に留めておきます」

無責任ともとれる朝比奈の発言にも寺内は微動だにしなかった。

「一時金については？　そっちの中でも『よく出た』って声があるんちゃうの？」

埒が明かないと判断したのか、権田がテーマを変えてきた。

「要求額は労働過密や生活実態から弾き出したもので、その額との乖離があまりにも大きいということです」

「二次回答を引き出したいだけだろう？　ちょっと積んだら諾なんて茶番を演じる気はないよ」

朝比奈が白けた顔で言い放った。

「諾否権のない私には答えられません。組織の真剣な論議があって諾否があります」

「なんか委員長ばっかり喋ってるなぁ。他の人は意見ないの？　団体交渉やで、これは」

権田はテーマを変えたこのタイミングで、寺内を後方に退けた。この戦術は前も使われたものだ。残る十一人を足しても、寺内一人にもならないという思いが透《す》けている。武井はあらためて寺内の大きさを悟った。

二呼吸ほどの間を空《あ》けて、源さんがしわがれた声で話し始めた。

「この夏、同僚が胃をやられましてね。でも、ワシらの現場はローテーションで、夏休みをとってる連中もいたから代わりが見つからんかった。そいつは薬でごまかして会社に出てきてて、実は医者から入院するよう言われてたんです。それが分かったのがつい最近のこと。今、そいつは病院で療養中です。あのとき何でもないような顔してたけど、あいつ相当しんどかったんやなと思うと、つらなってねぇ。ほんまに現場は人足りてないんです」

源さんは一直線に朝比奈を見ていた。権田の顔から薄ら笑いが消え、部屋がしんとした。

「一年ほど前、部署が統合されてから休日出勤が増えました。組織図で見たら効率化が進んだと思われるかもしれませんけど、業務が混乱して今なお尾を引いてます。母親の古希を祝う旅行をキャンセルした奴が、自販機のところで一人泣いてました。仕事って数字で表し切れるもんやないと思うんです」

井川が話し終えると、朝比奈が背もたれから上体を起こした。

「広告もきついです。予算自体が前年割れなんで必達の重圧があります。一万円の仕事なんてプライドが許しませんでしたけど、それをみんなが一つひとつ拾って目標に向かってます。今では仕事を選ばないことが、僕のプライドになってます」

中山の発言に、五味が神妙に肯《がえ》んじた。今度は切下が挙手した。

「インターネットによる情報収集が日常的になる中、購読者を獲得するのは至難の業《わざ》です。それでも僕らは販売正常化を強く意識して、足で稼ぐ仕事をしてます。高校野球の地方予選が始まる前から必死に動いてきました。ネットで世の中が便利になるほど、僕らは人の顔を見て仕事せなあかんと思ってます」

「編集局の経済部では、大阪の中小企業の技術を紹介する大型連載を続けてきました。技術を通して人物像を浮き彫りにするわけですから、生半可《なまはんか》な取材では原稿が書けません。企画はルーティンをこなしながらの仕事です。それにはやっぱり人が必要です。地元紙だからできる贅沢な取材を続けさせてください」

冴子が頭を下げた。執行部の面々が思いを告げる中、武井は自らも発言しなければともがいた。しかし、手を挙げようとするほど、頭の中が真っ白になり、勝手に脚が震える。自己嫌悪に唇を嚙みしめていると、赤井が前へ出た。

「大きな選挙を間近に控えています。今回は全国的に注目を集めますし、結果によっては中央政界をも揺るがします。社会部員はこれまで重ねてきた取材の成果を発揮できると士気が高まってますし、ホームページで当選確実の一報をどこよりも早く打つべく準備を進めています。大阪秋の陣を迎えるにあたって、私たちに希望を与えてほしいんです」

「地方でも人が足りてません。少ない人数の中で夜勤や宿直勤務をこなしてます。土、日の出勤も日常的になってます。地方紙にとって地方版は生命線です。読者との距離が近いので不誠実な取材はできません。どんな小さな情報でも無駄にすまいと車を走らせてます。支局こそ最前線という矜持を持って働いてます」

赤井と中谷の発言を聞く間、塚本は何度も頷いていた。朝比奈は表情こそ変えないが、目を閉じて耳を傾けている。

「減益でのプラス回答の重み、普段数字を扱う部署なので身にしみています。もっと頑張らなければという反省が強いですが、してきた仕事に後悔はありません。事業ではこの夏、地産地消をキーワードに積極的に街頭イベントを展開しました。一つひとつの儲けは小さいですが、元気に体が動くうちはどこへでも出かけていくつもりです」

中央委員会では憎まれ役を買って出た岡田も今では、闘争委員会の一翼を担っていた。経営陣は誰一人としてよそ見もせず、黙って話に聞き入っている。

「経費節減を考えることは、経営側だけの仕事ではないと分かってます。印刷の現場でできることは何か、ずっと頭にあります。去年も今年もがんばって損紙率《そんしりつ》を減らしました。僕ら昼夜逆転の生活で体にガタはきてるけど、みんなが必死に作った新聞を無駄にできませんわ」

初めて山下が起きていた。彼は佐藤の言葉にニヤッと笑って応えた。その左隣の羽根もつられるように話し始める。

「地方紙として電子新聞で何ができるか、電子だからできることは何か。毎日企画書を作っています。先入観を排除して作業にあたってます。正直言って報われるかどうか分からないですが、必要になると信じて仕事が終わった後や休みの日もずっと考えてます」

源さんから十人が立て続けに真剣な思いを吐き出した。とうとう最後の一人になってもなお、武井は一歩を踏み出すことができなかった。彼は自分の不甲斐なさにほとほとあきれ果てた。

ここに座っている十二人は一つのチームだ。誰一人が欠けてもいけない。一番睡眠時間を削って闘ってきた自分だからこそ、それが痛いほど分かる。武井はこれまで、人に迷惑をかけるぐらいなら我慢する、という信条に忠実だった。確かに一つの責任の取り方ではあるが、翻ってそれは常に他人との間に線を引く行為でもある。そうして人に否定されることを極端に恐れるようになっていった。

武井を残して闘争委員会は一つになった。皆、忘れ物があることを知っていて気付かぬふりをしている。

権田が話し出そうとするのを遮るように、塚本が軽く右手を挙げた。彼は武井の目をじっと見て、わずかに口元を緩めた。

「武井はどうなんや？」

この場にいる全ての人間の意識が、自分に集中している。そう思うだけで武井の心は折れそうになった。一人だけ発言しないことが卑怯なことも、それにより仲間の信頼を失うことも分かっていた。塚本に悪意がないのも自販機での一件で察しがつく。

それでも、彼は塚本の配慮に感謝する余裕がなかった。

パソコン画面から目を離し、長く息を吐く。武井の視線はいつの間にか寺内を求めていた。彼は前方を向いたまま静かに瞳を閉じていた。

ふと「恍惚の里」での自己紹介を思い出した。あのとき、緊張して言葉が出ない武井に寺内は助け舟を出してくれた。彼の細やかな気遣いのおかげで、何とか仲間と打ち解けられたのだ。しかし今、それは望めない。急に自転車の補助輪を外されたように不安の波が押し寄せた。混乱の度合いが増すと、冷たい汗が背中の真ん中を伝った。

もう一度長い息を吐く。武井は再び委員長席に視線をやった。寺内の表情はあまりに柔らかかった。なぜこうも穏やかでいられるのだろう。自問し苦しみながらその横顔を見るうち、武井は一つの可能性に行き着いた。

言葉を待っている――。

一瞬後《のち》、彼は確信した。寺内は自分の言葉を待っている。そして、自分を信頼している、と。

武井は塚本を見て微笑み返した。朝比奈に混じりけのない視線を投げかける。

彼はようやく逃げることを止めた。

「僕は大阪で生まれ育って、物心ついたときから上方新聞の読者でした。最初は四コマ漫画と野球の記事しか読まなかったけど、成長するにつれ地方紙の温かみが分かるようになりました。入社できたときは誇らしくて、最初の辞令を親に何度も見せました。でも、事件記者として休みなく働くうちに、記事を書くことが当たり前になって、そのうちノルマのように感じてきたんです。紙面は空いていて当然、会社は永久にあるもんやと思ってました」

武井は言葉を区切って、一度深呼吸した。

「今年の冬、ある浪人生から、職場に手紙が届きました。彼はバイオリン奏者を目指していたんですが、一回目の受験のときは体調を崩していて音大も芸大も全て落ちてしまったんです。彼は高校一年生のとき近畿圏の小さいコンクールで優勝して、その際僕がその記事を書いたんです。どこの新聞にも載らへんようなニュースですけど、話を聞くうちに本番当日、彼が右手首を捻挫《ねんざ》していたことが分かったんです。『こんなことであきらめるぐらいやったら、バイオリンをやめる』と言った彼の強い言葉が印象的でした。僕はデスクを説得して小さいですけど写真付きで彼を紹介したんです。苦しい浪人生活の中で、彼は何度も僕の記事を見て、このコンクールのことを思い出して勉強を続けたようです。手紙には彼が第一志望の芸大に受かったことが書かれてました。一人の運命を変えたやなんて大きいことは言えません。でも、僕は彼の熱意を伝えたかった。あのとき、デスクを説得して彼の記事を書いて本当によかったと思ってます。その手紙を読んだ後、僕は実家に帰って最初にもらった辞令を探しました。小さな紙にはたった二行。僕の名前と配属先が書いてあるだけです。それでも僕は、これからも新聞記者として生きていこう、多くの人の人生と触れ合っていこうと思えました」

浪人生の拙《つたな》い文字を思い出した武井は、声を詰まらせながらも話し続けた。

「この夏から労働組合の執行部を務めるようになって、編集局以外の仲間と出会い接するうちに、上方新聞という会社で働いてるんやって、そう思うようになりました。若手の中では、プライベートな時間を使って真剣に増収策を考えている人たちがいます。彼らは会社から何の援助もなく、ただ自分たちの乗っている船を前に進めようと思って動いてます。それで気付いたんです。自分も上方新聞の読者であることに。僕はこの土地で、ここに住む人たちと、ともにがんばるつもりです」

途中、武井の鼓動は暴れ続け、脚は震え続けた。思いを伝えきると、痙攣《けいれん》した胃に強い痛みが発した。

十一人の新聞人が吐き出した生身《なまみ》の想いには、確かに血が流れていた。誰も何も言えず、ただそこに座っている。

朝比奈が目を開けた。

背筋を伸ばし、それぞれの言葉を確認するように何度も頷いた。

「分かりました。一時金については再考します。ただし、深夜労働手当については、考えを変えられない」

労担のかすれた声を聞いて、武井はどう反応していいのか分からなかった。思いは伝わったのか、それともまだ届かないのか。模糊《もこ》とした頭の中を整理しようとしたとき、十二人目の志士が最後のカードを切った。

「午後八時から午前七時。労担、一度現場を見に来てください。もし、そうしてくださるのなら、深夜労働手当の引き下げ自体は受忍します」

寺内は狙い澄ましたかのように短い言葉を放った。

朝比奈はテーブルの上で組んでいた両手に、何度か頭を打ち付けた。この三ヵ月でそのような朝比奈の姿を武井は初めて見た。目を思い切りつむり、苦しそうな顔をしている。左右の六人は皆疲れた顔で前を向いている。

「ちょっとこの場で待っていてくれ」

朝比奈はそう言うとファイルを持って立ち上がった。それに権田と塚本がならい、七人は一列になって部屋を出て行った。

通常、再回答の際は一度解散する。異例の展開にメンバーは動揺しているようだった。

「俺らはやるだけやったで。もう矢も刀もない。後は待つだけや」

寺内の顔に笑みはなかった。最後まで油断のない姿勢だった。その一言で皆は引き締まった顔を取り戻し、委員長にわだかまりのない清々しい視線を向けた。

右肩に走った軽い痛み。見ると源さんが手を置いている。彼は武井の顔を嬉しそうにのぞき込むと、それで気が済んだのか手を離した。真意のほどは謎だったが、認められたような気がして武井は快《こころよ》かった。

退出から二十分が過ぎたころになって、朝比奈がドアを開けた。

「お待たせ」

そう言った労担の顔にも笑顔などなかった。経営陣が横一列に座ると、組合も背筋を伸ばして対面した。武井の心臓がまたペースを乱し始めた。

「最初に、ゼロ採用の件ですが、今後もこれはいたしません。毎年最低一名は採用します。商業ビル建設についても動きがあり次第、労協などで速やかに情報開示します。これは前にも述べた通りです。深夜労働手当については、状況が変わったので再々回答を視野に、継続協議を望みます」

一時金についての答えがなく、メンバーの間に重苦しい雰囲気が流れた。もう打つ手はない。武井は脱力しそうになるのを必死にこらえてパソコンキーをたたき続けた。

「それから一時金について」

朝比奈の声に組合代表の面々は肩を強張らせた。

「減益の中でのプラス回答は本当にぎりぎりの額だ。しかし、君たち一人ひとりの熱い想いが、私自身の心に今も響いている。会社というより個人の気持ちを優先しようと思う。もし、この場で委員長が諾と言うのなら、一律五百円積む。重ねて言うが、会社の立場ではなく個人の気持ちだ。はっきり言おう。私にとって捨て身の選択だ。君も立場を捨てられるか？　どうだい委員長？」

秋年末闘争は、最終盤にきて最大の難関に直面した。

委員長には諾否権がない。組織の承認なく経営側と取り引きすることは、仲間を裏切るに等しい行為だ。一方、ここで労担の申し出を蹴れば、おそらく永久に上積みは期待できないだろう。

闘争委員会での全会一致という組織のルールと一円でも多くという組合員の想い。寺内は今、重く苦しい二律背反の中に身を沈めている。武井から見て、いや、誰から見ても正解がない問い掛けに、ある者は怒り、ある者は絶望しただろう。

ここまできて、まだ届かないのか——。

武井の精神は振動を終えた。

蓄積された疲労を背負い、何もかもが嫌になった彼はうつむいて時が去るのを静かに待った。

「ここで私が『諾』という言葉を吐くわけにはいきません。いただいた再回答を組織に持ち帰り、真摯に向き合った上で答えを出す。それが正道であると信じています」

寺内の声が聞こえ、武井は顔を上げた。委員長は表情一つ変えていなかった。つまり、労担の申し出を断るということだ。どちらを選んでも負けは負けだ。

だが、寺内の目は死んでいなかった。

敗北が確かになろうとしているのに、なぜか武井の心から絶望の文字が色褪せていく。

朝比奈が口を開こうと息を吸った瞬間、寺内は鮮明でいて重々しい声を発した。

「ただし、私には交渉を収拾する責任がある」

朝比奈が言葉を吞み込んだと同時に、主役以外の全員が息を吞んだ。

それは朝比奈に向けた最後の一撃だった。

この場で「諾」は言わない。しかし、必ず「諾」を持ち帰ってくる。寺内隆信という男を信じるか否か。彼は真正面から問い返したのだ。

組合員五百人の想いを背負った男の言葉だった。

朝比奈は唸ったまま、寺内を睨んだ。

鋭い眼光を全身で受け止めた寺内は、もう一度強い声音を響かせた。

「私には交渉を収拾する責任がある」

武井の体が揺れたのは、心が揺れたからだ。団結の旗のもとで闘ってきた面々は、絶体絶命の状況から見えた微かな光に手を伸ばした。

朝比奈は一つ、大きく深呼吸をした。

「信じよう」

それだけ言い残すと、労担は席を立った。

武井は視界が曇りそうになるのを堪《こら》え、委員長を見た。

テーブルの上に組まれた寺内の大きな手が、震えていた。

2

受話器を置いた井川が「十分後です」と告げた。

寺内が頷くと一斉に退出の準備が始まった。メンバーはこれから収拾団交に向かう。それぞれの胸にあるのは解放されることへの喜びとこれでよかったのかという自問、そして疲れだろう。武井は闘争委員の腕章を巻き直し、この交渉でいくらたたいたか分からないノートパソコンを抱えた。

「最後の団交や。明日、胸を張って職場に帰ろう」

寺内の掛け声に委員たちは拍手で応えた。

団交部屋に入ると、皆が所定の位置に着く。武井は不意にこうして座るのもこれで最後だと気付いた。意外なことに寂しさがこみ上げ、いい加減にしろと自ら叱咤した。もう二度とごめんだというのが偽らざる本心なのに、この余計な感情は何なのだと考えたが、しっくりくる言葉が見当たらなかった。

あの団交の後、武井はマイク原稿を書き、今交渉が重大な局面に差し掛かっていることを組織に報じた。重大な局面とはつまり、最後の諾否検討のことだ。諾否権を持つ切下、中山、冴子、それに五人の支部長は、一時金の再回答と深夜労働手当の再々回答について全会一致で諾とした。これで闘争本部は三つの要求全てを諾とし、秋年末交渉の収拾が決まった。

「お待たせ」

朝比奈労担以下、経営陣が入室してきた。着席後、向かい合うと互いに一礼し、寺内が淡々とした口調でメモを読み上げていった。

「お待たせいたしました。先ほどの団交でいただいた修正回答について、闘争委員会で慎重に論議しました。その結果をお伝えします。まず一時金について。組合要求額との乖離はあるものの、減益の中でのプラス回答、さらには我々の想いを受け止めての再回答は非常に重く、諾否検討の場でも『価値のある五百円』という見解で一致しました。また『採用ゼロの年はつくらない』『商業ビル建設に関する速やかな情報開示』など人員問題や増収策においても前向きな回答をいただきました。以上を鑑み、組織の未来へつながる再回答であると受け止め、一時金について諾といたします」

足を組んで座っていた朝比奈は、ここで一つ頷いた。寺内はそれを確認した上で先を続けた。

「続いて深夜労働手当引き下げ案について。この問題では今なお、労使の間で認識の隔《へだ》たりがあります。しかし、組合は今交渉で諸要求に挙げることにより交渉のテーブルにつき、さらには条件付きで引き下げ自体を受忍するなど大きな譲歩を重ねました。経営側からも修正回答、さらには『再々回答を視野に入れる』との発言もあり、解決に向けて一定の歩み寄りがありました。これを受け闘争委員会では『交渉の場を移し替え、建設的な意見交換を目指すことが妥当』と判断。『今交渉の要求という点では諾とし、継続協議と位置づける』とのことで全会一致しました。よって深夜労働手当引き下げ案に関する要求も諾といたします」

朝比奈はまた一つ頷き、少し表情を和らげた。寺内はメモから視線を外すと、顔を上げて労担の顔をあらためた。

「私はこれまで、情報の海を渡るのに、再販制度、記者クラブ制度、戸別配付でつくられた『新聞』という豪華客船にとって代わるものなどないと思ってました。しかし、九〇年代半ばよりパソコンと携帯電話が同時普及し、国民の生活の質を変えてしまいました。情報が無料《ただ》で手に入ることに加え、個人発信すらメディアとなりつつあります。クリック一つで先へ進める奥行きのある広告、検索一つで知りたい情報が得られる利便性と速報性。豪華客船とはまるで違う構造の、船ともボートとも判別がつかない乗り物が、今情報の海を疾走しています。回復しきれない経済、熾烈《しれつ》を極める国際競争、崩壊寸前の年金制度、国力をぐらつかせる少子高齢化。それらがない交ぜになって荒波と化し、我々の船を揺らしています。船底には穴が開き、徐々にその身が沈みつつあります」

寺内は息継ぎをするようにそこで言葉を区切った。その真剣な眼差しを見ただけで、武井は彼の「伝えたい」という気持ちが分かった。

「しかし、きれいごとを抜きにして我々は生き延びねばなりません。それは単なる生活者としてではなく、新聞人としてです。情報の独占は恐ろしいことですが、無責任に散逸することも然《しか》り。こんな時代だからこそ、新聞の存在意義が問われるはずです。これまで我々はさまざまな現場を踏み、あらゆる人々の悲喜に寄り添ってきました。心身ともにきつい仕事を続けるのは、世の中にはニュースを伝える人間が必要だという強烈な自負からです。厳しくも優しい目を持った記者を育てることもまた、我々の使命ではないでしょうか」

寺内は机の上で手を組んだ。

「今後は変化のために決断の連続となるでしょう。船体が小さくなって、もう誰も豪華客船と呼んでくれないかもしれない。それでも我々はそこに購読者という乗客、新聞人という船員がいることを忘れてはならない。誰一人としてないがしろにできない。人がいない船は、たとえ目的地に着いたとしても、沈むのを待つだけです」

寺内はここでまた間を空けた。気持ちを静めるようにして再び口を開いた。

「人がいて、初めて船は進みます。それをお伝えし、収拾とさせていただきます」

寺内が深々と一礼すると、経営陣も丁寧に頭を下げた。朝比奈が組んでいた脚を解いて座り直した。

「まず、武井君」

思わぬところで名指しされ、武井は立ち上がりそうになった。息を吸い込んでしまい、返事もできない彼に朝比奈が語りかけた。

「増収策や経費削減のアイデアを募る機関を設置することにしたよ。もちろん、団体で活動しているところには補助金も出す。君が言っていたグループを教えてほしい」

喜びより先に驚きで胸がいっぱいになった。

「はい！」

舞い上がってうまく声を抑制できず、裏声になった。当然のように笑いが起きる。それでも武井は嬉しかった。彼の頭に三笠たちの顔が浮かんだ。

「回答を拒否されたときは本当に腹立たしかった。でも、君たちは、一人ひとりが誠実な言葉を持って本気でぶつかってきた。再回答の五百円は相当きつい額だが、私は君たちに賭けてみたいと思った。これからも立場の違いからやり合うことになるだろう。しかし、私は何の心配もしていない」

労担は背筋を伸ばし「寺内委員長」と呼びかけた。

「これだけは言わせてほしい。我々も君たちと同じ船に乗っている。そして、同じ新聞人だ。深夜に汗を流す君たちの姿を見に行こうと思う。私も明日から心新たにして働ける。みんなに礼を言う。ありがとう」

長い旅を終えた気分だった。それはここにいる全員の思いだろう。経験したことのない達成感があった。でも、もうコリゴリだ。武井は心の底からそう思った。

十一月十五日午後九時三十三分。秋年末交渉は妥結した。

第九章　祭りのあと

1

十二人が対峙しているのは、数にしてその十倍はいようかという組合員の群れ。部屋の前方、「団結」の大きな赤い旗の上に「秋年末闘争　報告集会」と書かれた幕がある。本部メンバーはその前に立ち、最後のお役目を果たす。

収拾団交が終わっても武井の仕事は延々と続いた。交渉が収拾したことを知らせるマイク原稿を書き、ニュースと一問一答の原稿を仕上げたのは午前五時前。精根尽き果てた武井はまた組合会議室に泊まったが、三時間後には突然朝食を持ってきた遥に起こされた。それでも用意してくれたベーコンレタスサンドを感謝して平らげ、すぐさま完成したニュースを校閲した。そこからこの闘争を総括する「収拾見解」の執筆に入り、昼食休憩を挟んで脱稿したのが午後二時過ぎ。休む間もなく報告集会の会場づくりを手伝った。

闘争本部と隣接する団交部屋の仕切りを撤去し、中にあった机と椅子を全て放り出してつくった長方形の大きな空間。経営陣が陣取っていた地点に旗と幕を設置し、がらんとした部屋を見渡したとき、武井はようやくゴールテープが見えた気がした。

そして午後四時、業務に支障のない本社勤務の組合員たちが続々と集まり、総立ちの状態で報告集会が始まった。団結腕章を巻いた百人規模の集団は、日常生活では決してお目にかかれまい。異様な緊張感の中、拡声器を使って井川が闘争の経過と結果を報告し、続いて寺内が闘争を支えてくれた職場へ謝意を述べた。

「それでは、武井教宣部長の収拾見解です」

井川に紹介され、武井は前に進み出た。百数十人の視線が彼一人に集まる。武井の心臓は別の人格を持ったように騒ぎだし、足がすくみそうになった。井川に拡声器のマイク部分を口にあてがってもらい、彼は両手で原稿を持って構えた。手が震えて紙が波打つ。しかし、いざこれからというときになって、体の変調とは逆に心が落ち着いていった。これまでの自分なら考えられないことだ。武井はその変化に驚きつつ、自信を持って前を見据えた。

「収拾見解」

力強い声を発した後、武井は原稿を読み始めた。

「遠い未来、我が社の後輩たちが過去を振り返ったとき、今闘争は労使交渉の転機と位置づけられるかもしれない。減益での一時金プラス回答、社史始まって以来の深夜労働手当の引き下げ提案。前例のない局面は、新聞業界のうねりそのものを映し出している」

武井は一時金と諸要求の二つについて成果と課題を訴えていった。

一時金では五百円の上積みと「ゼロ採用の年はつくらない」「業務外注の一覧表を速やかに公表する」といった言質を取った。今後、商業ビルの建設には大きな関心を持って注視しなければならないことを付け加えた。

深夜労働手当では、経営側の提案を店晒《たなざら》しにすることによってさらなる不利益変更を被る可能性を考慮。交渉の中で修正回答を引き出し、削減率のさらなる緩和を迫る再々回答を約束させた。

ハラスメントは「職場相談員制度の創設」「ハラスメントに関する講習を管理職研修の際にも実施する」「就業規則にパワーハラスメントの罰則規定を盛り込む」という要求が認められ、全面勝利に終わった。

これは全て、厳しい交渉の末に組合が得たものだ。

「上方新聞には、増収策や経費節減策を考える有志の会がある。若手ばかりで人数も少ないが、彼らは業務終了後や休日に集まって真剣に議論している。今回の交渉で経営側は、彼らや同様の活動を展開する団体や個人に補助金を出す方針を固めた。今、『道徳なき経済は犯罪であり、経済なき道徳は戯言《たわごと》である』という言葉の意味を噛みしめたい。道徳と経済の両輪が回らなければ、会社は走り出せない。前進に必要なものは熱だ。この赤く燃えるような団結旗を前に、我々は一丸となって情熱の新聞を読者に届けよう」

もう震えはなかった。

武井は堂々とした態度で収拾見解を読み上げると、深々と頭を下げた。一瞬の間が空き、組合員の大集団から盛大な拍手が送られた。

自分一人だけに向けられる喝采。我がことながら、彼は純粋に胸を打たれた。振り返れば寺内が、源さんが、本部メンバーの仲間も惜しみなく手をたたいている。

全て終わったのだ――。

男子三日会わざれば刮目《かつもく》して見よ。武井の場合は三ヵ月かけてゆっくりと前へ進んだ。わがままな連中に振り回され、まともに眠ることすら許されず、偉いさんからの威圧や組織の重圧にも打ち勝った。彼は困難に真正面から向き合うことのつらさと悔しさ、そして強さを全身で知った。

その後、寺内が最後の本部指令「闘争体制の解除」を宣言し、秋年末交渉は幕を下ろした。

本部メンバーで広い会場の後片付けをしていると、冴子が武井に近づいてきた。何か言いたそうな顔に彼は一抹の不安を覚えた。

「ちょっと、収拾見解にセクハラ広告のことがなかったじゃない」

「もう勘弁してくださいよ」

予想通りの絡みに、武井はうんざりした。

「冗談よ。武井君にはいっぱい迷惑かけたから」

「否定はしませんよ」

冴子は明るい笑い声を上げると、肩を組んできた。長身の彼女と小柄な武井は三センチも身長差がない。突然のことで武井は驚いたが、同時に香水が鼻腔《びこう》をくすぐり鼓動が早まった。間近で顔を見れば文句なく美人だ。武井がきれいな鼻筋に見とれていると、冴子は新聞紙を取り出し、例の広告を見せた。

その瞬間、武井はまた現実に引き戻された。

「このおっさん、どう思う?」

「川島さんの言う通り下品です」

「そう思うわよね」

「笑顔自体がセクハラです」

冴子はおかしそうに笑うと、一枚の写真を取り出した。武井はそれを見て腰を抜かしそうになった。

中学校らしき校門の前で、セーラー服を着た幼い顔の冴子が立っている。彼女を挟むように大人の男女が写っていて、右隣は冴子によく似たすぐに母親と分かる女。問題は左隣にいるダサいセーターを着たおっさんだった。それは誰がどう見てもスーパー迫田の社長だった。

武井が魚のように口をパクパクさせていると、冴子は止《とど》めの一言を放った。

「中学生まで迫田冴子だったの」

「……。父親……」

武井が写真を指差すと、冴子は長い人差し指を唇に当てた。それから武井の耳元に唇を寄せ「内緒やで」と言ってすぐに体を離した。初めて聞く彼女の関西弁。容姿とのギャップにまた彼の心がぐらついた。

だが、颯爽《さっそう》と去っていく冴子の華奢な後ろ姿を見るうちに、武井は怒りが込み上げてきた。彼女があの広告にこだわったのは、セクハラでも何でもなく、ただ自分の父親が恥ずかしかっただけなのだ。

家でやってくれ。

武井はバカバカしくてため息も出なかった。だが、自分のカッターシャツの襟に残ったほのかな女の香りが、ちょっと嬉しくもあった。

頭に軽い衝撃があって振り返ると、寺内が組合ニュースを綴じたバインダーを持って立っていた。

「おまえ、ちょっとええ思いしとったやんけ？」

「えっ？」

「美人に抱きつかれて。俺、あんなん一回もしてもうたことないぞ」

交渉が終わって武井は思い出した。この人は「泡ふきアワビ　踊り食いの宴」の人だ。

「そんなええもんちゃいますよ」

「遥ちゃんにチクる」

「はぁ！　止めてくださいよ」

武井は真剣に焦った。冴子にドキッとしたのは事実だったが、あれは一過性のものだと、鈍い彼でもそれくらいはわきまえている。想い人はちゃんと他にいる。

「よし、それが恐ろしかったら明日の昼、時間空けとけ」

「まだ何かあるんですか？」

「いらんことは聞かんでよろしい。今晩の打ち上げでたらふく飲むから、二日酔いには気ぃつけとけよ」

寺内はドンと後輩の背中をたたいた。

「よし、ほんなら記念撮影しよか！　武井、遥ちゃん呼んでこい！」

2

秋晴れのもとに吹く風は、澄んでいた。

が、涼風を感じられるのは体の表面だけで、内側は胃のむかつきと頭痛による不快感に支配されていた。酔っ払いにとって二日酔いと後悔は同義語であるが、あと数時間もすれば肝臓が悔悟の念まで分解してしまうことを武井は知っている。

駅から北へ延びる大通りは、五分も歩けば道幅を狭めた。前を行く寺内は、勝手知ったる様子で信号のない交差点を左折した。ひっそりとした住宅街に邸宅が建ち並ぶ。ほんの一区画歩いただけで、寺内はまた北へ進路をとり、歩んでいく。紙袋を持ったまま行き先を言わない先行者に不審を覚えたが、武井は黙ってついていくしかなかった。

昨日、午後六時から始まった秋年末闘争の打ち上げは、時計の針が同じ形を示すまで続けられた。最年少男子の武井は当然のように飲まされ、記憶が飛んだのが何次会であったのかも定かではない。普段、大人しかったり、やたら礼儀正しかったりする人の中には結構酒乱がいる。しかし、武井の場合は少し明るくなるぐらいで有害な酔い方はしない。記憶もしっかりしている方だが、昨日は大幅に限度を超えてしまったようだ。

遥を入れて十三人。経営側のものまねから始まり「輪ゴム展」の襲撃計画や五味局次長のTOEIC四百点説などについて論議した。振り返ればどれもこれも実のない話で、あれだけ会社のことを真剣に考えていた人たちとは思えない俗っぽさであった。裏を返せばそれほど気の置けない人々の集まりとも言え、皆サラリーマンの有《あ》り体《てい》をさらしたにすぎないのだ。

それにしても——。十二時間は度が過ぎる。家に着くころには太陽からも白い目で見られていたのだ。五時間ほど寝たが、それで回復するほど甘い飲み方ではなかった。休みを取っていたものの、寺内との約束があったため強制的に身を起こした。トイレで吐いて熱いシャワーを浴びると、ようやく表へ出る気になった。

目の前に長い坂がある。武井がまさかと思ったとき、寺内は何の躊躇《ちゅうちょ》もなくそれを上り始めた。眩暈《めまい》がおさまるのを待って、武井は歩き出した。

「十四年前、経営危機が発覚した翌年のことや」

寺内が坂の上を見たまま話し始めた。硬い声音に、武井は敏感に告白の雰囲気を感じ取った。

「二課担から一課担にスライド異動したんは、ちょうど三十歳のころや。さすがに面食らったけど、事件の魅力に取りつかれてたし、何より警察以外の担当で成果を挙げる自信がなかった」

寺内は今の武井と同じ六年目で大阪府警二課担当に抜擢された。動物園で油を売っている自分と比較するまでもなく、彼が上方新聞のエース記者であったことがうかがえる。

「しかも、一年下の後輩がサブについたから一課で抜かれたら全部俺の責任になる。逆も然りで、手柄は直接この寺内のもんになる。口の堅い二課のサツを落としてきたから自信があった。でも、巡り合わせが悪かったんやろな。引き継ぎしてもらった一課の連中の異動が相次いで、エスが一人しかおらんようになった」

エスとは情報提供者を指す。大阪府警本部という全国的にも影響力がある主要取材拠点で、ほぼ丸腰となった記者の焦りは相当なものだろう。武井は相槌を打たず、ただ前を見て歩いた。

「当然、全国紙に抜かれ倒した。毎日事件デスクと府警キャップに絞られてな。なまじ二課のときに書いてたから、余計みじめになって。サブにも肩身の狭い思いさせたしな。でかいネタで一発抜き返したろうって必死やった。実績上げなサツからも信用されへんからな」

交渉本部の面々の例に漏れず、寺内自身も二日酔いであるはずだった。彼は歩き疲れたのか、いったん言葉を区切った。

住宅街の坂はまだ続く。幅の広い車道の左右には歩道が整備され、大半の葉を落とした桜の木が等間隔に並んでいる。武井は斜面に咲く桜を見たという記憶がなかった。ふと春に訪れようかと思ったところで、再び寺内が話し始めた。

「担当になって半年が過ぎたころ、サブが筋のええネタを引っ張ってきた。以前堺市のコンビニであった強盗《たたき》の件やねんけど、堺の市議が関与してるかもしれん、と。八年前の発生で被害額は十万ちょっと。けが人もなかったから普通やとベタ扱いやわな。でも、市議となると話は別や。犯人は二人組でその内一人のマル暴が捕まって、そいつが市議の名前を歌ったらしい。ほんまやったら、市議は事件の後に当選したことになる」

過去に暴力団と共謀し強盗事件を起こした現役市議。そして、時効前にその犯行が暴かれる。もし、自分がこのネタをとったなら。武井は興奮してなかなか寝付けないであろうと自らの姿を容易に想像することができた。

「久々の大ネタに浮き立って、キャップとサブとチームをつくって必死にネタを拾いに行った。他社が荒らしてる形跡もないし、絶対ものにしたかった。そのうちネタ元の一人から確かに堺市議について捜査してる班がある、ということを聞きつけた。物証の話がないままやったけど、これはいけると思った。いや、思いたかった」

嫌な表現だと武井は思った。同じ新聞記者として、先を聞くのが怖かった。

「ある晩、夜討ち先で『明日任意で引っ張るらしいで』と聞いたとき、決断を迫られた。もちろん予定稿は用意してある。後はパソコンの送信ボタンを押すだけや。でもな、土壇場《どたんば》で後輩の記者が見送りたいと言い出した。俺は府警ボックスから後輩を連れ出して怒鳴り倒したんや。頭に血が上ってて、気付いたら俺が責任を持つとまで言うてた。キャップと事件デスクとも話し合った結果、朝刊の一面でいくことになった。今考えたら、年長の三人が冷静さを失ってたんや。一課長に仁義を切りに行ったとき、真顔で『やめとけ』って言われたのに、俺は突っ走ってしまった」

黒いレクサスが二人を追い抜いた。日光を反射する黒い車体が武井には不気味に見えた。

「翌朝、一面で掲載した。不安な気持ちより興奮の方が大きかった。一発返したぞって、意気揚々とボックスに顔出したら、各社の記者が談笑してたんや。嫌な予感がして、声かけたらみんな妙な笑い方する。間違えたかもしれんとは思ったけど、あきらめられへんかった。市議は確かに最寄りの署に呼ばれてた。俺は夕刊段階で逮捕がないか警戒してたけど、一向に情報が入ってけぇへん。キャップと二人、一課長に呼ばれてめちゃくちゃ罵倒《ばとう》された」

寺内は話し始めてから一度も振り返らない。正直なところ、武井はもう続きを聞きたくなかった。しかし、聞かなければならないことも分かっていた。

「夕方になって、市議の身柄を放したって聞いたときは背筋が凍った。結果から言うと、完全な誤報や。パクられたマル暴と付き合いがあったことは認めたけど、犯行には全く関与してなかったんや。目の前が真っ暗になったで。市議の事務所に謝罪しに行ったときのことは、また機会があれば話す。とにかくきつかった」

この寺内が今にしてなお、きついと言うのだ。相当過酷な時間だったに違いない、と武井は察した。

「キャップと俺はすぐに担当外されたんやけど、情けない話、ほっとしたんや。もう怖くて記事書かれへんようになってたから。でもな、記者二人が担当外れたくらいでは収まらんかったんや。堺でうちの新聞の不買運動が起こってな。堺市内の販売店の一つがシャッター下ろしてしもたんや。店主の息子がその議員に就職を世話してもらってたという背景もある。もちろん会社から非公式に賠償金も払った。経営が苦しい中で、最悪の事態やった」

寺内の声が微かに震えた。武井は新聞記者という自らの生業に対し、強い恐怖感を覚えた。普段自分が出稿している記事の中にも、同じような落とし穴があるかもしれない。

「その販売店に何回も足運んだけど、店主が俺だけにはどうしても会ってくれへんかった。たった一本の記事が、人の人生を変えてしもたんや。それから俺は文化部に一年半おって、自分で希望書いて販売局に行ったんや。新聞社の花形は記者やっていうのは思い上がりやった。昨日、おまえの収拾見解聞いて、こいつは二十八でここまで会社を客観視できるんかって感心したで」

敵《かな》わない相手からの思いがけない言葉を受け、武井はようやく口を開いた。

「僕の収拾見解はみんな寺内さんの受け売りみたいなもんです。つい三ヵ月前まで他の部署のことなんか考えたこともなかったですよ」

「俺がおまえを選んだのは、何も筆が早いからだけやない。クラシックの原稿な、おまえは何回書き直しを命じられても嫌な顔一つ見せへん。愚直に最善を尽くそうとする。おまえは芯があるから心が折れへん。心を折らん奴は筆も折れへん。要するに、しぶといんや。厳しい交渉になるのは分かってたから、俺にはどうしてもおまえという支えが必要やった」

自分が寺内の支えになっていたなどと、武井はまるで考えたことがなかった。寺内はどんなに難しい局面でも常に大きな柱だった。今もその広い背中を見て思う。

「二十年後、うちの会社残ってると思うか?」

寺内は諾否検討の中央委員会の日にした質問を再び投げかけてきた。

少し考えた後、武井は強い声音で告げた。

「なんとかします」

寺内はようやく振り返った。彼は小さく笑って「着いたで」と言った。

坂の上にあったのは大きな白い建物だった。

3

アーチ状の門扉は開け放たれていた。

武井の身長の倍はありそうな門をくぐると、芝生の海であった。鮮やかな緑の真ん中に、五十メートルほどアスファルトの道が延びている。その先にある白い建物は、敷地の広さを主張するように横長だ。遠目から見ても清潔感が漂う。屋上に大きく「北神会病院」の文字が浮き上がっている。

「誰か入院してるんですか？」

武井の問い掛けに曖昧に頷くと、寺内はアスファルトを踏みしめた。

ロータリーを抜け、自動ドアを開けて中に入る。ロビーの面積も大きい。目の前に黒いベンチの群れがあり、それを埋め尽くそうかという人々がいる。そのほとんどがお年寄りであった。閑静な住宅街、それも坂の上にあるというだけで非日常のイメージを持った武井は、人の多さに意表を突かれた。

寺内はその群れの方へは目も向けず、入り口右手へ進んだ。横一列に四基のエレベーターが並んでいる。彼はためらうことなく、上を表す正三角形のボタンを押した。

三階で降りると、目の前は壁だった。掲示板の役割は果たさず、ただの白い行き止まりでしかない。寺内は左手に走る廊下に出ると、右折した。

長い廊下の先は大きな窓で、貪欲《どんよく》に日光を取り込んでいる。

二人が進む途中、奥の方の部屋から男が一人出て来た。男は見送りに出た小柄な女性に一礼すると、くるりとこちらを向いた。白髪が陽光に照らされて光っている。逆光ではあったが、武井はそのシルエットで、男が誰であるかが分かった。

二人と男の距離が縮まっていく。同じ空気が吸えるぐらいになって男たちは動きを止めた。

「五年になる」

朝比奈の引き締まった声を聞くと、寺内は「ええ」とだけ応えた。あれほど舌戦を交えたというのに、今の二人にはそれ以上の言葉はないようだった。

粛然とした廊下で三人は互いに目礼を交《か》わした。

遠ざかる足音を背に、武井たちは歩を進める。朝比奈が出て来た個室の前に来ると、寺内は一つ呼吸を整えてドアをノックした。

スライドして開かれたドアの向こうに、黒いカーディガンを羽織った女が立っていた。一見して朝比奈と同世代だと分かるが、きれいな顔立ちをしていた。

「お待ちしていました」

女は華やかに笑った。

「いつもつまらない物ですみません」

寺内はそう言うと、紙袋を手渡した。

「いえ、とんでもない。ありがたくちょうだいします」

女の視線がすっと武井の方へ流れた。寺内はそれを察知して後輩を紹介した。

「社会部の武井です。桐山《きりやま》君の六年後輩にあたります」

桐山と聞いて武井はハッとした。面識はないが、名前は今でも聞く。

「六年ですか？　さっきも朝比奈さんと月日が流れるのは早いって話をしてたんです。この子も年をとるはずです」

女は会釈すると「桐山の母です」と武井に告げた。こういうケースでの適切な言葉が分からず、武井はただ名乗るだけにして笑顔を返した。

「お茶入れて来ますね」

桐山の母は少しだけ声を弾ませ、盆を持って部屋を出た。

白い壁に囲まれた病室の真ん中にベッドがある。眠っているように見える男の鼻には呼吸器の管が通り、掛けぶとんの右端からも一本の管が出ている。

窓の外は青かった。雲はなく、窓の幅いっぱいに塗りつぶされた瑞々《みずみず》しい空色。武井はなぜか高校野球が見たくなった。空色のキャンバスには枯れ木が見える。武井が眺めていると、寺内が「梅や」と教えてくれた。きれいに剪定された枝には一枚の枯れ葉もない。年が明けてひと月もすれば、可憐《かれん》で控えめな花を咲かせるのだろう。

「今日で丸五年になる」

寺内はベッド横にある丸椅子に座った。武井は立ったまま返事だけした。当時、彼はまだ地方支局の駆け出しだったが、府警回りの先輩記者が自損事故を起こしたことは知っていた。

「経営危機が発覚してすぐに府警本部回りのハイヤー廃止案が発表されてな。さすがにそれは危ないっていうことで、編集局の枠を飛び越えて組合問題にまで発展したんや。当時は編集畑の経営陣で失敗したもんやから、しばらくは記者憎しの風潮が少なからずあった。営業系、総務系の人間には、府警回りのきつさが実感として分からんかったんやと思う」

夜討ち朝駆けの毎日では、夜明け前と昼に仮眠をとる生活が三百六十五日続く。本部回りの事件記者はハイヤー移動が基本である。寝不足の状態で車を運転すれば、危険なのは目に見えているはずだ。

「今思い返しても、何であんな判断になったんかがよう分からん。でも組織って、時としてアホみたいな暴走しよる。十年弱の間、うちの本部回りは配属車を自分で運転してたんや。サツもあんまりええ顔してなかった。でも、慣れてくると誰も何も言わんようになる。結局、ハイヤー問題が経済交渉の諸要求になったんは最初の一回だけや」

寺内の表情は冷たかった。怒りが透けて見える分、迫力があった。その視線が桐山の方へ向いた。

「こいつはええ記者やった。俺と同じ二十八のときに本部回りになって、生活安全部《せいあんぶ》を中心に回っとった。逮捕原稿も抜かれんと食らいついとったし、コンスタントに特ダネも書いとった」

武井は桐山の顔を見た。管が通された鼻が痛々しかったが、母親に似て色白で端正な面立ちをしている。髭もきれいに剃《そ》られ顎《あご》回りの肌はなめらかだった。

「何でもない直線道路やった。深夜やったけど、見通しも悪くない。車は歩道に乗り上げて街路樹をなぎ倒した後、横転して車道にひっくり返ってたそうや。スピードは大したことなかったみたいやけど、シートベルトをしてなかったらしい」

シートベルトが面倒なほど疲れていたのか、忘れるほどのネタをつかんだのか。武井は当時の桐山の心境を推《お》し量《はか》ってみたが、本人以外には分かり得ないことだ。ただ、他社の本部回りのようにハイヤーがあればと羨《うらや》んだことだろう。

「あれから五年、こいつは一度も目を覚ましてない。販売局から帰ってきた後、俺が社会部におったことは知ってるやろ？　事故当時の事件デスクは俺で、朝比奈さんは編集局次長やった。事故からすぐに本部回りのハイヤーが復活したけど、それも警察がしつこく事情を聴いてきたっていうのが背景にある。桐山が犠牲にならな変えられへんかったんかと思う。その怒りは当然、己にも向いてる」

寺内はそっと吐息を漏らした。

「みんな大人になるんが嫌なんは、忘れたらあかん事情が増えていくからかもしれん。でも、だからこそ人の気持ちが分かるようになる。年取るごとに賢なったように錯覚してまうけど、犠牲の上に成り立つ学習を繰り返してるだけやったら、結局アホやと思わへんか？」

武井は何と答えればいいか分からず、黙って寺内の背中を見た。

「桐山の存在は、俺らの宿題なんや」

自らの過去と後輩の事故。男は担うべくして委員長の重責を背負ったのだ。

「毎年ここへ？」

寺内は頷くと「朝比奈さんもな」と言った。

ドアが開いた。盆を持った桐山の母が入ってきた。

「熱いから気を付けてね」

彼女は湯呑《ゆの》みを渡すとき、子どもに接するような目で武井を見た。

熱い茶をすすっているとき、武井は桐山の枕元に上方新聞が置かれているのに気付いた。

「それ、今日の朝刊ですか？」

武井が尋ねると、桐山の母はえくぼを見せて頷いた。

「ええ年した親子が変なんやけどね。毎日、新聞の読み聞かせをしてるんよ」

「読み聞かせ？」

「ええ。私が読んで面白かった記事をね、耳元で読み上げるんです。特にこの子は事件に興味があったから、それを中心にしてね。あとは同期の子とかお世話になってた先輩の署名記事を選んで読むんです。何を読むのも私の勝手。ここでは編集長ですから」

母親はまたえくぼを見せた。彼女はこの静かな病室で毎日、毎日、新聞を朗読する。読み終えても何の反応も示さない息子を見て、母親は何を思うのだろうか。その情景を想像した武井の胸は、切なさで満たされた。

「武井さんもそうかもしれんけど、男の子は全然連絡してけぇへんでしょ？　この子もそうやった。いっつも上方新聞の署名記事読んで、あぁ元気に働いてるんやなぁって。この子が書く血なまぐさい記事読んで安心するやなんて、ちょっとおかしいでして。

ょ？」

武井は何も言えなかった。彼は母の顔を頭に浮かべ、これからも妹への仕送りを続けようと思った。

「なんぼ忙しくても、元気やったらそれでよかったのに。たまに帰って来て、何にも言わんと私の作ったもん食べてくれるだけでよかったのに。息子に高望みしたことなんか一回もないんですよ」

母親はティッシュ箱から二枚引き抜いて、折り畳んでから目元に当てた。

「まぁ、よう寝てからに」

優しい視線を向け、彼女は息子の髪を撫でた。

息子を信頼し、新聞を朗読しながら目を覚ますその日を待っているのだろうと思うと、武井の胸はまた、圧迫されたように苦しくなった。

桐山の母が枕の近くに置いてあるミニコンポに手を伸ばした。彼女が再生ボタンを押すと、ヘンリー・マンシーニの「ひまわり」が流れ始めた。

母親に見送られて病室を出ると、武井は先ほどの朝比奈の姿を思い出した。寺内と二人、廊下を歩くうちに彼の頭にふと信頼という言葉が浮かんだ。そして、武井は導かれるようにして理解した。

労使関係において最も重要なことは信頼関係である、と。

交渉期間中、寺内が幾度となく経営側の圧力を押し返したのは、根本の部分で彼らを信頼していたからではないか。朝比奈たちもまた、寺内に対して同じ気持ちを抱いていたように武井は思う。

自らの過去を誠実に見つめる男と、その過去を含めて一人の人間を信じる男。互いに完璧ではないにせよ、同じ方向を歩んでいることだけは確かだ。

「敵は倒すためにあるんやない」

芝生の海を見て、寺内がぼそりと漏らした。先日、遥が、いや彼女の父が言っていたという言葉と全く同じだったので、武井は驚いた。遥がその続きを忘れていたため、彼はずっと気になっていた。

「何のためにあるんですか？」

寺内は芝生を見たまま静かに声を発した。

「歩み寄るためや」

エピローグ

武井の私物は紙袋一つに収まった。

土曜日の午前中、誰もいない休日に私物を整理しようと決めていた。仰々しく見送られるのは彼の性分には合わない。何より寺内との密約のことをあれこれ聞かれるのが面倒だった。それに、自分だけ途中で離脱するのも気が引けた。

武井は教宣専用のデスクをコツコツと指でたたき、感傷に浸《ひた》った。

始まりは真夏の新世界での逃走。意味も分からぬまま寺内に出会い、それが罠だと気付かずに串カツを食べてしまった。「恍惚の里」のばあさんは元気だろうか。思えば自己紹介のときからけんかしていた。オルグの思い出はＹＡＳＵＳＨＩとともに。遥がよく持って来てくれたマグカップはパソコンの横に置いた。ニュースにメモ打ち。書いた文章は数えきれない。

いつの間にか武井の顔に笑みが広がっていた。彼は振り返って楕円形のテーブルをさすった。

このテーブルでいくつの議論をこなしただろうか。一時金と諸要求。みんな必死になって作戦を持ち寄った。冴子の乱心は今思い起こしても苦笑が浮かぶ。ちょうどこの前で彼女は仁王立ちしていた。ここにふとんを敷いているときは、気絶の一歩手前だった。

武井は壁一面を覆い尽くす大きなロッカーの前に来た。「交渉本部」と「闘争本部」の木の看板が無造作に置かれている。

初めての団交はなす術もなく完敗。あれからずっと自己嫌悪が続いたのだ。中央委員会での諾否検討は荒れに荒れ、収まりがつかないまま委員長一任という結末に至った。拒否を伝えたときの朝比奈の剣幕といったらなかった。理由も聞かず途中で退場したことは、やっぱり問題だ。最後は全員で思いをぶつけた。塚本に名指しされたときは生きた心地がしなかったが、気持ちを伝えられたことが何より嬉しかった。「私には交渉を収拾する責任がある」と言ったときの寺内の声は今も耳に残っている。

武井は反対側の壁一面に貼られている十三枚のカレンダーを見た。八月〜十月には、赤いマジックで大きな「×」印がつけられている。あと十日ちょっとで十一月のカレンダーにも「×」が入る。そのときにはもう、自分はいない。

収拾団交で聞いた寺内の言葉は忘れないだろう。最後に朝比奈が自分の意見を認めてくれたことも。百人以上の集団の前で収拾見解を読んだことは、今でも信じられない。交渉からの解放感が神経を狂わせたのだろうか。心も体も震えたあの経験は大切な宝物だ。

武井は紙袋を持って出入り口の前に立った。あらためて部屋を見渡してみる。あれだけみんなで話し合って、準備して、体を痛めつけて、神経をすり減らして。それを考えれば、交渉で勝ち取ったものは微々たるものだ。しかし、今の彼にはその半歩ずつの前進がとても大切なものに思える。ずっと昔から、同じように泣いたり笑ったりして積み重ねてきたものの上に、自分がいる。待望のゴールテープが目前にあるというのに、ためらいもなく涙腺が緩んだ。

隣の書記局をのぞいた。もしやと期待したが、目当ての人はきっちり休みを取っていた。それでいい。労働者の当然の権利だ、と冗談めかして思ったが、胸の内は霞んでいった。

彼女のデスクの上には赤いエプロンが置いてあった。

初めてまともに話したのは「恍惚の里」だ。得意の創作ダンスで失点したが、真夜中の卓球は幸せそのものだった。ひたすらこのラリーが続けばいいと願い、心が通い合うような感覚があった。経験不足から異性のことになると鈍感な武井だが、今さらながらあのころから彼女を意識していたことに気付いた。

武井が深夜までニュースを書いていると、遥は一緒に残ってくれた。写真でしか知らない「ニャー吾郎」は元気だろうか。マグカップから立ち上る湯気でメガネを曇らせる遥、男のパンツを見ても平然としている遥、泊まり道具を用意してくれる遥、頼みもしないのに朝食を用意する遥、ふとんを運ぶ遥。武井は全ての場面で一つひとつ彼女の笑顔を思い出すことができる。

会いたい、と思った。

しかし、武井には想いを告げる勇気がなかった。彼の物差しでは知人から恋人への距離はおそろしく長い。その道中で必ず恋人の存在を疑い、事実を知らない方が幸せだと逃げてしまう。結局連絡先すら聞けないまま、彼はここを去ろうとしていた。社内で偶然会えることを願いつつ、時だけが虚しく過ぎ去ることを武井は知っている。

今、何をしてるんだろう。

休日の遥を想像した武井は、そこに架空の男の影を膨らませて勝手に落ち込んだ。そんな自分を嫌悪し、さらに気持ちが塞いだ。

踏ん切りをつけようと、武井は書記局を出てドアを閉めた。一瞬の間を置いて、またドアを開けて中をのぞく。そうしている間に彼女が出社しないかなどと現実味のない期待をしてみたが、長い廊下の先には当然のように誰もいなかった。

お似合いの最後だと自嘲し、彼は無人の廊下を突き進んだ。

本社ビルを後にした。感傷的な気持ちをうまく消化できずにいた武井は、そのまま待ち人のいない部屋に戻る気にはなれなかった。梅田の大型書店に立ち寄り、当てもなく店内を歩いた。何冊か新刊の小説を手に取ったが、文字が頭に入ってこない。立ち読みすらままならず、彼は店を出た。こんなとき、武井の頭に浮かぶのは一つしかなかった。

＊

行楽シーズンの休日とあって、天王寺動物園はにぎわっていた。売店近くのベンチに座ろうと思ったが、正午前ということもあって空席がない。ゲームコーナーへ行って徹少年の姿を探したが、見当たらなかった。タイガーマスクの詩人もいない。武井は珍しく、無性に人と話したい気分だった。

少年から尾行の忠告を受け、そこから始まったのだと、気が付けばまた組合のことを考えていた。

一周回るのに三十分もかからなかった。ようやく重症だと自覚し、傷心を引きずって出口へ向かう。家で酒を飲んで寝ることにした。

執行部から離れることが寂しいのか、遥と疎遠になることが苦しいのか。頭の中がよく整理できていない。武井は今日一日かけてゆっくり考えようと思った。

ＤＶＤでも借りて帰ろうかと思案しながら、白雪姫時計の前を過ぎたときだった。不意に脇腹をつつかれた。

「兄ちゃん、尾行《つけ》られてんで」

目線を下げると徹がニヤついていた。一丁前に龍の刺繍が入ったスカジャンを羽織っていたが、不釣り合いな半ズボンがかわいらしい。たかが少年一人に会っただけで武井は救われたような気になり、言われもしないのに五百円玉をやった。徹はちゃっかりそれをスカジャンのポケットに仕舞った。

「だから、尾行られてるって」

武井はそれが小遣いを巻き上げるための冗談だと思い、端から信じていなかった。

「まだ足りひんのか？」

大人から金の亡者《もうじゃ》と見られたことが癪だったのか、徹は怒った顔をして後方を指差した。

淡いピンク色をしたマキシ丈のプリーツスカートが風に揺れていた。メガネをしていないので一瞬戸惑ったが、はっきりとした二重瞼は彼女のものだった。

全身に喜びが突き抜け、武井は自然な笑みをこぼした。

「ほな、毎度」

生意気にも気をきかせて、徹が去っていく。再び彼女を見ると、我慢できなくなって武井は一歩を踏み出した。小汚い紙袋を下げていることに気付いたが、とにかく近づきたい気持ちを抑えられなかった。

「猫、見る？」

遥は真っ直ぐに武井の目を見て言った。白く美しい肌に口紅で色づいた唇がよく映える。艶《なま》めかしい大人の女の顔だった。

遥は手にしていた紙を武井に差し出した。新聞記事の切り抜きであった。

「覚えてる？」

強い風が吹き、語尾をかき消した。長い髪がなびくのを見て、武井は女を感じた。遥が照れたような顔をして記事を指差す。そうして自分が彼女の顔に見とれていたことを知ってハッとした。武井は受け取った記事に目を通した。

上方新聞の地方版。支局の前に捨てられた三匹の仔猫の飼い主を募集する記事だ。仔猫たちの写真が何とも愛らしい。記事は武井が一年生のときに自分で書いたものだ。無論、写真も自分で撮った。それぞれの猫の視点に立って、一人称の台詞調で仕上げたシュールな記事だった。武井涼という署名が過去を消してくれない。確か支局にいたアルバイトのお姉さんが奮闘して、三匹とも飼い主を見つけてきたのだ。あれから、ときどき支局に仔猫や仔犬が捨てられるという現象が起き、アリゲーターガーの子どもが置いて行かれたときには「ワニがいる」と支局が大騒ぎしたのだった。

「当時は書記局でバイトしてたんやけど、上司にこの記事を見せられて。こんな記事を書く人はきっと優しいやろうなぁって想像してた」

遥はショルダーバッグから手帳を取り出すと、ニャー吾郎の写真を見せた。

「ひょっとして……」

武井は再度自分の記事を見た。「ぼく、ニャー吾郎。ミルク大好き元気な男の子」——。あのミルク大好きがこんな管理職みたいな猫になったのか。年は取りたくないもんだとしみじみ思った武井だったが、何より元気でいてくれたことが嬉しかった。

「武井さん全然気付いてくれへんかったし」

怒った顔も美しいとはどういうことだろうと、武井の頭は完全にショートしていた。

「それで何回も写真見せてきたん？」

「そう。私、教宣が武井さんになるって聞いて楽しみにしてたんやから」

覚えていないのはまずかったが、今まで何千本と書いてきているのだ。記憶に残る記事の方が少ないのは当然だろう、という反論を呑み込んで、武井はニャー吾郎の写真に頭を下げた。

ここで武井はようやく躁《そう》状態から落ち着いた。当然、遥がなぜここにいるのかという疑問に行き当たった。年ごろの女が一人で動物園に来る可能性は低い。不安に思ったが、聞かなければこの先はないと武井は決心した。

「今日は誰かと来たん？」

さりげなく聞くつもりが、頬が強張り声も緊張していた。

笑ったまま遥が頷くのを見て、武井はしゃがみ込みそうになった。

やっぱり脈などなかったのだ——。

ぬか喜びした分、全身の脱力がひどかった。告白しなかったのが唯一の救いだが、体面は救われたとしても心は死んだに等しい。そうして最悪の結果を知ると、ますます遥のことを想う気持ちが浮き彫りになった。

武井は余力の全てを顔に集めて最低限の笑顔をつくった。

「ほんなら僕、用事あるから行くわ」

武井が虚しい嘘をついたとき、今度は遥から笑みが消えた。

「用事って何？　これから誰かと会うの？」

「まぁ」

「女の人？」

「まぁ」

急に質問攻めされて泡を食い、武井は意思とは真逆の曖昧な言葉を返した。眼前の遥が唇を噛んで表情を引き締めた。伏せていた二重瞼の目が元の位置に戻ると、武井は強い視線で見つめられた。

「今日は武井さんに会いに来たのに」

「えっ！」

武井は愚かにもうろたえた。彼は今がどういう状況なのか理解できず、有料でもいいから誰かに解説してほしかった。

「武井さんに、その、女の人がいるとは知らなかったから……」

「嘘です！」

武井は反射的に叫んだ。

「はぁ？　嘘？　なんで？」

遥の言葉には普段の物腰からは考えられないほどの険があった。眉間に皺が寄っていることからも気分を害していることが分かる。

武井は弁解しようとしたが、それはもう告白を意味する。彼は相当の心の準備がないと本音が言えないタイプだ。ここで打ち明けた方が楽になるのは分かっているのに、どうしても前へ進めない。

遥が怪訝《けげん》そうに自分を見ている。武井はこの追い詰められ方に覚えがあった。若い頭がすぐに該当のシーンを弾き出す。団交で突然塚本に指名されたときのことだ。あの衆人環視の状況に比べればマシではないか、と思い込もうとしたが、なかなかうまくいかなかった。彼にとって異性への告白は人生に関わる一大事である。

「なんでそんな嘘ついたん？」

遥の言葉はその先の答えを期待する響きを含んでいたが、武井はそんなことにまるで気付く様子がなかった。

「帰るよ」

肝心なところでもじもじされると、女の方はたまらない。遥はいつになく厳しい態度で武井に接した。

強く出られたことで、武井はさらに焦った。もう一度団交で発言したときのことを思い出し、自らを強引に鼓舞した。

「意地を張ってしまって」

「意地？」

「今日、誰かと来たって言うたから、男の人と来てるもんやと思って……。それを恐れてたというか……」

すぐにしどろもどろになった。団交のときのイメージがどんどん遠ざかっていく。鼓動が早まり、異様なスピードで刻み込まれる心音が混乱を助長する。探せば探すほど言葉が逃げ出し、あちこちに散らばったフレーズが暴れて脳内の騒乱が極まった。

「はっきりして！」

とうとう遥の堪忍袋の緒が切れた。武井の前に彼女の小さい顔が迫った。

「私のことどう思ってんの？　好き？　どっちでもいい？」

好きという以外にないのだが、武井は何と言えばいいのか分からなかった。なおも醜態をさらす男に、遥は愛想を尽かしたように背を向けた。そのまま園内の奥へと進んでいく。

このまま放っておけば、遥は一緒に来た男のところに戻る。そう思うと武井は嫉妬でおかしくなりそうだった。「はっきりして！」という遥の声が彼の頭に甦った。

もう死んでもええ——。

心と脳をつないでいた臆病の糸が、ついに切れた。

「好きに決まってるやろ！」

遥が動きを止めた。彼女はその場で背を向けたままうつむいてしまった。武井は遥の元へ走り、正面に回り込んだ。両手で細い肩を抱いた。

「会いたくて、会いたくて、今日も一日中ずっと顔を思い浮かべてたんや。連絡先も聞かれへん自分が嫌になって、いつもやったら動物見ただけで元気になれるのに、もう全然あかん。遥やないとあかんっ。誰と一緒に来てるか知らんけど、戻らんでもええ。何やったら今からでも勝負したる！」

遥が呆気にとられたような顔で武井を見ている。本人ですら自らの変化が信じられなかった。勢いに任せて遥を呼び捨てにしたものの、それでよかったのか早くも不安になっていた。

勢いよく遥が抱きついてきた。武井は嬉し泣きを堪《こら》え、思い切り抱きしめた。

「一緒に来てる人、極真の黒帯やけど大丈夫やんな？」

武井の胸の中で遥が恐ろしい事実を打ち明けた。武井は一瞬、逃走ルートを思案したが、二、三発ぐらい辛抱しようと心に誓った。そして、それ以上の事態になったときは大阪府警の世話になろうという現実的な計算も忘れなかった。

彼は遥の瞳を見つめた。

「大丈夫。交渉ごとは黒帯や」

遥が笑うと背中に衝撃が走った。早速きたかと身構えると、寺内が立っていた。

「なんで？」

「なんでとちゃうわい。とりあえず、遥ちゃんから離れろ」

武井と遥は慌てて距離をとった。寺内はいやらしく口元を歪めている。

「一緒に来てる人」

遥が寺内を指差した。武井はまたパニックになった。彼は再び遥の肩をつかんだ。

「寺内さんと付き合ってるんか？」

遥のビンタと寺内による背中への一撃を同時に食らい、気を失う前に片膝をついた。

「あほ！　遥ちゃんがお前に会いたいって言うからついて来てやったんやろ」

武井はとりあえず手の届く頬の方を押さえ、背中は遥にさすってもらった。

「でも、何で僕が動物園に来てるって分かったんです？」

「所詮、武井や。それにおまえがここにおらんかったら、遥ちゃんとデートできるしな」

二十八にもなって動物園しか行くところがないと言われているようで癇《かん》に障《さわ》ったが、正解なので言い返せなかった。

「ほれ」

寺内が武井に写真を渡した。報告集会の後、団結旗を背景にみんなで撮ったものだ。みんな解放感からか笑顔が弾けている。記念写真としては最高の一枚だった。

そっと去ろうとしたが、見つかってしまったものは仕方がない。妙なタイミングではあったが、武井は随分と世話になった寺内へ別れのあいさつをしようと思った。

「拙い教宣部長でしたけど、三ヵ月間、お世話に……」

「もう春闘の準備やで、武井」

けじめのあいさつを遮られたので違和感を覚えたが、武井は言葉を続けた。

「三ヵ月間、お世話に……」

「秋年末終わったとこやけど、明後日の執行委員会はあるからな」

「はぁ。じゃあ坂下さんに言うといたらいいですか？」

「何でや？」

「いやいや、来週から坂下さんでしょ。僕は秋年末までの代打なんですから」

「おまえ、眠たいんか？」

「どういう意味ですか？」

怪しい気配が漂ってきた。

武井が遥を見ると、彼女は背中をさするのを止め、バッグから昨年度の議案書を取り出した。

「組合規約知ってるよね？」

「どういうこと？」

「第六十一条、任期中における執行部員の交代は原則不可。やむを得ない事情がある場合のみ、中央委員会での承認後交代を認める」

遥は規約を読み上げると、武井に微笑みかけた。

「寺内さん、これどういうことですか？」

「知らんかった」

「そんなアホなことないでしょ！　秋年末までの約束です！」

「おまえ交渉ごとの黒帯なんやろ？」

「聞いてたんですか！」

「『好きに決まってるやろ！』から全部聞いた」

これこそ断固「拒否」だ。武井は何が信頼関係やと、感傷的になっていたころの自分を殴ってやりたくなった。

「絶対嫌ですからね」

「組合員やったら規約に従え」

「ダメです。辞めます」

「あかん。おまえが辞めるなら遥ちゃんとの交際は認めん」

「関係ないでしょ！　二人の問題やねんから」

武井は振り返って遥に救いを求めた。彼女は任せとけとばかりに頷いた。

「委員長に一任します」

武井は気絶しそうになった。

「何考えてんねん！」

「武井！　断ったらおまえがここで言うてたこと会社中、いや、他労組にもバラすで」

「卑怯な……」

「おまえがノートに遥ちゃんの似顔絵を描いてるのも言いふらす」

「なんで知ってるんですか！」

「これが黒帯の交渉や」

午前中、組合会議室にいるときはもの寂しかったが、いざ続投を宣告されると心が折れそうになった。

「あっ、みんな来た！」

遥が入り口を指差した。彼女が手を振ると、執行部の五人も手を振り返した。いつもはスーツ姿の切下と中山も今日は私服だ。

「どうする？　しんどいけど、遥ちゃんがいっつも隣の部屋におるで」

寺内は武井の方など見ず、五人へ手を振っている。忍《しの》びのような声にすきはなかった。

それも悪くない、と武井の心が動いた。

遥が奇声を上げてみんなの方へ走っていく。執行部の面々も大人げなく叫び声を上げて駆け出した。

武井は寺内にもらった記念写真に目を落とした。

その小さな紙には輝きが詰まっていた。厳しい交渉を闘った仲間たち。一人ひとりの笑顔がまばゆい。ともに暗いトンネルの中を歩き、外には光があることを見つけた。

途中で逃げ出すのなら、卑怯なのは自分の方かもしれないと思った。それが武井の甘さであり、優しさであった。

寺内が右手を差し出す。

武井はしっかりとその手を握り返した。

二人は目を合わせると、笑った。そして、どちらからともなく言った。

「ともにがんばりましょう」

解説

角田龍平（弁護士）

かい人21面相ぇ
ばれてるで　よんだら　きけん
つみのこえ

私が著者の小説『罪の声』の広告に寄せた惹句である。

グリコ・森永事件をモデルにした『罪の声』の快進撃が止まらない。

平成二十八年八月に発売されるや、瞬《また》く間に十五万部を突破。山田風太郎賞、「週刊文春ミステリーベスト10」第1位に輝き、本屋大賞にもノミネートされた。近い将来、映像化されることも間違いないだろう。

『罪の声』が読者の圧倒的支持を得ているのは、著者が昭和最大の未解決事件を解決したからである。

もちろん、『罪の声』はフィクションであり、かい人21面相の正体を暴いているわけではない。

著者は、時効を迎えて司法による解決が不可能になったグリコ・森永事件を、文学によって解決したのである。

事件には時効があるが、人生には時効がない。

グリコ・森永事件では、録音された子どもの声が恐喝に使われた。

幼少期にわけもわからぬまま昭和最大の未解決事件の共犯者となった子どもは、今どこで何をしているのだろう？

学生時代にグリコ・森永事件に関するルポルタージュを読み、幼き共犯者の存在を知った著者の脳裏に浮かんだ疑問符。

十五年後、著者は録音テープの中の子どもに〝曽根《そね》俊也《としや》〟という人格を与えて自らの問いに答えを出す。

〈これは、自分の声だ。

京都でテーラーを営《いとな》む曽根俊也は、ある日父の遺品の中からカセットテープと黒革のノートを見つける。ノートには英文に混じって製菓メーカーの「ギンガ」と「萬堂」の文字。テープを再生すると、自分の幼いころの声が聞こえてくる。それは、三十一年前に発生して未解決のままの「ギン萬事件」で恐喝に使われた録音テープの音声とまったく同じものだった〉（『罪の声』帯文より）

綿密な取材で忠実に再現されたグリコ・森永事件の事実経過を縦の糸とすれば、架空の存在である曽根俊也とその家族の物語を横の糸に紡《つむ》いだ『罪の声』。

縦の糸が強固であるがゆえに、横の糸で鮮やかな物語を紡ぎ出すことに成功した著者は、迷宮入りした未解決事件を小説という手法で解決してみせた。

フィクションとノンフィクションの境界線を見失った読者は、かい人21面相が新聞社に送った挑戦状をもじって冒頭の惹句を書いた私だけではない。

数多《あまた》の事件を報じてきたあの久米宏でさえ、パーソナリティを務めるラジオ番組で『罪の声』を「グリコ・森永事件の真相が書かれています！」と興奮気味に紹介した。

著者が『罪の声』で読者にある種のイリュージョンを仕掛けることができたのは、新聞記者としての経験に依《よ》るところが大きい。

著者は大学在学中から小説家を志して執筆を開始したものの、社会経験の乏《とぼ》しさが筆を鈍らせていることに気づき、小説家になるための手段として新聞記者という職業を選択する。

その選択は正しかった。

地方紙ながら歴戦の猛者《もさ》が集う神戸新聞で著者が手に入れたものは少なくなかった。

端正で一読了解の文章力、後に『罪の声』で遺憾なく発揮されることになる綿密な取材力。そういった技術はもちろんのこと、さまざまな現場を踏み、あらゆる人々の悲喜に寄り添って新聞人の矜持を得た。

本書は、小説家に必要なパーツを手に入れた著者から神戸新聞に宛てた〝卒論〟と位置づけられよう。

本書には、かい人21面相も、彼らが喝取しようと企てた一億円を巡る警察との攻防も出てこない。

本書に出てくるのは、上方新聞労働組合と経営陣との一時金の上積み五百円を巡る攻防だ。

いわば、一企業の労使交渉というコップの中の嵐にすぎない。

しかし、このコップは単なる器ではなく、新聞社という社会の公器なのである。

それゆえ、新聞社の労使交渉は一企業の条件闘争という枠を超え、民主主義の前提条件を争う意味を持つ。

新聞社の自由闊達な言論が確保されなければ、民主主義は有効に機能しないからだ。

　とはいえ、本書は民主主義や言論の自由を大上段に振りかざしたりはしない。言論の自由の担《にな》い手である新聞社とその従業員の経済的基盤が脆弱《ぜいじゃく》であることを、あくまでコメディタッチで描いていく。

　上方新聞という社会の公器を支えているのは、社会の好奇の目に晒《さら》されている下ネタ紛《まが》いの広告だ。

「奥さん、イッちゃうの？」

「イクぅ～」

　本書にヘビーローテーションで登場するスーパー迫田の広告のコピー。

　ややもすると読者にくどい印象を与えかねないこのくだりは、飽きられることも恐れずギャグを連発する上方漫才の影響を色濃く感じさせる。

　著者が高校生漫才コンビ「セクション34」のツッコミだったことを知る者は少ない。小説家志望の青年の前史は、本人曰《いわ》く「すべり倒した」黒歴史だった。

〈皺《しわ》の上塗りとも言うべき笑顔〉

〈腹を下《くだ》した人間は見たことがあるが、頭を下した人を見たのは初めて〉

〈iPad をラウンドガールのようにして皆に見せた〉

〈どうしてこんな天保山級に低いレベルの議論になるのか〉

〈マラソンで言えば給水所が走って逃げるようなもの〉

〈恒例の「阪神甲子園球場ライトスタンド化」〉

〈増えるワカメのように羞恥心《しゅうちしん》が広がっていった〉

舞台の上の黒歴史は、本書を彩る「七色のたとえツッコミ」によって塗り変えられた。


しかし、労使の交渉が笑いで済むなら、「勤労者の団結する権利及び団体交渉その他の団体行動をする権利は、これを保障する」と定めた憲法28条はいらない。

物語の終盤、上方新聞労働組合と経営側は一時金の五百円の上積みの諾否という紙一重の攻防を繰り広げる。

紙一重の金銭闘争は、まさしく〝紙一重〟でネットニュースと差別化を図るしかない新聞の存在意義をも問い直す。

緊迫した団体交渉の場で、主人公の武井はかつて取材したバイオリン奏者を目指す浪人生から送られてきた手紙を紹介する。

浪人生は、高校時代に怪我をおして出場したコンクールで優勝したときの記事を励みに第一志望の芸大に合格したという。

私にも同様の経験がある。

著者と同じく高校生漫才師だった私は、高校三年生のときに大阪の漫才コンクールで優勝して、地元の新聞に大きく報じられた。

高校卒業後、オール巨人に弟子入りしたものの、ほどなくして挫折。弁護士を目指して司法試験の勉強を始めたが、合格まで十年の歳月を要した。

長く苦しい司法浪人時代、心が折れそうになると高校時代の新聞記事を引っ張り出して過去の成功体験を思い出した。

新聞紙には記事の温度を保存する保温機能があるのだ。

もっとも、機能の分だけ経費もかかる。印刷と配達が必要な新聞は、それがいらないネットニュースの隆盛によって苦境に立たされている。

たしかに、無料で手っ取り早く情報を収集できるネットニュースは便利である。

他方で、玉石混淆のネットニュースの海で溺《おぼ》れてしまうと、知らぬ間に漂着した紗栄子のインスタグラムをぼんやり眺めたりして、かえって無駄な時間を費やすことになる。

さらに、ネットニュースだけを情報源にすると、自分の好みでニュースをつまみ食いするため、嗜好と思考の偏りを矯正する機会を失ってしまう。

いま世界を覆う分断の波を乗りこなすにはバランスのとれた情報摂取が不可欠だ。バランス感覚のある編集者によってその真偽と軽重が吟味された情報をまんべんなく摂取できる新聞の存在意義は大きい。

強烈なキャプテンシーで上方新聞労働組合執行部を牽引する委員長の寺内は、最後の団体交渉で経営陣を前に新聞の存在意義を問いかける。

寺内が高らかに宣言する新聞人の矜持を本書では武井が受け継ぐが、武井は新聞記者時代の著者の化身《けしん》である。

著者自身、神戸新聞在籍時代に労働組合の執行部で活動した経験を持つ。本書のような超リアル「労働組合小説」を書き上げるのだから、著者が武井と同じく与えられた組合の仕事を完璧にこなしたことは想像に難《かた》くない。

武井と違うのは、著者が女性に対して奥手ではないところだ。著者ならヒロインの遥に好意を伝えるのに、武井ほど躊躇することはないだろう。天王寺動物園での告白で著者が伝えようとしたのは、武井の遥への愛に仮託した、小説家としてのアイデンティティを形成した神戸新聞への愛だったのかもしれない。

本書は、愛すべき古巣を夢のステップにした著者がその罪悪感から著した罪滅ぼしの書、そう『罪の声』なのである。

本書は二〇一二年七月、小社より単行本として刊行されました。

|著者| 塩田武士　1979年兵庫県生まれ。関西学院大学卒業後、神戸新聞社に勤務。2010年『盤上のアルファ』で第5回小説現代長編新人賞、'11年、将棋ペンクラブ大賞を受賞。'12年、神戸新聞社を退社。'16年、『罪の声』（講談社）で第7回山田風太郎賞を受賞。同書は「週刊文春ミステリーベスト10」の第1位にも選ばれた。ほかの著書に『女神のタクト』『盤上に散る』（ともに講談社）、『崩壊』（光文社）、『雪の香り』（文藝春秋）、『氷の仮面』（新潮社）、『拳に聞け！』（双葉社）。

ともにがんばりましょう

塩《しお》田《た》武《たけ》士《し》

講談社文庫

定価はカバーに
表示してあります

2017年3月15日第1刷発行

発行者——鈴木　哲
発行所——株式会社　講談社
東京都文京区音羽2-12-21　〒112-8001
電話　出版 (03) 5395-3510
　　　販売 (03) 5395-5817
　　　業務 (03) 5395-3615

デザイン—菊地信義
本文データ制作—講談社デジタル製作
印刷———豊国印刷株式会社
製本———株式会社国宝社

Printed in Japan

ISBN978-4-06-293603-3

講談社文庫刊行の辞

二十一世紀の到来を目睫に望みながら、われわれはいま、人類史上かつて例を見ない巨大な転換期をむかえようとしている。

世界も、日本も、激動の予兆に対する期待とおののきを内に蔵して、未知の時代に歩み入ろうとしている。このときにあたり、創業の人野間清治の「ナショナル・エデュケイター」への志を現代に甦らせようと意図して、われわれはここに古今の文芸作品はいうまでもなく、ひろく人文・社会・自然の諸科学から東西の名著を網羅する、新しい綜合文庫の発刊を決意した。

激動の転換期はまた断絶の時代である。われわれは戦後二十五年間の出版文化のありかたへの深い反省をこめて、この断絶の時代にあえて人間的な持続を求めようとする。いたずらに浮薄な商業主義のあだ花を追い求めることなく、長期にわたって良書に生命をあたえようとつとめるところにしか、今後の出版文化の真の繁栄はあり得ないと信じるからである。

同時にわれわれはこの綜合文庫の刊行を通じて、人文・社会・自然の諸科学が、結局人間の学にほかならないことを立証しようと願っている。かつて知識とは、「汝自身を知る」ことにつきていた。現代社会の瑣末な情報の氾濫のなかから、力強い知識の源泉を掘り起し、技術文明のただなかに、生きた人間の姿を復活させること。それこそわれわれの切なる希求である。

われわれは権威に盲従せず、俗流に媚びることなく、渾然一体となって日本の「草の根」をかたちづくる若く新しい世代の人々に、心をこめてこの新しい綜合文庫をおくり届けたい。それは知識の泉であるとともに感受性のふるさとであり、もっとも有機的に組織され、社会に開かれた万人のための大学をめざしている。大方の支援と協力を衷心より切望してやまない。

一九七一年七月

野間省一